成语串起史记

帝王创业与治国的成语故事

潮　白　编著
肖岱钰　绘

四川教育出版社

图书在版编目（CIP）数据

成语串起史记．帝王创业与治国的成语故事 / 潮白编著 ; 肖岱钰绘. -- 成都 : 四川教育出版社, 2023.9
ISBN 978-7-5408-8794-0

Ⅰ. ①成… Ⅱ. ①潮… ②肖… Ⅲ. ①汉语－成语－故事－少儿读物 Ⅳ. ①H136.31-49

中国国家版本馆CIP数据核字(2023)第181872号

成语串起史记 帝王创业与治国的成语故事

CHENGYU CHUANQI SHIJI DIWANG CHUANGYE YU ZHIGUO DE CHENGYU GUSHI

潮白 编著 肖岱钰 绘

出品人 雷 华
策 划 高 飞
责任编辑 王 丹
装帧设计 册府文化
责任校对 李心雨
责任印制 高 怡
出版发行 四川教育出版社
地 址 四川省成都市锦江区三色路238号新华之星A座
邮政编码 610023
网 址 www.chuanjiaoshe.com
印 刷 天津禹阳世纪印务有限公司
版 次 2023年9月第1版
印 次 2023年9月第1次印刷
成品规格 170 mm × 240 mm
印 张 10
字 数 162千字
书 号 ISBN 978-7-5408-8794-0
定 价 158.00元（全5册）

如发现质量问题，请与本社联系。总编室电话：（028）86365120
北京分社营销电话：（010）67692165 北京分社编辑中心电话：（010）67692156

前言

成语，是汉语的精华，是历史的浓缩，是前人智慧的结晶，是中华传统文化宝库中的璀璨明珠。成语大多来自文史典籍。一部厚重的典籍，在向我们讲述历史、传播文化的同时，还为我们贡献了数以百计、千计的成语。

西汉史学家司马迁的《史记》是中国历史上第一部纪传体通史，被列为二十四史之首，记述了上至黄帝时代，下至汉武帝太初四年，共三千多年的历史。《史记》全书包括十二本纪（记历代帝王政绩）、三十世家（记诸侯国和汉代诸侯、勋贵等）、七十列传（主要叙述大臣等重要人物的言行事迹，其中最后一篇为自序）、十表（大事年表）、八书（记各种典章制度、封禅、礼乐、音律、历法、天文、水利、财务），共130篇，526500余字。《史记》规模宏大，体系完备，成为纪传体史书的典范，后世历朝正史都采用这种体例撰写。《史记》还是一部具有极高史学价值的优秀文学著作，在中国文学史上占有非常重要

的地位，被鲁迅誉为“史家之绝唱，无韵之《离骚》”。

本套书从《史记》中收录了372个成语，根据每个成语在原著中的出现顺序，依次编写成269个成语故事。每个成语下设释义解读、原句摘录、故事叙述，并附上“知识小贴士”，让读者在理解成语、了解其背景故事的同时，对《史记》这部文史巨著有初步的了解，能大致厘清《史记》的脉络，为将来通读或研究《史记》打下良好的基础。

如果说《史记》是文化的宝库，那么，本套书就是打开宝库的金钥匙；如果说《史记》是知识的花园，那么本套书就是通往花园的捷径。来吧，亲爱的读者朋友们，让我们拿上金钥匙，踏上捷径，到文化宝库中去寻宝，到知识花园里去赏花吧！

目录

五帝本纪

瞻云就日 …………………………… >> 2

世济其美 …………………………… >> 4

夏本纪

洪水滔天 / 劳身焦思 ……………… >> 8

辛壬癸甲 / 凤凰来仪 ……………… >> 10

殷本纪

网开一面 …………………………… >> 14

悔过自责 …………………………… >> 16

囊血射天 …………………………… >> 18

酒池肉林 …………………………… >> 20

周本纪

歌功颂德 …………………………… >> 24

白鱼入舟 …………………………… >> 26

振兵释旅 …………………………… >> 28
民不堪命 / 防民之口，甚于防川 ……… >> 30
山崩川竭 …………………………… >> 32
百步穿杨 / 百发百中 / 前功尽弃 ……… >> 34

秦本纪

推锋争死 …………………………… >> 38
恨入骨髓 …………………………… >> 40

秦始皇本纪

定于一尊 / 心非巷议 / 以古非今 ……… >> 44
指鹿为马 …………………………… >> 46

项羽本纪

万人之敌 …………………………… >> 50
取而代之 / 力能扛鼎 / 才气过人 ……… >> 52
先发制人 …………………………… >> 54
异军突起 …………………………… >> 56

楚虽三户，亡秦必楚 …………………………… >> 58
搏牛之虻 / 羊狠狼贪 …………………………… >> 60
坐不安席 ………………………………………… >> 62
破釜沉舟 / 作壁上观 …………………………… >> 64
秋毫无犯 ………………………………………… >> 66
鸿门宴 / 项庄舞剑，意在沛公 ………………… >> 68
发指眦裂 / 彘肩斗酒 / 劳苦功高 ……………… >> 70
人为刀俎，我为鱼肉 / 不胜杯勺 / 不足与谋 … >> 72
衣锦夜行 / 衣锦还乡 / 沐猴而冠 ……………… >> 74
置酒高会 ………………………………………… >> 76
分一杯羹 ………………………………………… >> 78
各自为战 / 判若鸿沟 …………………………… >> 80
四面楚歌 / 拔山盖世 …………………………… >> 82
江东父老 ………………………………………… >> 84

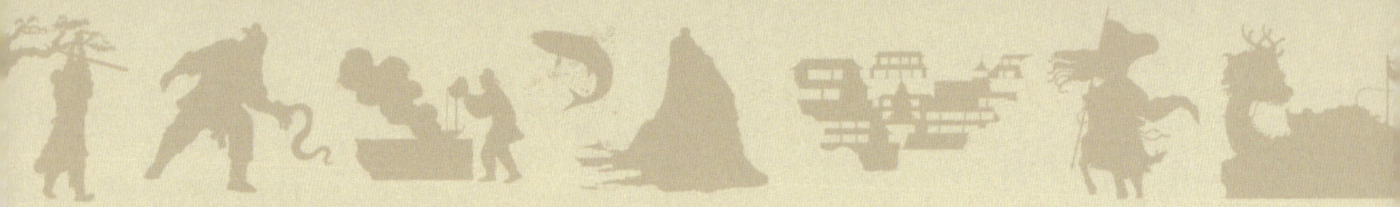

高祖本纪

贵不可言 …………………………………………… >> 88

一败涂地 …………………………………………… >> 90

长揖不拜 …………………………………………… >> 92

约法三章 / 大失所望 ……………………………… >> 94

明修栈道，暗度陈仓 / 大逆不道 ………………… >> 96

高垒深堑 …………………………………………… >> 98

攻城略地 / 妒贤嫉能 / 运筹帷幄 / 决胜千里 … >> 100

百二山河 / 高屋建瓴 ……………………………… >> 102

吕太后本纪

无所不可 / 面折廷争 ……………………………… >> 106

犹豫不决 …………………………………………… >> 108

孝文本纪

犬牙相制 …………………………………………… >> 112

贤良方正 / 诽谤之木 ……………………………… >> 114

孝景本纪

安危之机 …………………………………………… >> 118

孝武本纪

巧发奇中 …… >> 122

千门万户 …… >> 124

六国年表

耳食之谈 …… >> 128

高祖功臣侯者年表

山河带砺 …… >> 132

乐书

乐善好施 / 北鄙之音 …… >> 136

天官书

海市蜃楼 …… >> 140

封禅书

鼎成龙去 …… >> 144

平准书

陈陈相因 …… >> 148

五帝本纪

瞻云就日

世济其美

瞻云就日

释义

瞻云就日：同“就日瞻云”。接近他，就如同沐浴阳光；仰望他，就好似披戴云霞。原指贤明的君主将恩泽施予人民，后指普通人得以接近君主。瞻，仰望。就，接近。

原句

帝尧者，放勋。其仁如天，其知如神。就之如日，望之如云。

故事

上古时期，黄帝打败炎帝和蚩尤，统一了黄河流域，开创了华夏文明。

黄帝去世后，颛顼（zhuān xū）和帝喾（kù）先后继位，治理天下。帝喾去世后，帝挚继位。由于帝挚的能力和德行不足，天下人拥立他的弟弟尧为帝。

尧有着神一般的智慧和高尚的德行，尊敬善良而有品德的人，教导族人们相亲相爱，任命贤明而有能力的人做官，把天下治理得井井有条。

尧命令羲（xī）氏与和氏家族管理四方百姓，制定历法，指导农业生产活动。在尧的领导下，民众安居乐业，生活幸福，无不称颂尧的功德，把他比作天上的太阳和云霞，以能够接近他、瞻仰他为荣。

尧年老后，开始考虑接班人问题。手下人推荐尧的儿子丹朱作为他的接班人。尧认为丹朱不足以托付天下，就广泛征求大臣们的意见。众人向他推荐舜。尧把自己的两个女儿嫁给了舜，对他的德行和能力进行考察。

舜品德高尚，能力出众，深得民心，也得到了尧的认可与信任。舜掌管天下二十八年后，尧离开了人世。天下百姓感念尧的恩德，为他的去世感到悲痛，就像自己的父母去世一样。

知识小贴士

黄帝、颛顼、帝喾、尧和舜合称为“五帝”。五帝之间都有血缘关系，其中，颛顼是黄帝的孙子，帝喾是黄帝的曾孙，是黄帝的玄孙，舜是黄帝的八世孙。

世济其美

释义

世济其美：指后代继承前代的美德。济，继承、延续。

原句

此十六族者，世济其美，不陨其名。

故事

舜接受尧的任命，代为管理天下。他知道仅凭自己是干不好事情的，就起用了一批德才兼备的官员，协助自己管理各项事务。

高阳氏有八个富有才能的子孙，广受世人赞誉，被称为“八恺”；高辛氏有八个富有才能的子孙，被称为“八元”。这十六个才子的后代，世世代代保持着先人的美德，没有辱没先人的名声。

在尧执政时期，“八恺”和“八元”没有得到重用。舜执政后，马上任用“八恺”的后代，让他们掌管土地；任用“八元”的后代，让他们教化民众。

在“八恺”和“八元”的协助下，舜如虎添翼，各项工作很快就见到了成效。

帝鸿氏、少皞（hào）氏、颛顼氏和缙云氏的后代不成器，被世人称为“四凶”。这四个家族祸乱天下，为害百姓，为世人所憎恨。

舜把“四凶”流放到偏远地区，让他们去抵御妖魔猛兽。百姓对此无不拍手叫好。

舜知人善用，给每一个人才发挥才干、实现价值的机会。他任命禹为司空，负责治理洪水；任命弃为后稷，负责管理农业；任命契为司徒，负责教育；任命皋陶为司法官，负责刑法；任命夔（kuí）为典乐，掌管音乐……

在舜的领导下，百官人尽其才，才尽其用，为华夏开创了难得的太平盛世。

知识小贴士

尧和舜为帝时，为华夏文明的后续发展奠定了良好的基础。尧和舜被视为古代帝王君主的典范。后人常用“尧天舜日”来形容天下太平、国泰民安的盛世景象。

夏本纪

洪水滔天
劳身焦思
辛壬癸甲
凤凰来仪

《史记》
夏本纪

洪水滔天　劳身焦思

释义

①洪水滔天：形容水势极大，漫延天际。

②劳身焦思：劳苦身躯，苦思焦虑。形容为某事而劳神费力。

原句

①当帝尧之时，鸿水滔天，浩浩怀山襄陵，下民其忧。

②禹伤先人父鲧（Gǔn）功之不成受诛，乃劳身焦思，居外十三年，过家门不敢入。

故事

尧统治天下时，洪水滔天，浩浩荡荡，淹没了山川和丘陵，对人们的生活造成了严重影响。百姓为此终日忧愁。

鲧受命治水，用了九年时间都没有平息水患。舜代尧执政后，就把鲧流放了，让鲧的儿子禹接替父亲，继续完成治理水患的任务。

禹为父亲因治水无功受到惩罚而感到难过，就不顾劳累，苦苦思考治理水患的办法。他在外面生活、工作了十三年，即使路过家门口，也不敢进去。

禹勤俭节约，住在简陋的房子里，把钱财都用于治理水患。他在陆地上行走就坐车，在泥沼中行走就乘着橇，在山中行走就穿上带锥齿的鞋。他没日没夜地工作，开发九州土地，疏通九条河道，修治九个湖泊，观测九大山系，以疏导的方式治理水患。

经过禹的治理，天下河流畅通，堤防坚固，九州统一，四海安定。在治水的同时，禹还到处宣扬舜的德教，分封诸侯，进一步巩固了华夏文明成果。

禹的治水功绩得到了舜的肯定。舜赐给他一块代表水色的黑色宝玉，向天下人宣告治水成功。

从此，百姓再也不受滔天洪水的困扰，过上了安定幸福的生活。

知识小贴士

禹，又称大禹，姓姒（Sì），夏朝开国君王。夏朝大约创建于公元前2070年，结束于公元前1600年，定都阳城（今河南省登封市），是中国历史上第一个世袭制朝代。

辛壬癸甲　凤凰来仪

释义

①辛壬癸甲：原指禹在辛日娶妻，四天后（甲日）就离家赴职。后形容一心为公，不顾儿女私情。

②凤凰来仪：凤凰来舞，仪态优美。古代指祥和的象征。

原句

①予娶涂山，（辛壬）癸甲，生启，予不子，以故能成水土功。

②于是夔行乐，祖考至，群后相让，鸟兽翔舞，《箫韶》九成，凤皇（通“凰”）来仪，百兽率舞，百官信谐。

故事

舜和众臣在一起交流如何治理天下。皋陶从知人用人的角度出发，滔滔不绝地讲了一番道理。

当舜让禹发表意见时，禹说：“我说什么呢？我只想每天努力勤恳地做事。”皋陶追问：“怎样才叫努力勤恳呢？”禹以自己治水为例做了说明。皋陶听了，不得不服。

舜说：“你们都是我的臂膀和耳目，要辅佐我治理天下。如果我有什么不对的地方，你们要当面指出来，不要像丹朱那样，骄横跋扈（hù），如果那样，我是绝对不允许的。”

禹说：“我娶涂山氏的女儿时，辛日结婚，甲日就离家赴职。生下儿子启后我也顾不上养育，因此，我才能取得治水的功绩。我辅佐您开疆拓土，分封诸侯。除了三苗部落凶顽不服从教化，其他诸侯都有功绩，希望您记得这事。”

舜说：“宣扬我的德教，会让他们来归顺的。”

于是，皋陶以禹为榜样，并大力宣扬舜的德教，一时间，四方归服。

舜让夔制定乐谱，供奉祖先灵位，各诸侯互相礼让，鸟兽在宫殿周围飞翔起舞，《箫韶》之乐奏过九遍，凤凰飞舞而来，仪表非凡，百兽随之起舞，百官忠诚和谐。

在盛大的仪式上，舜向上天推荐禹，让他作为帝位的继承人。

知识小贴士

在禹之前，帝位的传承采取禅让制，即帝王把位子让给贤明的人继承。禹的儿子启杀死了帝位的法定继承人伯益，打败了反对者有扈氏，夺取了帝位。他废除了禅让制，开启了世袭制的先河。

殷本纪

网开一面

悔过自责

囊血射天

酒池肉林

网开一面

释义

网开一面：把捕禽的网撤去了三面，留下逃生的出路。也作“网开三面”，比喻采取宽大态度来对待犯错的人或罪人。

原句

汤出，见野张网四面，祝曰：“自天下四方皆入吾网。”汤曰：“嘻，尽之矣！”乃去其三面。

故事

夏朝末年，有一个名叫汤的诸侯，施行仁政，爱护百姓，被天下人所称道。

一天，汤外出巡视时，走到一片茂密的丛林里，碰见一个人正在张网捕捉鸟兽。那人在东南西北四面都张挂上了网，然后跪下来祷告说：“上天保佑，愿天上的飞鸟，地下的走兽，从四面八方进入我的网中。”

汤听到他的祷词，很是感慨，说道：“哎呀！这样做不就把鸟兽都一网打尽了吗？”于是，他就让人把网撤掉三面，只留下一面。随后，他也祷告说：“天上的飞鸟，地上的走兽，想去左边的，就去往左边；想去右边的，就去往右边；实在不听命令的，就进到我的网里吧。”

其他诸侯听说这件事后，认为汤既然对鸟兽都这么仁慈，对人民就更不用说了。于是，纷纷称赞他的仁义。天下的百姓钦佩汤的德行，前来投奔他。民心所向的汤最终灭掉了夏朝，建立了商朝。

汤“网开三面”的故事一代一代流传了下来。后人又把“网开三面”改为“网开一面”。

知识小贴士

汤的始祖契因协助大禹治水有功，受封在商（今河南省商丘市）。汤灭夏后，定国号为商。汤的第九代孙盘庚将都城迁到了殷（今河南省安阳市小屯村），因此商朝又称殷或殷商。

悔过自责

释义

悔过自责：悔悟罪过，谴责自己。

原句

帝太甲居桐宫三年，悔过自责，反善，于是伊尹乃迎帝太甲而授之政。

故事

在汤夺取天下的过程中，伊尹功不可没。伊尹原本是奴隶出身，后来得到汤的赏识，成为国相。

汤去世后，太子太丁还没等继位就死了，伊尹拥立太丁的弟弟外丙为帝。外丙继位三年后，也死了，伊尹又拥立外丙的弟弟仲壬为帝。仲壬继位四年后，又死了，伊尹就拥立太丁的儿子太甲为帝。

太甲继位第一年，伊尹作了《伊训》《肆命》《徂后》三篇文章，讲述如何为政，以此对太甲进行教导和告诫。

太甲继位三年后，昏庸无道，残暴百姓，违背了汤的成法，败坏了祖上的德行。为了教育太甲，伊尹把他流放到汤的墓地——桐宫，让他在那里反省自己的过失。此后的三年里，伊尹代理太甲执政，主持国事，会见诸侯。

太甲在桐宫里住了三年，追悔过错，谴责自己，重新向善。伊尹见教育的目的已经达到，就将他迎接回朝廷，把政权交还给他。

从此以后，太甲修养道德，诸侯都来归服商朝，百姓也得以安宁度日。伊尹对太甲的作为很满意，就写了三篇《太甲训》，对他进行赞扬，并称他为太宗。

伊尹前后一共辅佐了商朝五任君主，为商朝的兴盛立下了不朽功勋。

知识小贴士

伊尹善于烹饪，曾背着饭锅和菜板求见汤，并以饭菜的滋味作比喻，向汤阐述治国为王之道，因此而得到汤的赏识和重用，为后世留下了“伊尹负鼎”的典故。后世尊奉他为“厨圣”“烹饪之圣”。

囊血射天

释义

囊血射天：把盛血的皮囊放在高处用箭射。形容暴虐狂妄，犯上作乱。

原句

为革囊，盛血，仰而射之，命曰“射天”。

故事

武乙是商朝后期的一位君主，他刚继位，就把都城迁到了黄河以北。这是商朝自盘庚之后又一次迁都。

当初，盘庚迁都于殷时，受到朝野内外特别是旧贵族势力的强烈反对。盘庚坚持迁都，既打击了旧贵族势力的嚣张气焰，又树立了自己的权威，商朝因此得以复兴。

从盘庚到武乙，中间历经了七位君主。商朝的国运兴了又衰，衰了又兴。到武乙继位时，商朝已经开始走下坡路了。武乙也想效仿盘庚，通过迁都来树立自己的权威，中兴王室，恢复商朝昔日荣光。

然而，武乙迁都并未达到预定的目的，他的权威仍然没有树立起来。于是，武乙又想出一招——做一个木偶人，称它为天神。他让天神和自己下棋，由别人在一旁替天神落子。如果天神输了，武乙就对它进行侮辱。

武乙做了一个皮囊，里面装满血，悬挂在高处，然后仰天射它，说这是“射天”。

武乙想通过这种荒谬的行为来破除人们对于天神的信仰，从而树立自己的权威。其效果如何，人们不得而知。没多久，武乙在打猎时遭雷击而死。

这可能是天神的“报复”吧。

知识小贴士

武乙的曾祖武丁为王时，曾在梦里遇到一位圣人，名叫“说”。他四处寻找梦中的圣人，结果在傅险这个地方找到了正在修路的说。于是，武丁任命说为相。在说的辅佐下，武丁将商朝推向历史上最鼎盛的时期。

酒池肉林

释义

酒池肉林：以酒为池，以肉为林，作长夜之饮。形容奢侈腐化、极端糜烂的生活。

原句

大冣（通“聚”）乐戏于沙丘，以酒为池，县（通“悬”）肉为林，使男女倮（通“裸”）相逐其间，为长夜之饮。

故事

商朝的最后一任帝王辛，人称纣王。纣王天资聪明，力气过人，能徒手与猛兽格斗。不过，他非常骄傲自大，以为天下人都不如自己。

纣王喜欢饮酒玩乐，特别宠爱妃子妲己，对她言听计从。

妲己喜欢歌舞，纣王就让乐师创作新的俗乐、舞曲和软绵绵、令人颓废的音乐；妲己爱钱，纣王就把从全国搜刮来的钱财堆满鹿台；妲己好吃，纣王就把矩桥粮仓装满粮食；妲己喜欢宠物，纣王就从各地搜集狗马和新奇的玩物，宫殿里到处都是。这还不算，他还扩建园林楼台，捕捉大量的野兽飞鸟放在里面；妲己喜欢饮酒作乐，纣王就把美酒倒满水池，将各种肉食悬挂起来，像树林一样。他还让男男女女赤身裸体，在酒池肉林间追逐玩乐，通宵达旦，醉生梦死，极尽享乐。

诸侯和百姓不满纣王的统治，怨声载道。为了震慑反对者，纣王设置了包括炮烙在内的各种酷刑，看谁不顺眼，就对谁施以酷刑。

在纣王的暴虐统治下，商朝政治腐败，社会动乱，诸侯们纷纷起来反抗。最终，周武王率领八百诸侯，灭了商朝。

知识小贴士

商朝大约创建于公元前1600年，结束于公元前1046年，是中国历史上第一个有同时期文字记载的朝代。商朝的甲骨文是目前发现的中国最早的成系统的文字符号。

周本纪

歌功颂德

白鱼入舟

振兵释旅

民不堪命

防民之口，甚于防川

山崩川竭

百步穿杨

百发百中

前功尽弃

歌功颂德

释义

歌功颂德：颂扬功绩和德行。

原句

民皆歌乐之，颂其德。

故事

周人的祖先名弃，因为在尧、舜、禹时期担任主管农业的官员，被称为后稷。后稷去世后，他的儿子不窋（zhú）丢了官职，去了戎狄人的地区生活。

不窋的后代公刘大力发展农业，周人部族渐渐兴盛起来。戎狄人见周人富足，就时常来侵扰。周人的首领古公亶（dǎn）父（周太王）为了百姓的安全，主动给予他们财物，避免发生战争。戎狄人得寸进尺，不断前来侵扰。周人非常愤怒，想要奋起反击。

古公亶父说："人民拥立君主，是想让他为大家谋利益。现在，戎狄人前来侵犯，是为了夺取我的土地和人民。人民跟着我或跟着他们，有什么区别呢？因为我的缘故，牺牲人民的父子兄弟，我实在不忍心。"

于是，古公亶父率领家人离开原来的居住地，渡水翻山，来到了岐山脚下。周人不愿意被戎狄人统治，便追随古公亶父一家，在这里居住下来。邻国的百姓仰慕古公亶父的德行，也纷纷前来归附。

古公亶父废除戎狄的旧风俗，营建城郭房舍，让人民在这里安居乐业。人民感念他的恩情，谱曲作乐，歌颂他的功德。

知识小贴士

后稷首创甽（quǎn）亩法（一种有利于抗旱防涝的耕作方法），并建立粮食储备库，放粮救灾，赐百姓种子，因此被后世尊奉为农耕始祖，称作农神、耕神、谷神。

白鱼入舟

释义

白鱼入舟：原指白鱼跃入王舟中，意味着殷纣当为武王所擒，是一种祥瑞。

原句

武王渡河，中流，白鱼跃入王舟中，武王俯取以祭。既渡，有火自上复于下，至于王屋，流为乌，其色赤，其声魄云。

故事

古公亶父的孙子西伯姬昌（周文王）修德行，施仁政，得到人民的拥护。在他的治理下，周国的实力也越来越强大，先后征服了犬戎等国。

姬昌死后，他的儿子武王姬发继承了他的王位。在姜尚的辅佐下，武王锐意进取，富国强兵，具备了与商纣王争夺天下的实力。

继位九年后，武王在盟津会集八百诸侯，准备乘船渡过黄河，讨伐纣王。当船行进到河中央时，一条白鱼跳进了武王的船中。武王亲自把它抓住，用来祭天。过河之后，一团火从天而降，落到武王住的房顶上，不停转动，最后，变成一只红色的鸟，发出响亮的叫声。

诸侯们认为这是吉兆，请求发动进攻。武王却认为，时机还没到，就率兵回去了。

又过了两年，纣王更加暴虐无道。他手下的大臣忍受不了，纷纷投奔周国。百姓们对纣王的不满也达到了极点。武王认为时机已经成熟，于是，他向诸侯宣布："纣王犯有重罪，不能不讨伐了！"

在武王的率领下，八百诸侯渡过黄河，在牧野一举击败纣王的军队，推翻了延续近六百年的商朝，建立了周朝。

知识小贴士

周朝大约创建于公元前 1046 年，结束于公元前 256 年。周朝分为西周（公元前 1046 年至公元前 771 年）和东周（公元前 770 年至公元前 256 年）两个时期。西周的都城在镐（hào）京（今陕西省西安市长安区），东周的都城在洛邑（今河南省洛阳市）。东周分为春秋和战国两个时期。

振兵释旅

释义

振兵释旅：整军回国，解散军队。

原句

纵马于华山之阳，放牛于桃林之虚；偃干戈，振兵释旅：示天下不复用也。

故事

周朝建立后，周武王下令释放关在监狱里的无辜百姓，把纣王储藏在鹿台里的钱财和矩桥里的粮食拿出来，发放给穷苦人家。

武王先是分封诸侯，接着又封了炎帝、黄帝、尧、舜、禹的后人，最后分封功臣。第一功臣姜尚被封在齐国，武王的弟弟周公旦和召公奭（shì）分别被封在鲁国和燕国，其他人也都得到了封赏。

一切都安排妥善之后，武王回到都城镐京，由于忧心国事，直到深夜仍不能入睡。

周公旦来到武王的住处，问："为什么这么晚还不睡觉呢？"

武王说："上天不保佑商朝，我们才取得了今天的成功。我还不能确保是否能获得上天的保佑，哪里顾得上睡觉呢。我要日夜操劳，处理好各种事务，确保国土的安定。"

为了让百姓安心生产，发展经济，武王下令，把马放养在华山的南面，把牛放养在桃林一带，让军队放下武器，进行整顿，然后解散，以此向天下人宣示，今后将不再用兵。

由于操劳过度，周朝建立不久，武王就病故了。周公旦兢兢业业地辅佐年幼的成王。在他的治理下，周朝成为一个强盛的王朝。

知识小贴士

周公旦，被后世尊称为"元圣"，是西周开国元勋，杰出的政治家、军事家、思想家、教育家，儒家学说的先驱。他平定了周初的叛乱，开创了礼乐制度，主张以礼治国，为周朝长达近八百年的统治奠定了良好的基础。

民不堪命　防民之口，甚于防川

释义

①民不堪命：百姓负担沉重，不堪生活。

②防民之口，甚于防川：阻止人民进行批评的危害，比堵塞河川引起的水患还要严重。

原句

①召公谏曰："民不堪命矣。"

②防民之口，甚于防水。水壅（yōng）而溃，伤人必多，民亦如之。

故事

周厉王在位时，宠信奸臣，暴虐无道，引起国人的不满。街头巷尾，到处都有百姓在议论厉王的过失。

召公（召公奭的后人）劝谏厉王，说："百姓负担沉重，无法生活下去了。"厉王听后，不但没有及时纠正自己的错误，反而派人监督那些议论自己的人。一旦有人说自己坏话，厉王就下令杀了他。

这样一来，人们不敢再批评厉王，而诸侯们也不敢再来朝拜。随着厉王的管控越来越严，国人不敢随便说话，即使在路上遇见熟人，也只能互相递眼色示意。

厉王很开心，对召公说："我能消除人们对我的批评，他们现在都不敢说话了！"

召公说："这只是把他们的话堵回去了！阻止百姓言论的危害，比堵塞河川引起的水患还要严重。水积蓄多了，一旦决口，就会伤害很多人。不让人民说话，后果也是一样。因此，治水的人，要开通河道，使水流通畅；治理百姓的人，也要给他们讲话的自由。"

厉王根本听不进去召公的劝诫，照旧用严苛的方式管控人民。于是，人们更不敢说话了。三年后，人们起来反抗，把厉王赶出了国都。

知识小贴士

厉王逃跑后，太子藏在召公家里。召公让自己的儿子假冒太子，交由反抗的人们处死，从而保住了太子。召公和周公（周公旦的后人）共同执政十四年，史称"共和"。厉王死后，召公和周公立太子为王，这就是宣王。

山崩川竭

释义

山崩川竭：山川崩塌，河流枯竭。古代认为这是亡国的征兆。

原句

夫国必依山川，山崩川竭，亡国之征也。

故事

在召公和周公的辅佐下，宣王励精图治，富国强兵，重新恢复了周王室的威严。各国诸侯又像从前一样开始前来朝拜。

宣王取得了一些成绩，便开始骄傲。他变得独断专行，在违背民意的前提下，接连对周边部族发动战争。这些战争大多以失败告终，导致周朝的国力迅速下降。

宣王去世后，他的儿子宫湦继位，这就是幽王。幽王继位时，周王室与各诸侯国之间早已是矛盾重重，形势对周王室越来越不利。然而，昏庸的幽王却只顾享乐，根本拿不出什么好的措施来解决日益激化的各种社会矛盾。

幽王继位第二年，都城镐京及附近的泾水、渭水、洛水一带发生了地震，导致河流堵塞。史官仲阳甫说："周朝快要灭亡啦！从前，伊水、洛水干涸，夏朝就灭亡了；黄河枯竭，商朝就灭亡了。如今，周朝也像夏、商两代末年一样，河水的源流被阻塞，一定会枯竭。河川枯竭了，高山就一定崩塌。高山崩塌，河川枯竭，这是亡国的征兆啊！”

这一年，果然泾水、渭水、洛水枯竭了，岐山也崩塌了。

又过了十年，申侯联合西戎人攻杀了幽王。西周灭亡了。

知识小贴士

幽王废了申后和太子宜臼，封自己宠爱的妃子褒姒为后，立他和褒姒所生的伯服为太子。申后的父亲申侯为了帮外孙宜臼夺回王位继承权，联合西戎以及其他诸侯国，杀死了幽王，扶立宜臼上位，这就是东周的第一任君主——周平王。

百步穿杨　百发百中　前功尽弃

释义

①百步穿杨：能射中百步之外指定的杨树叶，形容射击或射箭技术高明。

②百发百中：形容射击精准，每次都能命中目标，也比喻做事有充分把握，绝不落空。

③前功尽弃：以前的功夫完全白费。

原句

①②楚有养由基者，善射者也。去柳叶百步而射之，百发而百中之。

③今又将兵出塞，过两周，倍韩，攻梁，一举不得，前功尽弃。

故事

战国时期，秦国名将白起率领大军接连打败了韩国和魏国，准备继续攻打魏国都城大梁（今河南省开封市）。一旦大梁失陷，周朝的都城洛邑就有可能受到秦军威胁。

洛邑有个名叫苏厉的人，建议周天子派人前往劝说白起退兵。

苏厉对周天子说：“您可以派人对白起说：‘楚国有一个

名叫养由基的神射手，在百步之外射杨柳叶，百发百中。旁观的人都叫好。有一个人却说他可以教养由基射箭。养由基很生气，扔掉弓，拔出剑，说：‘你有什么本事，竟敢教我射箭？’那个人说：‘我并不是要教你射箭的技术，而是要教你一个道理。一个人射箭百发百中，如果不能在射得最好的时候停下来，等一会儿力气不够了，就会射偏。只要有一发射不中，那么，之前射中的一百发就会废了。’将军已经立了很多战功，现在您又要出关，过东西周，背对韩国，攻打大梁，一旦失败，之前的功劳就全部作废了。您不如假称有病不出兵为好。”

苏厉的这套说辞听上去很有道理。至于周天子是否采纳了他的建议，派人去游说白起，《史记》里并没有记载。

知识小贴士

苏厉和哥哥苏代、族兄苏秦，合称“战国三苏”。他们都是当时有名的谋略家、外交家、纵横家。三人当中，以苏秦最知名，苏代第二，苏厉的事迹最少。

秦本纪

推锋争死

恨入骨髓

推锋争死

释义

推锋争死：手持兵器向前冲锋，争先恐后，不怕牺牲。

原句

三百人者闻秦击晋，皆求从，从而见缪（mù）公窘，亦皆推锋争死，以报食马之德。

故事

秦穆（又作：缪）公是秦国第九任君主，他为人宽宏大量，不拘一格，广纳贤才，深得百姓爱戴。

有一次，秦穆公丢失了一匹好马。岐山下有三百个乡下人抓住这匹马，把它杀掉吃了。官吏查明情况后，准备依法对这些人进行惩治。

秦穆公知道后，不但没有让官吏追究这些人的责任，还说："我听说，吃了好马的肉，如果不喝酒，会对人的身体有伤害。"于是，他下令赏赐美酒给这些人，并赦免了他们的罪。

不久，晋惠公趁着秦国发生饥荒，率兵来攻。秦穆公亲自率领大军前往迎战。这三百人听说后，都要求跟随秦穆公上前线参加战斗。

战斗中，秦穆公不小心被晋惠公带兵包围，受了伤。这三百人发现后，纷纷高举兵器，冲锋向前，争先死战，以报答他们吃马肉被赦免的恩德。

晋军的包围被这三百人撕开了一道口子，一时阵脚大乱。秦穆公乘机脱险。在保护秦穆公脱险的同时，这些人还捎带着擒获了晋惠公。

这一战，秦国不但打击了晋惠公的嚣张气焰，还迫使晋国割让了黄河以西的大片土地。自此，秦国的实力更加强大了。

知识小贴士

在西周时，秦国只是一个依附于诸侯国的附庸国。周平王将都城从镐京迁往洛邑时，秦襄公率兵一路保护，因功被封为诸侯。后来，秦襄公的儿子秦文公打败了西戎，占领其领土，秦国逐渐发展成为强大的诸侯国。

恨入骨髓

释义

恨入骨髓：恨到骨头里去。形容对人痛恨到了极点。

原句

文公夫人，秦女也，为秦三囚将请曰："缪公之怨此三人入于骨髓，愿令此三人归，令我君得自快烹之。"

故事

秦穆公派将军孟明视、西乞术和白乙丙三人攻打郑国。

孟明视的父亲百里傒和西乞术的父亲蹇（jiǎn）叔是秦国的重臣。二人建议秦穆公不要出兵攻打郑国，认为秦军获胜的把握不大。秦穆公不听，还是派军队出发了。

秦军攻打郑国，要经过晋国的领土。到了滑邑时，一个正在这里做生意的郑国牛贩子怕被杀，就送了十二头牛给秦军，谎称郑国已经知道秦军来攻，并且做好了应战的准备。

孟明视等三名将军以为这次军事行动已经泄密，就取消了攻郑计划，转而打下了毫无防范的滑邑。

晋襄公得到消息后，非常生气，立即派军队向秦军发动进攻。结果，秦军大败，孟明视、西乞术、白乙丙都成了晋军的俘虏。

晋襄公的嫡母是秦国人，她想放了三位将军，就对晋襄公说：“秦穆公对这三个人恨入骨髓。希望你能放他们回去，好让秦穆公痛痛快快地把他们煮了。”晋襄公同意了。

孟明视等三人回国后，秦穆公亲自前往迎接，哭着说：“我不听百里傒和蹇叔的话，才使你们三人受辱。你们有什么罪呢？你们要以全部心力血洗耻辱，不要懈怠！”

四年后，孟明视等人再次奉命出征晋国，获得大胜。

知识小贴士

百里傒是虞国大夫。虞国灭亡后，百里傒成为俘虏，落入楚人手中。秦穆公听说他是贤人，想赎回来加以重用，又怕引起楚人的猜疑，就用五张羊皮把他赎回。百里傒又把自己的好友蹇叔推荐给了秦穆公。在二人的辅佐下，秦穆公成为春秋五霸之一。

秦始皇本纪

定于一尊

心非巷议

以古非今

指鹿为马

定于一尊　心非巷议　以古非今

释义

①定于一尊：把一个受尊崇的人或学说作为判定是非的最高的、唯一的标准。

②心非巷议：指心里不满，在私下里议论。

③以古非今：用古代的人或事来否定、攻击今天的现实。

原句

①今皇帝并有天下，别黑白而定一尊。

②入则心非，出则巷议，夸主以为名，异趣以为高，率群下以造谤。

③有敢偶语《诗》《书》者弃市，以古非今者族。

故事

强大起来的秦国不再臣服于东周王室。秦庄襄王时，秦国灭了东周。战国时代也进入了最后阶段。

秦庄襄王的儿子嬴政雄才大略，志在天下。他先后灭了六国，统一全国，建立了中国历史上第一个统一的封建王朝。

嬴政自封为始皇帝，实行中央集权，将沿袭了近千年的分封制改为郡县制。一天，他在宫中设宴，请大臣和博士们饮酒，让他们讨论分封制和郡县制哪个更好。

一位大臣认为郡县制好，将来可以传千秋万代。一位博士认为，郡县制不如分封制好。有人赞同大臣的意见，有人赞同博士的意见。于是，两帮人争论起来。

秦始皇让丞相李斯发表意见。李斯认为，如今，天下已经统一，一切都由至尊皇帝来决定。这些儒生博士只知道卖弄学识，拿古代的历史来说事，指责朝廷已经建立的制度。上了朝，他们就在心里表达自己的不满；出去后，又在街巷间发牢骚。

李斯建议，禁止儒生们的思想言论，烧掉除秦国以外的典籍。有敢讨论《诗经》和《尚书》的，就处死；有借古代的历史否定当今制度的，就灭族。

秦始皇同意了李斯的提议。于是，就有了“焚书坑儒”这个著名的历史事件。

知识小贴士

秦始皇下令烧掉了诸子百家的书籍，只保留了秦人的书籍以及一些技术类的书籍；同时，还坑杀了私下非议自己的四百六十多名儒生。史称“焚书坑儒”。

指鹿为马

释义

指鹿为马：指着鹿，说是马。比喻有意颠倒黑白，混淆是非。

原句

赵高欲为乱，恐群臣不听，乃先设验，持鹿献于二世，曰："马也。"二世笑曰："丞相误邪？谓鹿为马。"

故事

秦朝刚建立时，全国各地的形势还没完全平定下来。为了稳定民心，彰显皇帝威德，秦始皇经常外出巡视，并因此积劳成疾。最后，在一次外出巡视途中，秦始皇染病去世。

陪同秦始皇出巡的宦官赵高和秦始皇的儿子胡亥以及李斯密谋，假传诏书，逼杀了本该继位当皇帝的公子扶苏，将胡亥扶上了皇位。

胡亥当上皇帝后，在赵高的教唆下，胡作非为，导致民怨沸腾。李斯看不惯赵高的所作所为，想除掉他，却为时已晚。

赵高先下手为强，设计杀了李斯，自己担任丞相，开始独揽大权。随着权力越来越大，赵高的野心也更大了。他想取代胡亥，由自己统治天下。

为了试探群臣的态度，赵高让人献了一头鹿给胡亥，故意说是马。胡亥说："丞相搞错了，把鹿说成了马。"

赵高又问群臣。有的人摸不准情况，怕招来祸事，就保持沉默；有的人为了巴结赵高，就跟着说是马；有的人如实回答说是鹿。事后，赵高找借口处理了那些说实话的人。自此，群臣都惧怕赵高，不得不顺着他的意思行事。

没过多久，赵高作乱，逼胡亥自杀，立胡亥的侄儿子婴做傀儡皇帝。子婴怕自己也落得同胡亥一样的下场，就设计杀了赵高。

知识小贴士

扶苏是秦始皇的长子，由于他秉性耿直，得罪了秦始皇，被派在外驻守边境。秦始皇临终前写了密诏让他继位。赵高与扶苏有过节，怕他继位后对自己不利，就扣留了密诏，以假诏书逼扶苏自尽。

项羽本纪

万人之敌
取而代之
力能扛鼎
才气过人
先发制人
异军突起
楚虽三户，亡秦必楚
搏牛之虻
羊狠狼贪

坐不安席
破釜沉舟
作壁上观
秋毫无犯
鸿门宴
项庄舞剑，意在沛公
发指眦裂
彘肩斗酒
劳苦功高

人为刀俎，我为鱼肉
不胜杯勺
不足与谋
衣锦夜行
衣锦还乡
沐猴而冠
置酒高会
分一杯羹
各自为战
判若鸿沟
四面楚歌
拔山盖世
江东父老

万人之敌

释义

万人之敌：武艺高强，善于领兵以抵御万人。

原句

籍曰："书足以记名姓而已。剑一人敌，不足学，学万人敌。"

故事

项籍，字羽，是楚国的贵族后裔。项氏世世代代都在楚国为将，分封在项地（今河南省沈丘县与项城市之间），因此得姓为项。

项羽很小的时候，楚国被秦军所灭，祖父项燕作为楚国的大将，以身殉国。项羽流落民间，跟着叔父项梁一起生活。

项梁身负国恨家仇，渴望有朝一日能推翻秦朝的暴政，光复楚国。因此，他非常重视对项羽的教育，教导他牢记亡国之恨，勿忘为项氏家族复仇。

项羽从小开始读书识字，只是，他天生就对书本知识不感兴趣，学到半道就不学了。项梁没办法，只得又让他学习剑术。项羽悟性极高，身体素质又好，照理说应该能成为一名剑术高手，可是，他学到一半，又没有兴趣了，最终剑术也没有学成。

项梁非常生气，责备项羽不肯用功。项羽却不以为然地说："写字，能够写姓名就可以了；剑术，也只能对付一个人，不值得学。要学，我就学能够与万人为敌的本事。"

项梁见项羽志向远大，心里暗暗欢喜，没有责备他，转而开始教他学习兵法。项羽开心极了，一心一意地投入到兵法的学习中。学了一段时间之后，项羽了解了一点儿兵法的大意，觉得所谓的兵法太过刻板教条，不合自己的心意，于是，又不肯学下去了。

项梁实在是拿项羽没办法，明白这是他的天性使然，强迫也没有用，便顺其自然，听任他按照个人意愿去发展。

知识小贴士

项羽（公元前232年至公元前202年），周王族诸侯国项国后裔，姬姓，项氏，泗水郡下相县（今江苏省宿迁市）人，秦朝末年政治家、军事家。

取而代之　力能扛鼎　才气过人

释义

①力能扛鼎：指力量大得可以举起非常重的鼎。形容力气特别大，也可形容笔力矫健。鼎，是古代两耳三足的青铜器。

②才气过人：才华超过一般人。

③取而代之：夺取别人的权位或利益而占为己有。也指用一个事物代替另一个事物。

原句

①②籍长八尺余，力能扛鼎，才气过人，虽吴中子弟皆已惮籍矣。

③秦始皇帝游会稽，渡浙江，梁与籍俱观。籍曰："彼可取而代也。"

故事

项梁曾经因罪案受牵连，被栎（yuè）阳县县衙（今陕西省西安市东北阎良区）逮捕入狱。项梁与蕲（qí）县（今安徽省宿州市埇桥区）监狱官员曹咎关系很好，就请他写了一封说情信给栎阳县监狱官员司马欣，事情才得以了结。

后来，项梁杀了人，到吴中（今江苏省苏州市一带）避祸。

当地有能力的士大夫都不如项梁有本事，因此，每逢地方上有重要的活动，都请项梁出面主持。项梁借机在当地广泛结交豪强，暗地里部署、组织青年和宾客，以此了解他们的能力，为将来起事聚集武装力量。

秦始皇巡视到那里。项梁带着项羽一起去观看皇帝出巡的阵仗。

项羽远远地指着秦始皇，轻蔑地说："这个家伙，我可以取代他！"

项梁吓了一跳，赶紧捂住他的嘴，说："别乱说话！小心灭族！"

话虽如此说，项梁却在心里认定这个侄儿是个能成大事的奇才。

项羽已经长大成人，他身高八尺开外，力能举鼎，便成为叔叔的得力助手。由于项羽的才能和魄力超过一般人，当地的年轻人都很敬畏他。

知识小贴士

公元前210年，秦始皇巡视东南地区，在会稽山祭拜大禹，刻石记功。在他返回都城咸阳的途中，因病去世。

先发制人

释义

先发制人：先发动进攻的就能取得主动权，控制对方。

原句

会（kuài）稽守通谓梁曰："江西皆反，此亦天亡秦之时也。吾闻先即制人，后则为人所制。吾欲发兵，使公及桓楚将。"

故事

胡亥昏庸无道，以严刑酷法暴虐百姓，搞得全国民怨沸腾。陈胜、吴广在大泽乡率先起义反秦。在他们的影响下，各地百姓纷纷响应，杀了当地的官员，聚集兵马造反。

眼看起义的风潮席卷而来，会稽郡的郡守殷通生怕当地人起来造反。他知道项梁在民众当中很有号召力，就把他找来，说："长江以西都造反了。这也是老天要灭秦朝的时机啊！我听说先动手就能控制别人，后动手就会被别人控制。我打算起兵造反，让您和桓楚做将军，统领军队。"

项梁知道殷通这样做的目的是什么，他无非是想给自己找替罪羊而已——如果起义成功，他还是会稽郡的最高领导；如果起义失败，朝廷问罪，他可以把责任推给项梁，说自己是被迫的。

项梁决定杀了殷通，自行起义，就推托道："桓楚逃亡在外，别人不知道他去了哪里，只有项羽知道。"

殷通让项梁把项羽叫了进来。过了一会儿，项梁示意项羽，说："可以行动了！"

项羽立即拔剑砍了殷通的头，项梁随即夺了他的官印，并召集当地豪强，宣布起义。他自己担任会稽郡郡守，让项羽担任副将。叔侄二人聚拢了八千精兵，建立起一支强大的反秦武装力量。

知识小贴士

会稽郡，中国古代郡名，位于长江下游江南一带。公元前222年，秦始皇设置会稽郡，郡治在吴县，因此又称吴郡，辖区为春秋时长江以南的越国和吴国故地。

异军突起

释义

异军突起：比喻与众不同的新派别一下子崛起，独树一帜。

原句

少年欲立婴便为王，异军苍头特起。

故事

项梁和项羽带领八千兵马渡过长江，向西进军，准备攻秦。项梁听说东阳县也有人起义，首领叫陈婴，就派使者去东阳，想说服陈婴与自己一道合兵西进。

陈婴原本是东阳的官吏，为人诚实谨慎，得到人们的赞誉和信赖。东阳的年轻人杀了县令，聚集起数千人起义，想推举一位有号召力的首领，一时找不到合适的人选，就想到了陈婴，请他做首领。

陈婴以能力不足为由推辞。人们不肯罢休，强行让他做了首领。追随陈婴的人越来越多，很快就到了两万人。为了与其他队伍区别开，起义军都用青巾裹头，以表示这是一支新生的武装力量。

人们又想拥立陈婴为王。陈婴的母亲反对他称王，认为这样会让他成为朝廷和其他起义军攻击的目标，为他招来杀身之祸。

陈婴本来就不是一个爱出风头的人，便遵照母亲的嘱咐，没有做王，而是带领手下投靠了项梁。

项梁与陈婴合兵后，实力大增，士气更旺。其他起义队伍闻讯后也倍感鼓舞，陆续前来投靠。很快，项梁的队伍就从最初的八千人发展成为一支拥有六七万部众的武装力量。

知识小贴士

项羽在楚汉争霸中失败，陈婴归顺了刘邦。陈婴的后代在汉朝兴旺发达。他的孙子陈午娶了景帝的馆陶长公主刘嫖为妻，曾孙女成为汉武帝刘彻的第一任皇后。他的曾孙和玄孙也都娶了公主为妻。

楚虽三户，亡秦必楚

释义

楚虽三户，亡秦必楚：楚国就算只剩下三户，灭亡秦国的也一定是楚人。比喻即使力量弱小，只要血脉不绝，团结一致，也能取得最终胜利。

原句

夫秦灭六国，楚最无罪。自怀王入秦不反，楚人怜之至今，故楚南公曰“楚虽三户，亡秦必楚也”。

故事

陈胜起义失败被杀后，各路起义军互相争夺最高领导权。项梁凭借强大的实力，成为各路起义军共同信服的领袖。他四处招贤纳士，进一步扩充实力。

有一个名叫范增的人，很有智慧，善于谋划，七十岁了，一直没有得到机会做官。

范增听说项梁礼贤下士，爱惜人才，就前往投奔他。项梁向范增虚心请教。范增表达了自己对当时形势的看法，他说：“陈胜本来就应该失败。秦灭六国，楚国是最无辜的。当年楚怀王被骗入秦没有返回，楚国人至今仍在同情他。所以楚南公说‘楚国王族就算只剩下三户，灭亡秦朝的也一定是楚人’。

如今陈胜起义，不立楚国王室的后代，却自立为王，运势自然不能长久。现在您率众起义，楚国那么多将士前来归附追随，就是因为项家世世代代都是楚国大将，认为您一定会重新立楚国王室后裔为王。”

项梁听从范增的建议，到民间找到楚怀王的嫡孙熊心，沿袭他祖父的谥号，立他为楚怀王。项梁自封为武信君，让陈婴辅佐熊心建立国都，而范增则成为他最为倚重的谋士。

知识小贴士

“楚虽三户”的说法存在一定争议，有人认为三户指的是楚国祖先宗祠所在地三户城；有人认为指的是楚国立国三大姓，分别是屈姓、景姓和昭姓；也有人认为指的是三户人家。本书采用第三种说法。

搏牛之虻　羊狠狼贪

释义

①搏牛之虻：指可以叮咬牛这种大动物的虻虫。后来引申为志向要远大，格局不能太小。

②羊狠狼贪：形容人凶狠残忍、贪得无厌。

原句

①夫搏牛之虻不可以破虮虱。今秦攻赵，战胜则兵罢，我承其敝；不胜，则我引兵鼓行而西，必举秦矣。

②猛如虎，很（通“狠”）如羊，贪如狼，强不可使者，皆斩之。

故事

项梁与齐国大将军田荣联手，在东阿（今山东省东阿县）大破秦军。由于齐国发生内乱，田荣引军回国。项梁准备乘胜追击，田荣因与项梁有过节，拒绝出兵配合。于是，项梁独自率领楚军追击秦军，在定陶再次获胜。

不久，项梁因骄傲轻敌，被秦将章邯所杀。楚怀王熊心任命原楚国令尹宋义接替项梁为上将军，让项羽和范增作为他的副手。

章邯率兵攻打赵国。赵王向楚王求救。熊心就派宋义带领项羽等人前往支援。

楚军快到战场时，宋义下令让军队原地驻扎，不再前进，一直停留了四十多天。项羽认为应该进军，与赵军里应外合，击败秦军。宋义说："牛虻能叮咬牛，不可以对付小小的虮虱。秦军打胜了，士兵也累得不行了，我们再乘机进攻；如果秦军打不胜，我们再进攻，一定可以歼灭他们。"

宋义担心项羽和他的手下不听指挥，就向全军下令："那些像虎一样凶猛，像羊一样违逆，像狼一样贪婪，倔强而不听指挥的人，一律斩杀！"

宋义的行为引起了项羽的强烈不满，他暗中憋着一股劲儿，寻思着找机会向宋义发难。

知识小贴士

"羊很狼贪"这个成语，有的书里也写作"羊狠狼贪"，认为"很"是"狠"的通假字，解释为"心狠"的意思。在《说文解字》中，"很"有"不听从"的意思。《史记》原著中为"很"，但成语词典中取的是"狠"。

坐不安席

释义

坐不安席：在座位上坐不安稳。形容非常焦急。

原句

且国兵新破，王坐不安席。

故事

宋义与齐国的关系很好，便派他的儿子宋襄去齐国担任相国。宋义特意举办了盛大的饯行宴，为宋襄送行。他们在营帐之中开怀畅饮，喝得面红耳热。当时，天气很冷，还下着大雨，将士们缺衣少食，忍饥挨冻，苦不堪言，对宋义意见很大。

项羽趁机对众人说："我们准备齐心协力攻打秦军，却停留在这里不往前进军。今年闹饥荒，百姓贫苦，军中缺少存粮，宋义却大摆宴席，不带领军队去赵国取粮食，与赵军合力攻打秦军，还说什么要等秦军疲惫了再进军。秦国那么强大，赵国又刚刚复国，秦军一定会攻占赵国，那样，秦军就更加强大了，还谈什么趁秦军疲惫？而且，我们的军队刚刚打了败仗，怀王坐不安席，集中了境内全部兵卒粮饷交给上将军一个人，国家的安危，就在此一举了。可是宋义却不体恤士卒，只顾私利。

这样的人怎么配当社稷之臣！”

项羽的言论引起了大多数将士的共鸣，大家都觉得宋义的做法实在有失妥当。一时间，群情激愤，一股反对宋义的暗潮渐渐涌起。

项羽审时度势，认为取代宋义执掌军权的时机已经成熟，决定下手除掉他。第二天一早，项羽假借议事，进入宋义大帐将他杀死。随后，出来对众将士说：“宋义与齐国密谋，准备反叛楚国，楚王下密令让我杀了他。”

众将领素来敬畏项羽，就顺势拥立他为代理上将军。项羽派人杀了宋义的儿子，又向楚怀王汇报了军中发生的情况。楚怀王见事已至此，只得正式任命项羽为上将军。

知识小贴士

熊心重用宋义的目的是制衡项羽，没想到宋义不中用，反被项羽所杀。于是，军权再次落入项氏手中。

破釜沉舟　作壁上观

释义

①破釜沉舟：打破饭锅，凿沉渡船。比喻决一死战。也比喻下定决心，不顾一切地干到底。

②作壁上观：比喻将自己置身于事外，在一旁观望，不表达意见或态度。

原句

①项羽乃悉引兵渡河，皆沈（通“沉”）船，破釜甑（zèng），烧庐舍，持三日粮，以示士卒必死，无一还心。

②及楚击秦，诸将皆从壁上观。

故事

项羽掌握军权后，立即下令部署对秦军发起进攻。他先派遣两位将军率领两万人渡过漳河，救援被秦军包围的巨鹿（今河北省平乡县），小胜秦军。赵国又派人来请求增援。项羽觉得发起总攻的时机已经成熟，就率领全部军队渡河，准备展开决战。

军队渡过漳河之后，项羽下令把运输兵马的船全部凿沉，做饭用的锅全部砸烂，把营帐全部烧毁，只带了三天的干粮，以此向全军表示，这一战无论胜败，都没有退路可言。

楚军到了前线，与秦军展开一场又一场生死决战，最终大获全胜。

当时，各路诸侯在前线修筑了十几座营垒，却没有一支队伍敢主动发兵出战。等到楚军向秦军发起进攻时，他们只是躲在营垒中观望，不敢上前助战。

战斗结束后，项羽召见各路诸侯将领。当这些人进到军营的大门时，一个个都用膝盖跪着向前走，没有人敢抬头仰视项羽。

巨鹿之战，奠定了项羽独一无二的军事地位，不仅楚军尊奉他为上将军，就连各路诸侯也都将他视作上将军，心甘情愿地听从他的指挥。

知识小贴士

巨鹿之战是中国历史上以少胜多的著名战役之一。这一战打击了秦军主将章邯的气势，基本上摧毁了秦军的主力，奠定了反秦斗争胜利的基础。经此一战，秦朝的统治已经名存实亡。

秋毫无犯

释义

秋毫无犯：比喻军纪严明，丝毫不侵害百姓的利益。秋毫，鸟兽在秋天新长的细毛，比喻非常纤细的东西。犯，侵犯。

原句

吾入关，秋毫不敢有所近，籍吏民，封府库，而待将军。

故事

在派遣宋义、项羽等人去救援赵国的同时，楚怀王派刘邦率兵攻打秦国都城咸阳。

刘邦利用项羽牵制秦军主力的时机，顺利攻克咸阳。之后，他派兵把守函谷关，不让其他诸侯入关，打算自己称王。

随后赶到的项羽打下函谷关，率四十万大军在鸿门（今陕西省西安市临潼区东新丰镇鸿门堡村）驻扎。刘邦率十万部众在霸上（今陕西省西安市东白鹿原）驻扎。

刘邦手下有个叫曹无伤的人，担心刘邦不敌项羽，就想给自己留条后路。他偷偷地潜到项羽营中，把刘邦打算称王的计划告诉了项羽。

项羽本来就因为刘邦派兵把守函谷关而怪罪于他，听说他要称王，更加生气。范增趁机建议项羽派兵攻打刘邦。

当时，张良正在刘邦军中。项羽的叔父项伯与张良是好友，就趁夜黑偷偷前往告诉张良，让他离开刘邦避祸。

张良想帮助刘邦，就带着项伯去见他。刘邦热情款待项伯，与他结为儿女亲家，对他说："我进驻关中以后，连秋毫那么细微的东西都没敢动，登记了官民的户口，查封了所有的仓库，只为等着上将军到来。我派人把守函谷关，是为了防止盗贼出入以及发生其他变故。我们日夜盼望着上将军的到来，哪里敢谋反啊！希望您详细转告上将军，我是绝不敢忘恩负义的。"

项伯回去后，将刘邦的话转述给项羽。项羽暂时打消了攻打刘邦的念头，决定先观察一下形势再做打算。

知识小贴士

函谷关南接秦岭，北依黄河，是进入秦地的重要关塞。函谷关以西称为关中，是秦朝最为富庶的地区。刘邦攻打咸阳时，避开了函谷关，绕道进入关中地区。

鸿门宴　项庄舞剑，意在沛公

释义

①鸿门宴：项羽在鸿门设宴，款待刘邦。后指不怀好意，有意加害客人的宴会或邀约。

②项庄舞剑，意在沛公：表面上的言语、行为所表示的意思，并不是行为者的真正意图。

原句

①沛公旦日从百余骑来见项王，至鸿门……项王即日因留沛公与饮。

②良曰："甚急。今者项庄拔剑舞，其意常在沛公也。"

故事

刘邦带着张良、樊哙等人到鸿门去向项羽赔罪。项羽见刘邦态度诚恳，便宽恕了他，把导致两人失和的责任推给了曹无伤。

项羽随后大摆酒宴，款待刘邦和其他诸侯。

范增想趁机除掉刘邦，宴会开始后，他不时递眼色给项羽，同时举起玉佩，示意他下令杀了刘邦。项羽却始终沉默不语。

范增急了，离席而起，出去找到楚将项庄，让他进去祝酒，并授意他以舞剑为名，趁机杀死刘邦。

项庄进到帐中，先上前祝酒，然后对项羽说：“大王和沛公饮酒，军营中没有什么可以娱乐的，就让我来舞剑助兴吧。”

项羽说：“好吧。”

项庄就拔剑起舞，借机逼近刘邦，准备动手杀了他。项伯看出了项庄的用意，也拔剑起舞，用身体掩护刘邦，使得项庄无从下手。

项庄和项伯剑花飞舞，你来我往。刘邦坐在那里胆战心惊。张良在一旁见势不妙，赶紧出去找到樊哙，对他说：“现在情况很危急！项庄正在舞剑，一直在打沛公的主意啊！”

樊哙说：“真是太危险了！我要进去，和他们拼了！”说完，他就手持宝剑和盾牌，冲向营帐。

知识小贴士

樊哙当时以刘邦参乘（古人乘车，尊者在左，驾车者在中，一人在右陪同保护，称为参乘或车右）的名义陪同前往鸿门。按照礼制规定，樊哙没有资格与刘邦一同入席，只能在营帐之外等候。

发指眦裂　彘肩斗酒　劳苦功高

释义

①发指眦（zì）裂：头发向上指，眼眶尽裂开。形容极度愤怒。

②彘（zhì）肩斗酒：原指樊哙在鸿门宴上喝了一斗酒，吃生猪肘子，后形容人有英雄豪壮之气。彘肩，猪肘子。

③劳苦功高：指勤劳辛苦，功劳很大。

原句

①哙遂入，披帷西向立，瞋目视项王，头发上指，目眦尽裂。

②项王曰："壮士，赐之卮（zhī）酒。"则与斗卮酒。哙拜谢，起，立而饮之。项王曰："赐之彘肩。"则与一生彘肩。

③劳苦而功高如此，未有封侯之赏，而听细说，欲诛有功之人。

故事

樊哙闯入营帐之中，见了项羽，瞪大眼睛盯着他，头发根根竖起，两边眼眶仿佛都要睁裂了。

项羽手按宝剑，挺直身子，问："这位客人是干什么的？"

张良说："是沛公的护卫樊哙。"

项羽说："真是位壮士！赐他一杯酒！"手下的人给樊哙递上来一大杯酒。樊哙拜谢，起身站着喝了。

项王说："赐他一只猪肘子！"手下的人递过来一整只生猪肘。樊哙毫不客气，把猪肘子架在肩上，用宝剑切了便吃。

项羽问樊哙："壮士，还能喝酒吗？"

樊哙说："我死都不怕，喝酒又算得了什么！怀王曾说过'谁先进入咸阳，就让他在关中为王'。如今，沛公出了这么大力，受了这么多苦，立下这么大的功劳，进了咸阳，没有得到赏赐，您反而要杀了他。我认为您不会这么做。"

项羽听了樊哙的话，一时无言以对。不一会儿，刘邦以上厕所为借口，跟樊哙偷偷离开了营帐。

知识小贴士

樊哙最初只是一名屠夫，追随刘邦起事后，作战勇猛，屡立战功。汉朝建立后，刘邦封樊哙为舞阳侯。

人为刀俎，我为鱼肉
不胜杯勺　不足与谋

释义

①人为刀俎（zǔ），我为鱼肉：指生杀大权掌握在别人手里。

②不胜杯勺（sháo）：禁不起多喝酒。杯勺，本指酒器，这里代指酒。

③不足与谋：不值得和他商量。

原句

①如今人方为刀俎，我为鱼肉，何辞为。

②沛公不胜杯杓（通“勺”），不能辞。

③竖子不足与谋。夺项王天下者，必沛公也。

故事

项羽见刘邦出去很久还不回来，就派都尉陈平出去找他。樊哙让刘邦赶紧逃跑，刘邦认为这样失礼。樊哙说：“现在人家是刀和砧板，我们是鱼肉，不跑还等什么呢？”

刘邦一琢磨，樊哙说的有道理。于是，他便赶紧坐上车，在樊哙等人的保护下，抄近路逃回了自己的营中。

张良估摸着刘邦已经回营，就拿着刘邦留下的一双白璧和一双玉斗走进大帐。

张良对项羽深施一礼，说：“沛公酒量不行，喝不了酒，不能跟您告辞了。他特意嘱咐，让我奉上白璧一双，献给大王；玉斗一双，献给范大将军。”

项羽听说刘邦已经走了，也没有多做计较，拿过白璧，放到了座位上。

范增拿过玉斗，扔到地上，拔出宝剑，把它砍了个稀巴烂，气急败坏地说：“唉！项庄这帮小子啊，没法和他们谋划大事。将来夺取项王天下的，一定是沛公了。”

此时，刘邦早已回到军中，并且立即下令杀了叛徒曹无伤。

知识小贴士

古代玉器的名称由中心的圆孔大小决定，大孔者称为瑗（yuàn），小孔者称为璧，孔径与玉质部分边沿相等者，称为环。璧是权力的标志和等级制度的象征。玉斗是玉制的酒器，属于普通礼物。刘邦献给项羽和范增的礼物，是根据二人不同身份准备的。

衣锦夜行　衣锦还乡　沐猴而冠

释义

①衣锦夜行：穿了锦衣在夜间行走。指虽居高位，却不能让人看到自己的荣耀。

②衣锦还乡：穿着华丽的锦衣回家。形容富贵后荣耀乡里。

③沐猴而冠：猕猴戴上帽子，扮作人的模样。比喻虚有其表或地位，内在本质不好。讽刺依附权势，窃据名位的小人。沐猴，猕猴。

原句

①②项王见秦宫室皆以烧残破，又心怀思欲东归，曰："富贵不归故乡，如衣绣夜行，谁知之者！"

③说者曰："人言楚人沐猴而冠耳，果然。"

故事

鸿门宴后，项羽率兵进入咸阳城，他下令放火烧了秦朝宫室，在城内大肆烧杀抢掠，就连本来已经投降的秦王子婴也被杀掉了。随后，项羽抢了许多财宝，准备离开咸阳，回楚国去。

有人劝项羽在关中建都。项羽却说："富贵不回故乡，就像穿着锦绣衣服在黑夜中行走，谁能知道我的荣华富贵呢？"

这人见项羽不听劝，私下对别人说：“听说楚人像是猴子戴了人的帽子，果然是这样。”项羽知道后，恼羞成怒，下令杀了他。

项羽派人向楚怀王汇报占领关中的情况，楚怀王命他按照当初的约定行事。项羽根本不把楚怀王的话当回事，假借尊奉他为“义帝”的名义，剥夺了他的最高权力。

接下来，项羽大封诸侯。由于他仍然对刘邦心怀忌惮，就把刘邦封到交通闭塞的巴蜀（今四川省地区）和汉中（今陕西省西南部），称汉王。项羽根据其他有功的诸侯与自己关系的远近，也都给他们封了王。最后，项羽自封为西楚霸王，建都于富庶的彭城（今江苏省徐州市）。

知识小贴士

项羽没有建都关中，而是将关中一分为三，封秦朝降将章邯为雍王、董翳（yì）为翟王、司马欣为塞王，让他们在那里分兵驻守，防范刘邦。因此，关中地区也被称为“三秦之地”。

置酒高会

释义

置酒高会：设置酒宴，举行盛会。置，设置。

原句

四月，汉皆已入彭城，收其货宝美人，日置酒高会。

故事

项羽回到彭城之后，恼恨当初义帝（楚怀王）偏向刘邦，导致自己没能率先进入关中，就下令把义帝迁往偏远的长沙郴县。半路上，项羽让人秘密杀害了义帝，将他沉入江中。

诸侯中田荣、彭越、陈馀等人因项羽分封不公而对他不满，纷纷起兵造反。刘邦趁势率汉军杀出关中，打败章邯，收服了董翳和司马欣，占据关中地区；后又挥师东进，与项羽争夺天下。楚汉战争就此开始了。

起初，项羽压根儿就没把刘邦放在眼里，只是派了一员大将前去抵挡汉军，他亲率大军去齐地攻打最先起兵造反的田荣。

刘邦联合五路诸侯的兵力，总共五十六万人，向东进军，直奔项羽的老巢彭城而去。

项羽得到消息，安排其他将领继续平定齐地，自己率领三万精兵回援彭城。

还没等项羽杀回来，刘邦已经带领诸侯联军打下了彭城。也许是胜利来得太过容易，刘邦有些得意忘形，在纵容将士们在城内大肆抢掠的同时，他还每天设置酒宴，大搞庆功会。

正当联军在城里纵情享受的时候，项羽突然兵临城下。仅用了半天时间，项羽就打下了彭城。联军大败而逃。

狼狈不堪的刘邦逃到了荥阳，暂时站稳了脚跟。

知识小贴士

彭城之战失败后，刘邦遭到楚军追杀。在逃亡的过程中，他为了减轻车载重量，利于逃生，曾三次把自己的亲生儿子和女儿（后来的汉惠帝刘盈和鲁元公主）推下车。将军夏侯婴三次把孩子们送上车，这才保全了他俩的性命。

分一杯羹

释义

分一杯羹：分一杯肉汁给我。指分享利益。羹，肉汁。

原句

汉王曰："吾与项羽俱北面受命怀王，曰'约为兄弟'，吾翁即若翁。必欲烹而翁，则幸分我一杯羹。"

故事

彭城之战中，汉军几乎全军覆没，就连刘邦的父亲刘太公和妻子吕雉也成了项羽的俘虏。

项羽见刘邦退守荥阳，亲率楚军去攻打。由于刘邦有萧何在后方源源不断地提供兵马粮草，暂时守住了荥阳。

项羽多次出兵切断汉军的粮道。眼看着荥阳也守不住了，刘邦只得再次出逃。

就这样，刘邦被项羽追得四处逃窜。每次失败，刘邦总能收拾残局，建立新的根据地，与项羽对峙，不肯屈服。

项羽实在拿刘邦没办法，想用刘太公要挟刘邦，劝他投降，就做了一张很高的案板，放在城头，让刘太公坐上去，对刘邦说："你要是不赶紧投降，我就把太公煮了。"

刘邦说："我和你项羽都向怀王称臣，互相结为兄弟，因此，我的父亲就是你的父亲，如果你一定要煮了你的父亲，那么，希望你能分一杯肉汁给我。"

项羽见刘邦根本不在意父亲的生死，气坏了，当时就要杀了刘太公。项伯劝道："现在天下大势到底会怎样还不知道。况且要争夺天下的人是根本不会顾及家庭的，就算杀了太公，也没什么用处，只会增加祸患罢了。"

项羽一看这招的确不灵，只好听了项伯的话，留了刘太公一条命。

知识小贴士

楚汉两军相持不下，项羽想和刘邦单挑，一决胜负。刘邦笑着回答："我宁可与你比拼智力，也不跟你比拼勇力。"项羽派人出战，汉军神射手楼烦射杀楚将。项羽亲自出马，楼烦准备发箭。项羽怒视并大声呵斥楼烦，吓得他逃回营中，不敢出战。

各自为战　判若鸿沟

释义

①各自为战：指各自成为独立的单位进行战斗。比喻各干各的，互不通气。

②判若鸿沟：中间像有条鸿沟分开一样，形容界限分明。鸿沟，用以比喻事物的界线。

原句

①使各自为战，则楚易败也。

②项羽恐，乃与汉王约，中分天下，割鸿沟而西者为汉，鸿沟而东者为楚。

故事

楚军和汉军相持不下，一时间谁也奈何不了谁。这期间，汉将韩信率兵攻下齐地和赵地。诸侯彭越也在项羽的后方打游击，阻挠楚军粮道，战事的发展对于楚军越来越不利。

这时，楚军的粮草快吃光了。由于粮道受阻，后续粮草供应严重不足。汉军的粮草供应虽然不成问题，可长期对峙也使刘邦一筹莫展。于是，他连着好几次派人与项羽讲和。

项羽心里没底，就趁势答应了，与刘邦约定平分天下，以鸿沟（今河南省境内）为界，东边归楚，西边归汉。双方既然和好，项羽就放还了刘邦的父亲刘太公和妻子吕雉，随后就撤兵了。

刘邦后悔了，想趁着项羽退兵之际从后面掩杀。他采用张良和陈平的计策，与韩信和彭越约好，一起追击楚军，准备一统天下。没想到，韩信和彭越没来，刘邦吃了败仗。

刘邦问张良："韩信和彭越不来，我们怎么办呢？"

张良说："您如果答应跟他们共分天下，他们马上就来了。您分别给他们封地，让他们各自为了利益而独立作战，那就很容易打败楚军了。"

刘邦听从了张良的建议，派人向韩信和彭越传达自己的意思。两人听说有好处可得，果然马上率兵前来增援。

知识小贴士

鸿沟是古代的一条人工运河，由于曾经临时作为楚、汉的边界，又称为"楚河汉界"。中国象棋借用了这一典故，将棋盘中间、对弈双方的交界处，命名为"楚河汉界"。

四面楚歌　拔山盖世

释义

①四面楚歌：比喻陷入孤立无援、四面受敌、走投无路的困境。

②拔山盖世：力能拔山，勇气举世无双。形容勇猛无比。

原句

①项王军壁垓下，兵少食尽，汉军及诸侯兵围之数重。夜闻汉军四面皆楚歌，项王乃大惊曰："汉皆已得楚乎？是何楚人之多也？"

②于是项王乃悲歌慷慨，自为诗曰："力拔山兮气盖世，时不利兮骓不逝。"

故事

项羽击退了刘邦的汉军，没料到，韩信、彭越、英布等各路诸侯的军队又赶来助战。楚军不敌，被汉军和诸侯联军围困在垓下（今安徽省灵璧县）。

项羽下令在垓下修筑营垒，准备坚守到底。然而，楚军减员严重，粮食缺乏，士气低迷，无心应战。汉军和诸侯联军里三层、外三层，将楚军围困得严严实实。楚军守也不是，突围也不是，形势越来越艰难。

一天夜晚，项羽听到汉军从四面八方唱起了楚地的民歌，非常吃惊地说："难道是汉军已经占领了所有的楚地？为什么在他们的队伍中有这么多的楚人呢？"

项羽越想越不安，干脆从床上起身，在大帐中饮起酒来，一直跟随身边的美人虞姬也陪着他一起饮酒消愁。项羽不禁悲从中来，慷慨而歌道："我力能拔山，勇气举世无双，可时机不利，骏马难以冲刺；骏马不再冲刺，我也无计可施，虞姬啊虞姬，我又如何将你安置？"

虞姬听了项羽的悲歌，也跟着吟唱起来。唱着唱着，项羽流下泪来。帐下的将士们也都纷纷落泪，不忍心抬头看他。

知识小贴士

项羽吟唱的诗歌为《垓下歌》，全诗原文为："力拔山兮气盖世，时不利兮骓不逝。骓不逝兮可奈何！虞兮虞兮奈若何！"

江东父老

释义

江东父老：比喻家乡父老兄弟。江东，古指长江以南。

原句

且籍（项羽）与江东子弟八千人渡江而西，今无一人还，纵江东父兄怜而王我，我何面目见之?

故事

项羽率领八百将士连夜突围。当他杀出重围时，身边只剩下二十八人。这时，数千汉军骑兵追赶上来。项羽已知无法逃脱了，便对部下说："我起兵至今已经八年，亲自打了七十多仗，战无不胜。今天，我给各位打个痛痛快快的仗，让各位知道的确是上天要我灭亡，而不是作战的过错。"

项羽对部下说："我来给你们拿下一员汉将！"说完，命令部下策马从四面飞奔而下，约定冲到山的东边，分为三处集合。只见项羽大喊着冲了下去，所到之处，汉军像草木一样随风而倒。项羽趁势杀掉了一名汉将，继续冲锋。

项羽见身后又有一名汉将追来，便瞪大眼睛呵斥他，那人吓得倒退了好几里。项羽如约和他的骑兵在三处会合。汉军再次包围上来。项羽冲入敌阵，又斩杀百十来人，而楚军仅仅损失了两人。项羽问部下：“怎么样？”部下都仰慕地说：“正像大王说的那样。”

项羽来到乌江岸边，准备渡江回江东。然而，他回头一看，身边人已寥寥无几，便对前来接自己过江的乌江亭长说：“当初，我带江东八千子弟出来，如今没有一人生还。纵然江东父老可怜我，让我继续为王，我又有何颜面见他们呢？”于是，项羽决定留下来与汉军决一死战。

项羽与身边人下了马，与追兵展开肉搏，他又亲手杀了数百人，自己也身负重伤，最终，自刎而死。

知识小贴士

项羽死后，刘邦亲自为他发丧，还哭着祭拜了他。司马迁认为，项羽仅用了三年时间，灭了秦朝，又分割天下，这样的英雄伟绩，是自古以来没有听说过的。

高祖本纪

贵不可言

一败涂地

长揖不拜

约法三章

大失所望

明修栈道，暗度陈仓

大逆不道

高垒深堑

攻城略地

妒贤嫉能

运筹帷幄

决胜千里

百二山河

高屋建瓴

贵不可言

释义

贵不可言：旧时多用以称人贵有帝王、帝后之相。此话不能直言，故婉称之。

原句

老父曰："乡者夫人婴儿皆似君，君相贵不可言。"

故事

刘邦出生于沛县（今江苏省徐州市下辖县）一个平民家庭，他为人宽厚，喜欢施舍，胸襟豁达，有干大事的气度。他不像一般人那样做些田地营生、置办家产，而是喜欢喝酒交友。由于他结交广，人缘好，县衙让他做了泗水亭长。

有一次，刘邦到咸阳服徭役，远远地看见秦始皇的威仪，他感叹道："唉！大丈夫就应该这样啊！"

旅居沛县的吕公很赏识刘邦，把女儿吕雉嫁给他为妻。二人婚后育有一子一女，日子过得不错。

一天，吕雉正带着儿女在田地里除草，来了一个老人向她讨水喝。喝完水，老人对她说："夫人真是天下少有的贵人呀！"吕雉听了很高兴，又让他给孩子们看相。老人说："夫人之所以尊贵，就是因为这个男孩儿。”他还说，女儿也是贵人之相。说完，他就走了。

这时，刘邦刚好来到田间，听吕雉说了刚才的事情，连忙追上老人，让他给自己也看一看面相。

老人说：“夫人和孩子们的面相都和您相似。您的面相实在是太尊贵了，我没法用言语说出来。”

刘邦听了大喜，说：“如果真像您说的那样，我一定不敢忘了您的恩德。”

知识小贴士

吕公是沛县县令的朋友，他邀请沛县有头有脸的人参加宴会。刘邦前往参加，一分钱没带，却谎称奉上礼金一万，成功地吸引了吕公的注意。吕公见他相貌非凡，经过交流，认定他能成就大事，就把女儿嫁给了他。

一败涂地

释义

一败涂地：形容彻底失败，不可收拾。涂地，肝脑涂地。

原句

天下方扰，诸侯并起，今置将不善，一败涂地。

故事

有一年，刘邦押送囚徒到骊山服役。囚徒们不愿意去那里受苦，不少人半道儿逃跑了。刘邦心想，等到了骊山，这些人也都跑完了。于是，他干脆把这些人放了，让大家各自逃命。有十来个人不愿走，和他一起过着逃亡的生活。

就这样，刘邦开始了流亡的生涯。时间久了，他的手下竟然聚集起一支百十来人的队伍。

陈胜、吴广起义后，各地的人们大多都杀了当地官员响应起义军。沛县县令怕百姓造反杀害自己，打算主动起义。县里的小吏萧何、曹参认为，百姓不一定愿意追随，建议他请刘邦回来，借助他的影响力号召百姓。

于是，县令就让刘邦的连襟樊哙去喊他回来。刘邦便带着队伍回了县城。县令见刘邦手下那么多人，怕他不听自己指挥，就不让他进城，还要杀了萧何、曹参。二人只好逃出城投靠了刘邦。

在刘邦的号召下，城里的百姓们杀了县令，打开城门，把刘邦的队伍迎进城。百姓们推举刘邦做县令，领导起义。

刘邦对百姓们说："如今天下大乱，诸侯纷纷起兵，一旦选不到合适的首领，就会在战争中一败涂地。我不是顾惜自己的性命，而是担心自己能力不够，不能保护大家，还是另选更合适的人吧。"

最终，大家还是推举刘邦做了县令，尊称他为沛公。

知识小贴士

刘邦押送囚徒去骊山时，朋友们每人赠三百钱做路费，只有萧何赠了五百钱。后来，刘邦当了皇帝，在封赏功臣时，特意给萧何加了两千户的封邑，作为回报。

长揖不拜

释义

长揖不拜：理应跪拜而只行长揖之礼，形容遇见尊贵者时礼节简慢不恭敬。长揖，旧时拱手高举、自上而下的相见礼。

原句

沛公方踞床，使两女子洗足。郦生不拜，长揖，曰："足下必欲诛无道秦，不宜踞见长者。"

故事

刘邦组织了一支两三千人的起义队伍，与秦军对抗。由于手下背叛，刘邦丢了阵营。他便率众投靠了项梁。项梁拥立熊心为楚怀王之后，刘邦自然成了楚怀王帐下的一名将军。

楚怀王觉得刘邦为人忠厚可信，就命令他率兵去攻打咸阳。楚怀王与各路诸侯约定，谁先打下咸阳，平定关中，他就封谁为王。

刘邦率领队伍一路西行，当他到达高阳（今河南省杞县西南）时，负责看守城门的郦食其（yì jī）说："从这个门路过的将军很多，我看沛公才是有德行的人。"于是，他请求拜见刘邦。

刘邦坐在床上，两腿叉开，让两个侍女洗脚，不把郦食其放在眼里。郦食其不满，就没有向他行跪拜大礼，只是弯腰拱手作了个揖，说："您如果一定要诛灭实行暴政的秦朝，就不应该坐着接见我老人家。"

刘邦见郦食其谈吐不凡，赶紧起身，整理衣冠，请他上座，以示尊重。郦食其为刘邦分析了当前形势，并出主意，让他派兵突袭陈留（今河南省开封市陈留镇）。刘邦在郦食其的指点下，派兵攻打陈留，得到了那里库存的粮食，为军队西进关中提供了充足的给养。

知识小贴士

韩信在攻打齐地时，刘邦怕他打不下来，就派郦食其前往游说齐王。齐王被说服，同意归顺刘邦。这时，韩信却乘其不备发动进攻。齐王认为郦食其是在欺骗自己，一怒之下，就把他杀了。

约法三章　大失所望

释义

①约法三章：约定法律三条。原指刘邦进入咸阳，废除秦法之后，制定三条简单法令。后泛指共同遵守的规定。

②大失所望：指希望全落空。

原句

①与父老约，法三章耳：杀人者死，伤人及盗抵罪。余悉除去秦法。

②秦人大失望，然恐，不敢不服耳。

故事

刘邦的队伍率先进入关中。秦王子婴乘着白车白马，脖子上系着绳子，捧着皇帝的玉玺，出城投降。

众将要求杀了子婴。刘邦说："怀王派我来，就是因为我宽容；况且，人家现在已经投降了，再杀了他，不吉利。"于是，他赦免了子婴，带着部众进了咸阳。

刘邦下令严格约束将士，不许他们侵害当地百姓，还把秦地各县有威望的人召集起来，对他们说："大家饱受秦朝严酷的法律之苦已久。我跟大家约定三条法令：杀人者，判处死刑；

伤害他人以及盗窃者，根据罪行轻重处以相应的刑罚；其他秦法全部废除。各级官吏正常办公。我来这里，是为了清除暴政，而不会侵害你们，不必害怕。”

秦地百姓都很高兴，都想让刘邦做他们的王。

项羽率兵攻破函谷关，听说刘邦要称王，准备出兵攻打他。刘邦寻思自己的实力还不足以与项羽为敌，就放低姿态，主动到鸿门向项羽赔罪，从而避免了一场内战。

项羽率兵进入咸阳，杀了秦王子婴，烧了秦朝宫室，到处抢掠。他的行为令秦人大失所望。然而，迫于他强大的武力，秦人不敢不服。

知识小贴士

秦朝宫室包括咸阳宫和阿房宫。咸阳宫是秦朝的旧宫殿，阿房宫是秦始皇新建的宫殿。阿房宫与万里长城、秦始皇陵、秦直道，并称“秦始皇四大工程”，号称“天下第一宫”，是世界上最大的宫殿基址。

明修栈道，暗渡陈仓　大逆不道

释义

①明修栈道，暗渡陈仓：比喻以明显的行动迷惑、麻痹对方，暗中采取另一种行动以达到某种目的。

②大逆不道：严重叛逆，不合正道。原指犯上作乱的言行。后也泛指严重违反或对抗正道的言行。

原句

①八月，汉王用韩信之计，从故道还，袭雍王章邯。邯迎击汉陈仓，雍兵败，还走。

②今项羽放杀义帝于江南，大逆无道。

故事

项羽分封诸侯，将刘邦封到了地理位置偏远的汉中和巴蜀之地。刘邦惹不起项羽，只得率部下过栈道，前往封地汉中就职。随即，他让人放火烧了栈道，以此向项羽表示自己没有再杀回来的意图。

不久，项羽杀了义帝熊心，诸侯纷纷起兵造反。刘邦见时机已到，就采用韩信的计策，表面上修整栈道，暗地里率兵从另外一条路——故道，杀出汉中，突袭敌军防守薄弱的陈仓，很快就打败了章邯等人，夺取了整个关中地区。刘邦留下萧何镇守关中，自己率兵出关向东进军，直逼项羽的老巢彭城。

到了洛阳时，刘邦得知义帝已被项羽所害，大哭一场，向各路诸侯发布文告，说："项羽杀害义帝，犯下大逆不道的罪行。我愿和大家一起出兵击杀他。"各路诸侯纷纷响应，共同起兵攻打项羽。

刘邦率领汉军，和诸侯联军与楚军在彭城一带展开决战。由于联军缺乏统一部署，最终败给了楚军。

彭城之战后，诸侯们见项羽势大，纷纷转而投向他的阵营。刘邦收拾队伍，据守荥阳城。

由于萧何从关中源源不断地向前方供应士卒和粮草，刘邦的队伍逐渐恢复了元气。

知识小贴士

在《史记》中，司马迁只写了汉军突袭陈仓的史实，并没有汉军明修栈道的记载。在元代戏曲《暗渡陈仓》中，有韩信派樊哙修栈道的桥段，这才引申出了成语"明修栈道，暗渡陈仓"。

高垒深堑

释义

高垒深堑：同“高垒深沟”。高筑壁垒，深挖壕沟。形容加强防御。垒，军营四周的堡寨；堑，壕沟。

原句

郎中郑忠乃说止汉王，使高垒深堑，勿与战。

故事

汉军与楚军相持了一年多。由于楚军多次切断汉军的粮道，汉军缺少食物，被楚军包围在荥阳城中。

范增力劝项羽赶紧攻下荥阳，灭了刘邦。刘邦想除掉范增这个老对手，就采用陈平的计策，离间项羽和范增的关系。二人果然上当，闹翻了脸。范增一怒之下离开了项羽，在返回彭城的路上病死了。

范增一死，项羽身边再也没有给他出主意的人了。为了帮助刘邦突围，将军纪信扮作他的模样，带着两千名身披战甲的女子，假意投降项羽，吸引了楚军的注意。刘邦乘机从城里逃了出去。

刘邦带兵占据了荥阳城东面的成皋。项羽得了信，再次将刘邦包围起来。刘邦和夏侯婴驾了一辆车逃了出来，与韩信和张耳的队伍会合。刘邦夺了韩信的帅印，派他率领一支队伍前去攻打齐国，自己统率一支队伍，准备与项羽再次展开决战。

郎中郑忠知道刘邦不是项羽的对手，就劝阻了他，让他修筑高大的堡垒，挖掘很深的壕沟，避免与楚军交战。

刘邦听从了郑忠的建议，派出一支队伍深入到楚地，与彭越的队伍会合，在项羽的后方展开攻势，占领了十多座城池。

随着形势的发展，汉军逐渐占了上风。诸侯们又重新与刘邦联合起来，终于在垓下一举击溃了楚军，结束了长达四年之久的楚汉战争。

知识小贴士

刘邦在楚汉战争中时常陷入绝境，凡是他亲自指挥的战斗，大多以失败告终。不过，刘邦虽然带兵打仗不行，但他却是权谋高手，善于统驭部下。他秘密闯入韩信军中夺取帅印，就是一个有名的案例。

攻城略地　妒贤嫉能
运筹帷幄　决胜千里

释义

①攻城略地：指进攻霸占城池，掠夺土地。

②妒贤嫉能：对于德望、才能胜过自己的人心怀忌恨。

③运筹帷幄：在帐幕中谋划军机。常指拟订作战策略。

④决胜千里：指在后方制定作战方案就能决定前方的胜利。形容将领善于谋划指挥。

原句

①然陛下使人攻城略地，所降下者因以予之，与天下同利也。

②项羽妒贤嫉能，有功者害之，贤者疑之，战胜而不予人功，得地而不予人利，此所以失天下也。

③④夫运筹策帷帐之中，决胜于千里之外，吾不如子房。

故事

刘邦在洛阳称帝之后，在皇宫里宴请功臣。他问大家：“你们说说，我为什么能得到天下，项羽又为什么失去天下？”

大臣高启和王陵回答说：“项羽为人傲慢，喜欢侮辱人；

陛下为人仁义，待人很宽厚。您派人攻占城池，掠夺土地，攻下的土地就分封给将士，与天下人共同分享利益。项羽妒贤嫉能，加害有功的人，怀疑贤良的人，有功之人不给记功，得到土地不给人分利。这就是他之所以失去天下的原因。”

刘邦说：“你们只知其一，不知其二。要论运筹帷幄，决胜千里的本事，我不如张良；要论治理国家，安抚百姓，供给粮饷，这些方面我不如萧何；要论统率千军万马，克敌制胜的指挥才能，我不如韩信。这三个人，都是非常杰出的人才，我能用好他们，这就是我取得天下的原因。项羽只有一个范增，还不能善用，这就是他为什么会被我打败的原因。”

刘邦从善如流，能听取别人的意见。张良劝他到关中建都。刘邦虽然很喜欢洛阳，但他认为张良说的有道理，于是，当天就率领百官去了关中，在长安（今陕西省西安市）建立了都城。

知识小贴士

汉朝先后一共有三个都城。西汉都城是长安，东汉都城是洛阳。东汉末年，曹操把汉献帝接到许昌，这里成为汉朝的第三个都城。

百二山河　高屋建瓴

释义

①百二山河：指地势险要，易守难攻。百二，二万人可敌百万人。

②高屋建瓴：把瓶水从高屋脊上向下倾倒。比喻居高临下，势不可当。

原句

①秦，形胜之国，带河山之险，县隔千里，持戟百万，秦得百二焉。

②地势便利，其以下兵于诸侯，譬犹居高屋之上建瓴水也。

故事

在楚汉战争中，韩信凭借攻下齐地的功劳，向刘邦请封齐王。刘邦虽然不乐意，但考虑当时正是用人之际，只得违心地答应了。不过，刘邦从那时候便开始猜忌韩信，怕他造反。

汉朝建立后，刘邦马上夺了韩信的兵权，将他由齐王改封为楚王，没过多久，又以谋反为由把他抓了起来，准备好好收拾他。

一位名叫田肯的大臣听说后，来向刘邦道贺，说：“您抓了韩信，又建都关中，真是可喜可贺呀！秦地形势险要，山河环绕，与关东疆界绵延千里，只需两万兵力就可以抵挡关东百万大军。这么有利的地形，如果对诸侯用兵，就像从高高的屋顶上倾倒瓶水，居高临下，势不可当。还有齐地，东面富饶，南面、西面有山河作为屏障，北面有大海的地利，只需二十万兵力，就可以抵挡诸侯百万大军。如果不是您的亲子弟，一定不能让他做齐地的王。”

刘邦认为田肯说的有道理，就奖励了他五百斤黄金。同时，他也听出田肯有为韩信求情的意思。因为，秦地和齐地当初都是韩信带兵打下来的。

由于没有掌握韩信谋反的证据，刘邦就顺势把韩信放了，只是削除了他的楚王爵位，改封为淮阴侯。

知识小贴士

古代所谓的黄金，与我们今天所说的黄金不同，有可能是铜，也有可能是掺杂了黄金的铜，还有可能是纯黄金。因此，当时的五百斤黄金与现在的黄金价值不可等同起来。

吕太后本纪

无所不可

面折廷争

犹豫不决

无所不可　面折廷争

释义

①无所不可：没有什么不可以的。

②面折廷争：指在朝廷上犯颜直谏，据理力争。面折，当面驳斥。廷，朝廷。

原句

①勃等对曰："高帝定天下，王子弟，今太后称制，王昆弟诸吕，无所不可。"

②陈平、绛侯曰："于今面折廷争，臣不如君；夫全社稷，定刘氏之后，君亦不如臣。"

故事

刘邦当上皇帝后，他的妻子吕雉被封为皇后。刘邦去世后，他和吕后所生的儿子刘盈继位为帝。由于刘盈性格软弱，朝政大权落入吕后手中。

过了七年，刘盈也去世了。继位的皇帝年幼无知，根本管不了朝政大事，吕后从此一人独掌大权，说一不二。

吕后为了扶植吕氏家族势力，召集众臣商议分封吕氏子弟为王的事情。她先征求右丞相王陵的意见。

王陵说：“先帝当初杀白马立下盟誓，说‘如果刘氏子弟之外的人称王，天下人一起讨伐他’。您现在封吕氏子弟为王，是违背先帝约定的。”

吕后不高兴，又征求左丞相陈平和绛侯周勃的意见。

二人说：“先帝平定天下，分封刘氏子弟为王；如今您执政，分封吕氏兄弟为王，没有什么不可以的。”

吕后很开心，宣布退朝。

退朝后，王陵指责陈平和周勃。二人说：“当下在朝廷上指责君主过失，争辩对错，我们不如您；而将来保全国家社稷，安定刘氏的后代，您就不如我们了。”

不久，吕后免了王陵的丞相职位，让陈平做了右丞相。就这样，在吕后执政期间，吕氏子弟先后数人被封王，而刘氏子弟却备受打压，赵王等人甚至被迫害致死。

知识小贴士

汉代沿袭秦代的官制，设立左、右丞相。上朝时站在皇帝右侧的，是右丞相，是主相；站在皇帝左侧的，是左丞相，是副相。古人以右为上，因此，右丞相的地位高于左丞相。

犹豫不决

释义

犹豫不决：犹豫迟疑，拿不定主意。

原句

吕禄、吕产欲发乱关中，内惮绛侯、朱虚等，外畏齐、楚兵，又恐灌婴畔之，欲待灌婴兵与齐合而发，犹豫未决。

故事

吕后去世后，梁王吕产和赵王吕禄等人准备发动政变，夺取刘家的天下。住在长安的朱虚侯刘章得信后，派人告诉了远在齐国的哥哥齐王刘襄。刘襄准备发兵进入都城铲除吕氏诸王及其政治势力。

吕产派灌婴率兵迎击齐王刘襄。灌婴走到荥阳就不再前进。他与刘襄秘密取得联系，约好双方都按兵不动，打算等吕氏叛乱时，一起诛灭他们。

吕禄和吕产想发动政变，对内担心周勃和刘章联合起来对付他们，对外担心齐国和楚国出兵来攻，又担心灌婴背叛他们，想等灌婴与齐国交战后再发动政变，却迟迟不见他动手。二人瞻前顾后，一时犹豫不决。

周勃和陈平利用二人的矛盾心理，派人游说吕禄，说："您如果把将印交给太尉（周勃），再劝梁王交还相国大印，齐国一定会罢兵，天下自然就安定了。您也可以安心为王了。"

吕禄拿不定主意，与吕产以及吕家其他人商量，有人认为可以，有人认为不行，到最后也没个结果。

周勃和陈平抓住时机，会同刘章等刘氏宗亲势力，从吕氏兄弟手中骗取了兵权，杀了二人，一并铲除了吕氏的政治势力。

知识小贴士

铲除吕氏的政治势力之后，众臣准备扶持齐王刘襄为帝。由于刘襄的舅舅驷钧为人残暴，众臣担心一旦刘襄称帝，驷钧会像吕氏一样专权，扰乱朝政。因此，经过商议，最后确定扶持代王刘恒为帝。

孝文本纪

犬牙相制

贤良方正

诽谤之木

犬牙相制

释义

犬牙相制：地界像犬牙一样交错连接，互相牵制。

原句

高帝封王子弟，地犬牙相制，此所谓盘石之宗也。

故事

周勃和陈平派使者去代王刘恒的封地请他到都城即位。刘恒知道都城刚发生了变故，乱哄哄的，搞不清楚状况，就把属下召集起来，商量怎么办。

郎中令张武等人说："朝廷里的大臣们大多是先帝时的大将，精通军事，多谋善诈。他们的用意恐怕不止于此。之所以请您进都城即位，不过是畏惧先帝和吕太后的威势罢了。如今，他们刚刚诛灭诸吕，血洗京城，这个时候来人，名义上是迎接大王，实际上是不可信的。希望您假称有病，暗中观察，看看形势有什么变化。"

中尉宋昌认为张武等人分析得不对，他说："第一，天下已经是刘氏的，外人早就断了当皇帝的念想；第二，刘氏子弟封王，地界犬牙交错，互相牵制，势力之大，足以令天下人臣服；

第三，汉朝废除了秦朝的严刑酷法，施行仁政，得到人民的拥护，政权基础难以动摇。如今，在先帝的儿子当中，只剩下大王您和淮南王了。大王贤明仁义，恪守孝道，天下闻名，所以，大臣们顺应天下人的心意想请您继位为帝。您不用怀疑他们的用心。”

刘恒听了宋昌的分析，认为他说的有道理，就不再犹豫，动身前往都城即位去了。

知识小贴士

刘邦总共有八个儿子，刘恒是第四子。他即位时，兄弟八人只剩他和淮南王刘长二人。他比淮南王大，名声又好，所以众臣拥立他为帝。

贤良方正　诽谤之木

释义

①贤良方正：郡国举士，科目有二，即孝廉、贤良方正。前者重品行，后者有文墨材学之士皆可充选。又称贤良或贤良文学。唐宋时以为制科的一种。

②诽谤之木：相传尧舜时于交通要道竖立木牌，让人在上面写谏言，号为“诽谤之木”，也叫“华表木”。

原句

①及举贤良方正能直言极谏者，以匡朕之不逮。

②古之治天下，朝有进善之旌，诽谤之木，所以通治道而来谏者。

故事

刘恒即位后，在群臣的辅佐下，认真履行皇帝的职责，将国家治理得井井有条。

第二年年底，连续两次出现日食天象。在古代，人们相信天人感应，认为日食是由于皇帝德行有问题造成的。因此，刘恒对大臣们说：“国家治理得好不好，责任全在我一人。你们就是我的左膀右臂。你们要认真地想一想我有什么过失，然后希望你们告诉我。你们还要向我推荐品德好、能力强的人才，以弥补我的疏漏。”

刘恒随后颁布了一道诏书，专门设立“贤良方正科”，负责推荐和选拔德才兼备的优秀人才。

为了让大臣们对自己说实话，以便了解国家治理的真实情况，刘恒说：“古人治理天下，朝廷设置提建议的旌旗和批评朝政的木牌，以此打通治国的途径，招来进谏的人。现在法令中有诽谤朝廷、妖言惑众的罪名，这就使大臣们不敢完全讲真话，作为皇帝，我也无法了解自己的过失。这怎么能够招来远方的贤良之士呢？”

于是，刘恒下令，凡是犯了所谓诽谤罪名的人，一律不予治罪。

知识小贴士

汉文帝刘恒和他的继任者汉景帝刘启实行仁政，鼓励生产，大幅减轻百姓的税赋徭役，推行休养生息政策，民富国强，开创了有名的“文景之治”。

孝景本纪

安危之机

安危之机

释义

安危之机：指事情变化，使国家安定与危险的关键。

原句

安危之机，岂不以谋哉?

故事

刘恒原本只是一位诸侯王，却因机缘巧合，被拥立为皇帝。他明白，在诸侯王之中，有资格当皇帝的不止自己一人。

齐王刘襄是刘邦的长孙，若不是因为舅舅驷钧的缘故，差点儿就被群臣拥立为帝。楚王刘交是刘邦的亲弟弟，也是刘恒的亲叔叔，论资排辈，诸侯王谁也比不上他。吴王刘濞是刘邦的侄儿，曾经追随刘邦平定叛乱，立下战功，若论军事才干，在诸侯王当中无人能比。淮南王刘长性格刚强，若不是因为年轻，恐怕也是刘恒继位的竞争对手之一。

可以说，刘恒当上皇帝其实是比较侥幸的。因此，他继位之后一直表现得非常谦逊，对各位诸侯王礼遇有加。即使刘恒掌握了淮南王刘长谋反的证据，也只是将他流放而已。

由于刘恒对诸侯王非常宽容，以至于诸侯王的势力越来越大，几乎可以和朝廷分庭抗礼。

汉景帝刘启继位后，听取晁错的建议，削减诸侯王的封地，结果引发了“七国之乱”。

汉武帝刘彻继位后，采纳主父偃的建议，颁布“推恩令”，逐步削减诸侯王的封地，最终彻底解决了这个难题。

司马迁评论道：“安全和危险的关键，难道不是在于谋略吗？”

知识小贴士

“七国之乱”是发生在汉景帝时期的诸侯国叛乱事件。起因是晁错劝汉景帝削弱各诸侯国的力量，以加强中央集权。吴王刘濞打着“诛晁错，清君侧”的旗号，策动楚王、赵王等七个诸侯国发动叛乱。最终，朝廷出兵平定了叛乱。

孝武本纪

巧发奇中

千门万户

巧发奇中

释义

巧发奇中：巧于发箭，奇于中的。比喻善于伺机发言，而能切中事实、迎合人意。

原句

少君资好方，善为巧发奇中。

故事

汉武帝时，有一个名叫李少君的方士，自称会长生不老的法术。他依靠法术，广泛结交诸侯。人们对他的法术感到很好奇，纷纷赠送礼物给他，对他倍加尊崇。

李少君天生喜好法术，善于巧发奇中。一次，他在武安侯府上饮酒。席间有一位九十多岁的老人。李少君说起自己曾和老人的爷爷一起游玩射猎的地方。老人说他记得那个地方。在座的人见李少君竟然与老人的爷爷是同一时代的人，都感到非常惊讶。

有人把李少君推荐给了汉武帝刘彻。武帝有一件青铜器，让李少君辨认它的年代和出处。李少君说："这是齐桓公十年时的陈设品。"汉武帝让人考察青铜器上的文字，果然是齐桓公时代的物件。自此，宫里上上下下都非常佩服李少君的法术，把他当作活神仙。

李少君对汉武帝说："海上的蓬莱山有位神仙，名叫安期生。他吃的枣像瓜一样大。您只要见到他，再到泰山举行封禅大礼，就可以长生不老。"

于是，汉武帝就派人到海上去寻找神仙。后来，李少君病死了。汉武帝认为他没有死，而是化作神仙，到海上去了，又派了很多方士到海上去求仙。结果，一个神仙也没有找到。

知识小贴士

方士，古代自称可以访仙炼丹、求得长生不老的人，泛指从事医卜星相类职业的人。

千门万户

释义

千门万户：原指屋宇深广。后指人家众多。

原句

于是作建章宫，度为千门万户。

故事

汉武帝敬重鬼神，就连建造宫殿时也要为鬼神考虑。传说，鬼神的居所都喜欢用柏树，汉武帝就以柏木为梁，建了气势宏大的柏梁台。

后来，柏梁台失火，化为灰烬。有人说：“在越地有个风俗，火灾之后，再建起的建筑，一定要比原先的大，这样可以制服火灾。”

汉武帝为了制服火灾，也为了显示大汉王朝的威仪，就下令建造了建章宫。建章宫的建筑规模比汉高祖刘邦时所建的长乐宫和未央宫更大，据称有千门万户。

建章宫的东面是凤阙，高二十多丈；西面是唐中苑，有几十里宽的虎圈；南面是五十多丈高的神明台和井干楼，北面是泰液池。

汉武帝为了表示对神仙的崇敬，还专门在泰液池里仿照传说中的海上仙山模样，筑了蓬莱、方丈、瀛洲和壶梁四座仙山。

汉武帝以为，只要自己在宫殿里造了仙山，就一定会吸引神仙前来居住。然而，自从建章宫落成之后，神仙们一次也没光顾过。

汉武帝为此派了一拨又一拨方士去海上寻找神仙，可是，这些方士都是骗子，他们只想骗取汉武帝的信任，以求获得名利。因此，直到汉武帝去世，也没有见到真正的神仙。

知识小贴士

汉武帝经常在柏梁台上召集群臣赋七言诗。所赋的诗每一句都要求押韵，被称为“柏梁体”。

六国年表

耳食之谈

耳食之谈

释义

同“耳食之论”。耳食之谈：比喻未加分辨而轻信。指仅是听到的未加调查而轻信的言论、传闻。耳食，用耳吃饭。

原句

学者牵于所闻，见秦在帝位日浅，不察其始终，因举而笑之，不敢道，此与以耳食无异。

故事

秦统一天下后，焚烧了《诗经》和《尚书》。特别是其他诸侯国的书籍和史料，由于书中有嘲讽秦国的言辞，更是被烧毁得厉害。太史公司马迁为此感到惋惜。

《诗经》和《尚书》多数收藏在私人家里，因此部分得以保存下来。记载历史的典籍单独收藏在周王室，因此大多被烧掉了。保存下来的《秦记》没有记载月和日，文辞也简略不全。

司马迁认真地研究了《秦记》，深入了解秦从小国发展成为大一统王朝的历史，感慨地说：“秦朝的制度虽然残暴，但能根据时代的变迁而变法图强，成就也是很大的。普通的学者由于受自身见识的限制，见秦朝统治天下的时日不长，就不去研究它为什么兴起，又为什么衰亡，还因此讥笑它，不敢称赞它。这无异于仅凭道听途说的信息来品评历史啊！”

司马迁认为普通学者的观点不可取，就紧随孔子编订的《春秋》，列出六国时发生的大事，一直写到秦二世，记录了秦国二百七十年的历史，为后世的有识之士提供借鉴。

知识小贴士

《史记》中的“表”是司马迁独创的体例之一，就是用表格的形式把人物和事件的先后顺序记录下来。

漢

山河带砺

高祖功臣侯者年表

山河带砺

释义

同“带砺山河”。山河带砺：山如砺石，河如衣带。意为所封的爵和所立的国将传之无穷。后也指时间极其久远。

原句

封爵之誓曰：“使河如带，泰山若厉，国以永宁，爰及苗裔。”

故事

司马迁查看了汉高祖刘邦对功臣封侯的记载，又考察了当初分封的爵位到后来丧失的情况，说：“实际情况与传闻一点儿也不一样。”

汉朝创立之后，有一百多名功臣受到封赏，逐渐积累了巨大的财富。他们的后代因此而骄傲起来，忘记了祖先创业时的艰难，开始放荡，违法乱纪。到了汉武帝时，保存下来的侯爵只剩下五个了，其他侯爵都因为犯法而丢了性命和封地。

司马迁评论说：“汉高祖当初封爵时立有誓言，说‘即使黄河像衣带一样细了，泰山像磨刀石一样小了，也要使封国永远安宁，恩泽延续到子孙后代’。这不就是想稳固国家的根本吗？可是，他们的后代却像枝叶一样，逐渐衰微了。”

为了分析诸侯兴衰荣辱的原因，司马迁认真考察了诸侯废立的始末缘由，以表格的形式记录了下来，并附加文字说明，以为后世研究者参考。这就是我们今天所看到的《高祖功臣侯者年表》。

知识小贴士

周朝实行分封制，秦始皇创建郡县制替代分封制，汉高祖则采取郡县制和分封制相结合的方式治理天下。

乐书

乐善好施
北鄙之音

乐善好施　北鄙之音

释义

①乐善好施：乐于做善事，喜欢施舍财物给人。

②北鄙之音：商纣王所奏的商朝北部边境的音乐，意指亡国之音。

原句

①闻徵（zhǐ）音，使人乐善而好施。

②纣为朝歌北鄙之音，身死国亡。

故事

古人非常重视音乐。上古时期，舜专门任命夔为乐官，让他制定音律，编创音乐。从那时开始，历代王朝都设有专门的乐官，为宫廷创作乐舞，在不同的仪式上演奏。

古代的五声音阶分为宫、商、角、徵、羽。司马迁认为：宫声使人品性温和、心情舒缓，商声使人品行端正、好行义举，角声使人心生恻隐、关爱他人，徵声使人乐于施舍、喜好助人，羽声使人仪表整洁、遵守礼节。

不同的音乐不仅对人的日常生活和行为有着深刻的影响，甚至还关系到政治的得失和国家的存亡。

司马迁在《乐书》中专门举例说明，他说："舜弹奏五弦琴，歌唱《南风》诗篇，使天下得到治理；纣王歌唱商朝北部边境的乐曲，落得身死国亡的下场。原因就在于，《南风》是促使万物生长的音乐，舜因此而得到天下人的欢心，使天下大治；北鄙的音乐是鄙陋的音乐，纣王喜欢这样的音乐，与天下人的心意相背，因此才亡了国。"

因此，在司马迁看来，上古时的贤明帝王奏乐，不是为了自己心中快乐欢娱，恣情肆欲，快意于一时。端正教化的人都是从音乐做起的，音乐正行为自正。所以，音乐是用来激动血脉，交流精神，调和、端正人心的。

知识小贴士

商纣王所奏包括北鄙之音在内的"淫乐"是史书记载的最早的亡国之音。其后，郑国和卫国的音乐也被列入了亡国之音。

天官书

海市蜃楼

海市蜃楼

释义

海市蜃楼：指光线通过不同密度的空气层，发生折射或全反射时，把远处景物显示在空中或地面的奇异幻景。古人误以为这种情景是蜃吐气所形成的，称之为蜃楼，也叫海市。比喻虚无缥缈的或虚幻的事物。蜃，大蛤蜊。

原句

海旁蜄（蜃）（shèn）气象楼台，广野气成宫阙然。

故事

古人讲究天人合一，因此，他们通过观察天上的云气来判断人间的吉凶祸福。

司马迁在《天官书》里介绍，各地的云气都不一样，比如华山以南的云气，下面为黑色，上面是红色；恒山以北的云气，下面是黑色，上面是青色；渤海、碣石和海岱之间的云气，都是黑色；长江和淮河之间的云气，都是白色。

不仅不同地方的云气不同，就连不同的人群上空的云气也不同。比如囚徒聚集的地方，云气是白色；有土方工程的地方，云气是黄色；车队行走产生的云气忽高忽低，有时还聚在一起……

北方少数民族聚居地上空的云气如同畜群和毡房群，南方少数民族聚居地上空的云气就像舟船和旗幡。有大水的地方，战败的军队遗留下的战场，灭亡国家留下的废墟，以及地下埋藏有金银财宝的地方，都有不同的云气显示。海边的蜃气形状像楼台，广阔原野上的云气像宫殿城阙。总之，不同地方的云气与各自地区的山川人民聚积的气象相同。

在《天官书》里，司马迁给后人留下了最早关于海市蜃楼的记载。所谓的海市蜃楼，其实就是海边的云气。

知识小贴士

蜃，指大蛤蜊。古人不明白海市蜃楼形成的科学原理，以为是大海里的蛤蜊吐气形成的楼宇城郭。

封禅书

鼎成龙去

鼎成龙去

释义

鼎成龙去：黄帝铸鼎，鼎铸成后，他被龙接上天去。后指帝王去世。

原句

黄帝采首山铜，铸鼎于荆山下。鼎既成，有龙垂胡髯下迎黄帝。黄帝上骑，群臣后宫从上者七十余人，龙乃上去。

故事

汉武帝时，有人从地下挖出一只宝鼎，考证是黄帝所铸。鼎在古代是天子权力的象征，武帝就下令把这只宝鼎运到了宫中。

方士公孙卿想借宝鼎的事拍武帝的马屁，就假托有一个名叫申公的人曾经受过黄帝的教导，得到一本关于鼎的书，里面写道：“当黄帝的宝鼎出现时，汉朝将会兴盛。”

公孙卿还以申公的名义说：“黄帝开采首山的铜矿，在荆山脚下铸鼎。宝鼎铸成后，云端出现一条龙，垂下长长的胡须，迎接黄帝。黄帝就攀上龙背。七十多名大臣和后宫妃子也跟着攀上龙背。那些级别低的官员上不去，就抓住龙须不撒手。结果，龙须被扯断，和黄帝的弓一起落到地上。黄帝乘着龙缓缓地升上天去。”

武帝说：“呀！要是能像黄帝那样，我可以抛妻弃子，就当作扔掉一只鞋子那么容易。”于是，武帝封公孙卿为郎官，派他去山里寻找神仙。

公孙卿当然找不到神仙，因为所谓鼎成龙去的故事是他编来骗武帝的。只是武帝深信世间有鬼神，因此才被公孙卿骗得团团转。

知识小贴士

传说，黄帝一共铸了三只宝鼎，象征天、地、人；大禹铸了九只宝鼎，象征九州。周朝灭亡后，这些宝鼎就遗失了。

平准书

陈陈相因

陈陈相因

释义

陈陈相因：指在陈粮上不断地加陈粮。后比喻因袭俗套，没有革新和创造。

原句

太仓之粟，陈陈相因，充溢露积于外，至腐败不可食。

故事

汉朝刚建立时，经济困难，民生凋敝。经过汉高祖、汉文帝和汉景帝三代皇帝的治理，社会经济渐渐发展起来。

到了汉武帝时，老百姓家家富足，不缺粮食；府库里的布帛等货物堆积如山，都城积聚的钱币不计其数；太仓里的粮食一年一年地堆积起来，溢出仓外，导致腐烂无法食用；田野里马匹成群，普通百姓也能吃上精美的饭菜。那时候，社会安定，人人自爱，都崇尚仁义，耻于做犯法的事。

后来，武帝对越地用兵，耗费巨大。匈奴与汉朝断绝了和亲关系，开始频繁侵扰汉朝边境。武帝派卫青、霍去病等率军攻打匈奴，虽然获胜，却也耗费了大量的民力和钱财。

黄河决口，造成水患，朝廷连续治理了好几年，花费巨大，却没能根治。由于连年水灾，百姓蒙受苦难，流离失所，忍饥挨饿。就这样，汉初奠定的厚实的经济基础，在武帝时几乎被挥霍一空。

司马迁认为，朝廷之所以耗尽民力仍不能摆脱困局，是因为当时各种事务互相影响，共同作用造成的。

知识小贴士

汉武帝时，桑弘羊在都城设立“平准”机构，垄断天下货物交易，以此达到平衡物价，为国库增收的目的。

成语串起史记

诸侯与世家名门的成语故事

潮　白　编著
肖岱钰　绘

四川教育出版社

图书在版编目（CIP）数据

成语串起史记. 诸侯与世家名门的成语故事 / 潮白编著 ; 肖岱钰绘. -- 成都 : 四川教育出版社, 2023.9
ISBN 978-7-5408-8794-0

Ⅰ. ①成… Ⅱ. ①潮… ②肖… Ⅲ. ①汉语－成语－故事－少儿读物 Ⅳ. ①H136.31-49

中国国家版本馆CIP数据核字(2023)第181873号

成语串起史记 诸侯与世家名门的成语故事
CHENGYU CHUANQI SHIJI ZHUHOU YU SHIJIA MINGMEN DE CHENGYU GUSHI
潮白 编著 肖岱钰 绘

出品人 雷 华
策 划 高 飞
责任编辑 王 丹
装帧设计 册府文化
责任校对 李心雨
责任印制 高 怡
出版发行 四川教育出版社
地 址 四川省成都市锦江区三色路238号新华之星A座
邮政编码 610023
网 址 www.chuanjiaoshe.com
印 刷 天津禹阳世纪印务有限公司
版 次 2023年9月第1版
印 次 2023年9月第1次印刷
成品规格 170 mm × 240 mm
印 张 10.5
字 数 170千字
书 号 ISBN 978-7-5408-8794-0
定 价 158.00元（全5册）

如发现质量问题，请与本社联系。总编室电话：（028）86365120
北京分社营销电话：（010）67692165 北京分社编辑中心电话：（010）67692156

目录

吴太伯世家

松枝挂剑 >> 2

齐太公世家

飞熊入梦 >> 6

鲁周公世家

周公吐哺 >> 10

平易近人 >> 12

燕召公世家

甘棠遗爱 >> 16

陈杞世家

羁旅之臣 >> 20

宋微子世家

象箸玉杯 >> 24

三谏之义／肉袒牵羊 >> 26

析骨而炊／易子而食 >> 28

晋世家

桐叶封弟 ………………………………… >> 32

狐裘蒙茸 / 一国三公 ……………… >> 34

假途灭虢 / 唇亡齿寒 ……………… >> 36

币厚言甘 ………………………………… >> 38

救灾恤邻 ………………………………… >> 40

退避三舍 ………………………………… >> 42

言犹在耳 ………………………………… >> 44

楚世家

蜂目豺声 ………………………………… >> 48

一鸣惊人 ………………………………… >> 50

问鼎中原 ………………………………… >> 52

筚路蓝缕 / 桃弧棘矢 / 唯命是从 …… >> 54

画蛇添足 ………………………………… >> 56

越王勾践世家

卧薪尝胆 ………………………………… >> 60

鸟尽弓藏 / 兔死狗烹 ………………… >> 62
大名难居 / 名垂后世 ………………… >> 64

郑世家

不毛之地 / 敢布腹心 ………………… >> 68
一见如故 ………………………………… >> 70

赵世家

一狐之腋 / 唯唯连声 ………………… >> 74
轻虑浅谋 ………………………………… >> 76
盛气凌人 / 膏腴之地 ………………… >> 78
嫁祸于人 ………………………………… >> 80

魏世家

抱薪救火 ………………………………… >> 84

韩世家

冠盖相望 ………………………………… >> 88

田敬仲完世家

漏瓮沃焦釜 ……………………………… >> 92

孔子世家

招摇过市 ………………………………… >> 96

丧家之犬 ………………………………… >> 98

道大莫容 ………………………………… >> 100

韦编三绝 ………………………………… >> 102

春秋笔法 / 不赞一词 ………………… >> 104

心向往之 ………………………………… >> 106

陈涉世家

鸿鹄之志 / 王侯将相 ………………… >> 110

外戚世家

出言不逊 ………………………………… >> 114

齐悼惠王世家

股战而栗 ………………………………… >> 118

萧相国世家

便宜施行 ………………………………… >> 122

发踪指示 ………………………………… >> 124

曹相国世家

言人人殊 ………………………………… >> 128

留侯世家

孺子可教 …………………………… >> 132

助纣为虐 …………………………… >> 134

独当一面 …………………………… >> 136

立锥之地 / 倒置干戈 ……………… >> 138

使羊将狼 …………………………… >> 140

陈丞相世家

美如冠玉 …………………………… >> 144

汗流浃背 …………………………… >> 146

绛侯周勃世家

按辔徐行 …………………………… >> 150

梁孝王世家

忽忽不乐 / 默默无声 ……………… >> 154

五宗世家

卑谄足恭 …………………………… >> 158

吴太伯世家

松枝挂剑

松枝挂剑

释义

松枝挂剑：将宝剑悬挂在松树枝上。指心里答应朋友的事，不因朋友死去而改变。形容一个人重情守义。

原句

还至徐，徐君已死，于是乃解其宝剑，系之徐君冢树而去。

故事

季札是吴王寿梦的小儿子，他既贤能，又谦逊，深受寿梦喜爱。寿梦想把王位传给季札，季札坚决不同意。寿梦去世后，长子诸樊继承了王位。

吴国人都想立季札为王。为了避免与诸樊争位，季札干脆抛家舍业，跑去当农民。吴国人明白他的心意，就不再强迫他为王。季札这才回到封地复职，继续为国效力。诸樊去世后，其弟余祭继位。

季札奉余祭之命出使北方各国，先到了徐国，与徐君相谈甚欢。徐君喜欢季札的宝剑，却没好意思明说。季札心里明白徐君的意图，有心将宝剑赠送给他，但转念一想，根据礼节，自己出使中原各国还得佩剑，因此，就打算等自己完成出使任务回来之后再赠剑给他。

季札随后出使了鲁、齐、郑、卫、晋等国。他完成使命回国，途经徐国，得知徐君已经死去。季札专程到他坟前祭奠，随后解下宝剑，挂在他坟前的松树上。随行的人说："徐君已死，那宝剑又给谁呢？"

季札说："当初我在心里已经答应把宝剑赠给他，又怎能因为他死了就违背我的心呢？"

后来，人们就以"松枝挂剑"或"悬剑空垄"来形容一个人重情守义。

知识小贴士

吴国始祖太伯是周太王的儿子，周文王的伯父。因为周太王要立周文王的父亲季历为王，太伯和弟弟仲雍就远避东南，创建了吴国。

齐太公世家

飞熊入梦

飞熊入梦

释义

飞熊入梦：原指周文王梦见飞熊，而得到姜太公。后指明主将要得到贤臣的征兆。

原句

西伯将出猎，卜之，曰："所获非龙非彲（chī），非虎非罴（pí）；所获霸王之辅。"

故事

东海人吕尚很有才能，先在商纣王手下做事，见纣王无道，就离他而去，游说诸侯，却不被赏识。吕尚在穷困潦倒中度过了大半生，直到年老，仍然没有遇到赏识他的明君。

吕尚听说周文王（西伯姬昌）是一个贤明的君主，就到周国投奔他。为了吸引周文王的注意，吕尚在渭水边以直钩钓鱼。

周文王准备外出打猎，做卦占卜，卦辞说："所要收获的猎物既不是龙也不是彲，既不是虎也不是罴（熊的一种）；而是成就霸业的得力辅臣。"

周文王见卦辞如此吉利，就带着随从开心地外出打猎去了。他走到渭水南岸时，果然遇到了正在用直钩钓鱼的吕尚。

周文王与吕尚一番畅谈之后，非常高兴，说："我的先父太公曾说过'将有圣人来周，周因此得以兴旺'。您真的就是那位圣人吗？太公已经盼望您很久了。"因此，周文王就以"太公望"称呼吕尚，请他和自己一起坐车回去，尊奉他为太师。

这个典故在流传过程中，人们把《史记》原文里的"非虎非罴"传成了"飞虎飞熊"，于是，就有了"飞熊入梦"这个成语。

知识小贴士

吕尚，本姓姜，祖上曾协助大禹治水，因功被封到吕地，用封地为姓，称为吕尚。民间多称其为姜太公。吕尚先后辅佐周文王和周武王，灭商建周，因功受封于齐国，成为齐国的开国君主。

鲁周公世家

周公吐哺

平易近人

周公吐哺

释义

周公吐哺：周公旦将吃进嘴里的饭食吐出来，接待访客。后比喻重视人才，礼贤下士。

原句

然我一沐三捉发，一饭三吐哺，起以待士，犹恐失天下之贤人。

故事

周武王去世时，继位的周成王还只是个襁褓中的婴儿。当时，周朝刚刚建立，天下还不稳定。周武王的弟弟周公旦担心天下人因此叛周，就代替侄儿周成王执政。

有人见周公旦手握大权，心生嫉妒，就四处散布流言说："周公旦将对成王有所不利。"于是，周公旦对太公望和召公奭说："我之所以不避嫌疑，代理成王执政，是因为担心天下发生叛乱，没办法向先王交代。三位先王为天下操劳了那么久，现在终于成功了。武王却又早逝，成王年幼，为了稳定周朝的基业，我才这样做的呀。"

为了表明自己的诸侯身份，周公旦让儿子伯禽代表自己去鲁国受封。临行前，周公旦告诫伯禽：“我是文王的儿子，武王的弟弟，成王的叔叔。在天下人当中，我的地位也算不低了。可是，为了接待贤士，我洗一次头要三次捉起头发，吃一餐饭要三次吐掉嘴里的饭食，唯恐错失天下的贤人。你到了鲁国后，千万不要因为拥有国土就傲慢待人。”

周公旦尽心尽力辅佐周成王，平定叛乱，治国安邦。七年之后，周成王长大成人，周公旦把政权交还给了他。

知识小贴士

周公旦对远古至商朝的礼乐进行大规模的整理和改造，制成周朝的礼乐制度，为周朝八百年的统治提供了长久的制度保障。

平易近人

释义

平易近人：为人和蔼可亲，没有架子，易于相处。也指文字风格浅显易懂。

原句

夫政不简不易，民不有近；平易近民，民必归之。

故事

周公旦的儿子伯禽代表父亲到鲁国治理国家。为了不辜负周公旦的期望，伯禽在鲁国推行了一系列烦琐的政治举措。直到三年后，伯禽才向周公旦汇报他的施政情况。周公旦问他："为什么这么迟呢？"

伯禽说："我在鲁国，要改变人们的风俗习惯，重新制定礼仪制度，等人们服丧三年期满之后再看效果，所以就迟了。"

太公望受封于齐国，五个月后就向周公旦汇报施政情况。周公旦问他："怎么这么快呢？"

太公望说："我在齐国简化君臣礼节，一切政务都根据当地的风俗来进行。"

后来，太公望听说伯禽时隔三年才汇报施政情况的事后，叹息道："唉！鲁国的后代将来要臣服于齐国了。治国施政，如果做不到简单易行，人民就不会亲近；政令简单平易，贴近民意，人民一定会归附的。"

到了东周的春秋时期，太公望的后人齐桓公在管仲的辅佐下，富国强兵，采取"尊王攘夷"的策略，一举成为天下霸主，包括鲁国在内的其他诸侯国都听命于齐。太公望当年的预言得到了证实。

知识小贴士

春秋时期，周王室衰落，各诸侯国不再服从周天子的管辖，而是互相征伐，攻占地盘，周边的夷狄部族也趁机入侵中原地区。齐桓公打着"尊王攘夷"（维护周王室尊严，驱逐夷狄部族）的旗号，称霸诸侯。

燕召公世家

甘棠遗爱

甘棠遗爱

释义

甘棠遗爱：原指人民感念召公奭，对他憩息过的甘棠树也爱护有加。后用以表示对贤官廉吏的爱戴或怀念。

原句

召公卒，而民人思召公之政，怀棠树不敢伐，哥咏之，作《甘棠》之诗。

故事

周武王当初分封功臣与诸侯时，召公奭与周公旦并列受封为三公。陕地以西归召公奭管理，陕地以东由周公旦负责。周武王去世后，由于周成王年幼，周公旦代理执政。

召公奭见周公旦大权独揽，怀疑他要篡（cuàn）位夺权，因此对他意见很大。周公旦解释说："商汤时有伊尹辅佐，功德感通了上天；太戊为王时，有伊陟（zhì）、臣扈（hù）辅佐，功德感通了上帝，并有巫咸治理朝政；祖乙为王时，就有巫贤那样的人辅佐；武丁为王时，就有甘般那样的人辅佐。正因为有了这些大臣辅佐，商朝才得到了治理和安定。"

召公奭听了周公旦的解释，明白他只是想做好大臣的本分，没有篡位的图谋，这才高兴起来，踏踏实实地回到自己的领地。

在召公奭的治理下，陕地以西的百姓安居乐业，对他非常拥戴。召公奭到乡间巡视，见那里有一棵甘棠树，就在树下为百姓打官司，处理政事。由于他为人公道，上至公侯伯爵，下到平民百姓，都得到很好的安置。

召公奭去世后，百姓怀念他为政期间做的好事，也怀念他在甘棠树下办事时的情形，不忍心砍伐那棵树，还写了一首名为《甘棠》的诗歌歌颂他。

知识小贴士

召公奭是燕国的开国之君。燕国，周朝的诸侯国之一，战国七雄之一。公元前七世纪，燕国吞并蓟国，建都于蓟（今北京市一带），其疆域大约为现今的河北、北京及辽宁西部地区。

陈杞世家

羁旅之臣

羁旅之臣

释义

羁旅之臣：寄居在外的官员。

原句

齐桓公欲使陈完为卿，完曰："羁旅之臣，幸得免负檐，君之惠也。不敢当高位。"

故事

陈国国君厉公生了一个儿子，起名叫陈完。周朝的太史给陈完算了一卦，说："当陈国衰亡之后，陈完的后代会据有别的国家。那个国家可能是姜姓的齐国。"

后来，陈厉公的侄儿妫（guī）跃杀死了陈厉公，自立为利公。陈利公即位五个月就死了，他的弟弟妫林继位，这就是陈庄公。原本应该继位当国君的陈完只能放弃继承权，被迫为臣。

陈庄公去世后，他的弟弟杵臼继位，史称陈宣公。陈宣公晚年时，废了太子御寇，改立宠妃所生的儿子为太子。他见御寇平时与陈完交往很密切，认为他们图谋不轨，就杀了御寇。

其实，御寇只是因为敬重陈完的为人，才与他交好。两人并没有其他图谋。陈完担心陈宣公会对自己不利，就带着家眷逃到了齐国避祸。

齐桓公非常赏识陈完，想让他做高官。陈完说：“我作为寄居在外的官员，有幸不必受劳苦，这已经是您给我的恩惠了。我不敢占据高位。”于是，齐桓公就任命他做了主管工匠营造的官员。

就这样，陈完在齐国定居下来，为了躲避陈宣公的追杀，他改姓为田，成为中国田姓的始祖。

知识小贴士

陈完入齐近三百年后，到了战国初期，齐康公去世，陈完的第八世孙田和取代姜氏统治齐国，史称“田氏代齐”。田氏继续沿用齐国的国号。

宋微子世家

象箸玉杯

三谏之义

肉袒牵羊

析骨而炊

易子而食

象箸玉杯

释义

象箸玉杯：用象牙筷子和玉制的酒杯，原比喻奢侈的生活开了头，享受的欲望就会越来越大，后比喻极度奢侈的生活。箸，筷子。

原句

纣始为象箸，箕子叹曰："彼为象箸，必为玉杯；为杯，则必思远方珍怪之物而御之矣。舆马宫室之渐自此始，不可振也。"

故事

微子、箕子和比干都是纣王的亲戚，也都是贤良能干的大臣。纣王昏庸无道，不好好治理国家。微子多次劝谏，可是纣王压根儿不听。

微子听说西伯姬昌修行德政，担心周国势力壮大之后，会危及商朝的统治，便再次劝谏纣王。纣王不以为然，说："我受上天保佑，他能把我怎么样？"微子气得没办法，本想自杀殉国，但又觉得这样做没有任何意义，便离开纣王，隐居了起来。

箕子一心为国，看不惯纣王的所作所为。他见纣王开始使用象牙做的筷子，叹息道：“他如今用象牙做筷子，将来就一定会用玉做杯子；用玉做杯子，就一定要把远方的稀世珍宝据为己有。车马宫室一类的奢华行为也必将由此开始，国家振兴是没希望了。”

纣王贪图享乐，丝毫不顾及大臣们的看法。箕子实在忍不住，直言劝谏纣王，让他注意节俭。纣王又拿出对付微子那一套，任你怎么说，我就是不听。箕子也拿他没办法。

有人劝箕子说：“您可以离开了。”箕子说：“作为人臣，向君主进谏，君主置之不理，便离他而去，这是张扬君主的恶行，取宠于百姓，我不忍心这么做。”

箕子不忍心离开故国，但又担心纣王加害自己，就披头散发，假装疯癫做了奴隶。

知识小贴士

微子是纣王的兄长，箕子是纣王的叔父，比干也是纣王的叔父（一说是纣王的兄弟），三人并称为“殷末三仁”。

三谏之义　肉袒牵羊

释义

①三谏之义：君主有过错，臣子劝谏三次。如果君主不听，臣子就可以离他而去了。古代指臣子侍奉君主的道义。

②肉袒牵羊：古代的一种战败投降仪式，投降者裸露右臂，牵着羊，向受降者表示屈服。

原句

①人臣三谏不听，则其义可以去矣。

②周武王伐纣克殷，微子乃持其祭器造于军门，肉袒面缚，左牵羊，右把茅，膝行而前以告。

故事

比干为人正直，忠君爱国，被人们称为“圣人”，他见箕子劝谏纣王无效便去做了奴隶，就说：“君主有罪过，臣子不能拼死直言劝谏，百姓就会因此受害。可是，百姓又有什么罪呢！”

比干决定冒着杀头的危险劝谏纣王。或许是他的话说得太重，激怒了纣王。纣王非常生气地说：“我听说圣人的心有七个窍，真的是这样吗？”于是，他下令杀死比干，并且把他的心挖了出来，进行验证。

微子知道比干的遭遇后，说：“父子是骨肉亲情，君臣是义理相连。所以，如果父亲有过错，儿子屡劝不听，就应该跟在身后号哭；作为臣子，如果三次劝谏君主而不被接纳，从道义上来讲，臣子就可以离君主而去了。”于是，微子再次躲到了更远的地方。

周武王伐纣灭商之后，微子手拿祭祀用的器具，来到周武王的军营前。他裸露右臂，两手绑在身后，让人在左边牵羊，右边拿着茅草，跪着前行，求见周武王。

周武王知道微子贤良，给他松了绑，并让他当朝为官。

知识小贴士

周武王将箕子封在了朝鲜，将纣王的儿子武庚封在商朝的故地，让管叔和蔡叔辅佐他。周成王时，管叔和蔡叔鼓动武庚作乱。周公旦平定叛乱后，让微子接管了武庚的封国。这就是后来的宋国。

析骨而炊　易子而食

释义

①析骨而炊：劈开骨头当作柴烧，指因围城而导致粮尽柴绝的困境。形容战乱或灾荒时期百姓的困难生活。

②易子而食：原指因围城缺粮，人们交换子女作为食物。形容极其悲惨的生活。

原句

①②王问："城中何如？"曰："析骨而炊，易子而食。"

故事

宋文公时，楚庄王依仗楚国国力强大，命令郑国攻打宋国。宋文公派华元为将军率兵迎战。

在正式开战前，华元下令杀羊吃肉，犒劳将士。华元的车夫没有吃到羊肉，心里有怨气。等到两军正式交战时，车夫不听华元指挥，驾驶马车径直奔向敌军阵营。就这样，华元稀里糊涂地做了郑军的俘虏。宋军没了主帅，结果一败涂地。

宋国打算用兵车和骏马换回华元。没等这些东西送去，华元就自己逃了回来。

过了十来年，楚国使者路过宋国。宋人记着原来的仇恨，就把使者抓了起来。楚庄王知道后，亲自率领兵马围攻宋国。楚军遭到宋军的坚决抵抗。战争一直持续了五个月，楚军仍然没有攻下宋城。

华元见城中粮食吃完了，楚军还没有要撤退的迹象，就半夜跑去会见楚军将领子反，把城里断粮的实情告诉了他。

子反向楚庄王汇报。楚庄王问："城里的情况怎么样了？"子反说："宋军把人骨头劈了当柴烧饭，百姓互相交换子女作为食物。"

楚庄王说："这话是真的啊！我军也只有两天的粮食了。"为了表明楚国是注重信义的国家，楚庄王下令撤兵。

一场旷日持久的战争就这样结束了。

知识小贴士

据《左传》记载，华元的车夫在驾车去往郑军阵营时，对他说："分发羊肉的事，由你做主；驾车的事，由我做主。"后人把他的话总结为一个成语"各自为政"。《史记》只是简略介绍了华元兵败的经过，没有记载车夫说的话。

晋世家

桐叶封弟

狐裘蒙茸

一国三公

假途灭虢

唇亡齿寒

币厚言甘

救灾恤邻

退避三舍

言犹在耳

桐叶封弟

释义

桐叶封弟：古代指帝王册封。

原句

成王与叔虞戏，削桐叶为珪以与叔虞，曰："以此封若。"

故事

叔虞，姓姬，字子于，是周武王的儿子，周成王的弟弟。

叔虞出生之前，周武王曾梦见天神对自己说："我让你生一个儿子，名字叫虞。我把唐国赐给他。"等到叔虞出生后，武王见他手心里果然有一个虞字，因此就给他起名叫虞。

周武王去世后，周成王继位。唐国发生叛乱，周公旦派兵灭了唐国。

一天，周成王和叔虞在一起玩耍。周成王把一枚桐叶削成珪的样子，交给叔虞，说："我用这个册封你。"站在一旁的史官见状，就把周成王的话记录下来，并请他选个好日子正式册封叔虞为诸侯。

周成王说："我只是在和他开玩笑而已。"

史官说："天子不能随便开玩笑。只要您说了，史官就要记下来，按照礼仪完成，并以音乐进行歌咏。”

周成王没办法，只好把唐地封给了叔虞。唐地在黄河、汾河的东边，方圆占地百里。因此，人们都称叔虞为唐叔虞。

后来，叔虞的儿子燮（xiè）继承了他的封国和爵位，称为晋侯。从晋侯时起，唐国改为晋国。

知识小贴士

晋国，春秋时期的大国之一，在晋文公时，晋国称霸诸侯。春秋末期，赵、魏、韩三家瓜分晋国，史称“三家分晋”。这一事件标志着历史进入战国时代。

狐裘蒙茸　一国三公

释义

①狐裘蒙茸：狐皮大衣的茸毛散乱，比喻国家政治混乱。

②一国三公：原指一个国家有三个主持政事的人，比喻事权不统一，人们不知道该听谁的好。

原句

①②士蔿（wěi）谢曰："边城少寇，安用之？"退而歌曰："狐裘蒙茸，一国三公，吾谁适从！"

故事

晋献公宠爱骊姬，骊姬为他生了个儿子，名叫奚齐。

在奚齐出生之前，晋献公已经立申生为太子。自从有了奚齐，晋献公和骊姬都想废了申生，改立奚齐为太子。

晋献公的另外两个儿子，重耳和夷吾都和申生一样，贤良而有才干。晋献公认为重耳和夷吾也是奚齐登上太子之位的潜在威胁。于是，他下令让三人离开国都，为废立太子做准备。申生被安排在曲沃居住，重耳和夷吾被分别安排在位于边境的蒲城、屈城居住。

晋献公派大臣士蔿为重耳和夷吾修建蒲城和屈城。士蔿担心将来一旦形势发生变化，重耳和夷吾会利用坚固的城池与晋献公对抗，故意延误工期。夷吾向晋献公告状。晋献公怪罪士蔿。士蔿解释说：“蒲城和屈城这两座边城没有贼寇，修好做什么用呢？”

士蔿退出来后，作歌唱道：“狐皮大衣的茸毛散开了，一个国家有三个主人，我到底该服从于谁呢？”

后来，骊姬设计陷害申生。申生被逼自杀而死。正准备朝见晋献公的重耳和夷吾也怕遭到陷害，没跟晋献公打招呼就逃回了封地。

晋献公怀疑重耳和夷吾谋反，派兵攻打蒲城和屈城。重耳逃到了翟（dí）国。夷吾凭借屈城有利的防守条件，成功地击退了晋献公派来的军队。

知识小贴士

春秋时期，各国王室之间采取通婚的方式保持友好关系。齐桓公把女儿齐姜嫁给了晋献公，生下了申生。申生的同胞妹妹嫁给了秦穆公为妻。重耳的母亲是翟国狐氏的女儿。夷吾的母亲是重耳母亲的妹妹。

假途灭虢　唇亡齿寒

释义

①假途灭虢（guó）：晋国向虞国借路，攻打虢国，回师时捎带着灭了虞国，后指以借路为名，消灭对方。

②唇亡齿寒：嘴唇没了，牙齿觉得寒冷，比喻利害密切相关。

原句

①是岁也，晋复假道于虞以伐虢。

②虞之与虢，唇之与齿，唇亡则齿寒。

故事

就在晋献公派兵攻打蒲城和屈城的当年，晋国向邻近的虞国借路，打算讨伐虢国。

虞国大臣宫之奇对虞君说："不能借路给晋国，他们会灭了我们虞国。"

虞君自信满满地说："晋国和虞国是同姓，不应该攻打我国。"

宫之奇见虞君不把自己的建议当回事，就接着劝谏，说："太伯、虞仲是周太王的儿子，太伯逃走，没有继承王位。虢仲、虢叔是王季的儿子，文王的重臣，他们的功勋记录在王室，收藏在掌管盟约的官员手中。

“晋国打算灭了虢国，又怎么会爱惜虞国呢？而且，晋国和虞国的关系，哪有晋国和桓叔、庄伯家族的关系亲密呢？桓叔和庄伯有什么罪？晋国都把他们灭了。虞国和虢国，就像嘴唇和牙齿，嘴唇没了，牙齿就会感到寒冷。”

尽管宫之奇引经据典，苦口婆心地劝谏，可虞君就是听不进去，最终还是答应了晋国的请求。

宫之奇认为虞国被灭是早晚的事情，就带着家人逃离了虞国。

结果正如宫之奇所料，晋国灭了虢国以后，在回师途中对虞国发动突然袭击，灭了虞国。

第二年，晋献公再次发兵攻打屈城。夷吾打不过，只得逃往梁国。晋献公终于为奚齐继位扫清了障碍。

知识小贴士

桓叔和庄伯分别是晋献公的曾祖和祖父。晋献公继位后，为了铲除对自己的君主之位有威胁的王室宗亲，将桓叔和庄伯的后人几乎杀光。幸存下来的王室宗亲逃到了虢国。虢国因此成为晋国的敌国。

币厚言甘

释义

币厚言甘：厚重的礼物和美好动听的语言，指有意识地对人施以拉拢手段。币，礼物。甘，美好，动听。

原句

三子曰："币厚言甘，此必丕郑卖我于秦。"

故事

晋献公去世后，晋国发生内乱。先后继位的奚齐和悼子（奚齐的弟弟）都被大臣里克、丕（pī）郑所杀。

里克和丕郑迎立重耳不成，又请夷吾回国继位。夷吾的手下吕省、郤芮（xì ruì）担心他回去之后有危险，建议他向秦国借兵，在秦兵的保护下回国继位。

夷吾向秦穆公许诺，一旦自己继位成功，将把晋国黄河以西的土地送给秦国作为酬谢。秦穆公欣然应允。

夷吾回国后，顺利继位，为晋惠公。他派丕郑出使秦国，以大臣们反对献地为由，收回了当初对秦穆公的承诺。

考虑到里克之前曾经杀死过两任国君，夷吾怕他将来对自己不利，就逼他自杀了。

正在出使秦国的邳郑担心自己也会落得与里克同样的下场，就建议秦穆公重金贿赂吕省、郤芮、冀芮三人，让他们把夷吾赶下台，请重耳回国执政，再以此为条件，从重耳手里把黄河以西的土地要过来。

秦穆公同意了，就派人跟随邳郑回晋国去做这件事。

吕省等人听了邳郑的说辞，商量道："秦人带着这么厚重的礼物，说着美好动听的语言，一定是邳郑向秦国出卖了我们。"于是，他们杀了邳郑。邳郑的儿子邳豹侥幸逃脱，投奔了秦国。

知识小贴士

夷吾承诺送给秦穆公的土地，包括原来的虢国。秦国在西面，要向东扩张必须经过虢国。晋国灭了虢国之后，相当于控制了秦国东扩的必由之路。因此，夷吾以此为条件换取秦国对自己回国继位的支持。

救灾恤邻

释义

救灾恤邻：救助和体恤邻国的灾情。

原句

缪公问百里奚，百里奚曰："天灾流行，国家代有，救灾恤邻，国之道也。与之。"

故事

晋惠公四年，晋国发生饥荒。晋惠公派人向秦国购买粮食。秦穆公征求百里奚的意见。

百里奚说："天灾流行，各个国家都会发生这种情况。救助和体恤邻国的灾情，是国家应当承担的道义。卖给他们吧。"

邳豹由于父亲邳郑之死而仇恨晋国，建议秦穆公趁机攻打晋国。

秦穆公说："晋惠公固然很可恶，可晋国的人民又有什么罪呢？"于是，他下令卖粮食给晋国，帮助晋国百姓度过了饥荒年。

第二年，秦国闹饥荒。秦穆公派人向晋国求购粮食。晋惠公召集大臣们商量此事。

庆郑说："您当初借助秦国的力量才得以继位，之前已经背弃献地的盟约。我国闹饥荒时，秦国卖给我们粮食。如今，秦国来购买粮食，卖给他们就是了，还有什么值得疑虑的呢？何必商量！"

虢射反驳道："去年，老天把晋国赐给秦国，秦国不知道趁机夺取反而卖粮给我国。今天，老天把秦国赐给晋国，我们怎么可以违背老天的意愿呢？应该攻打秦国！"

晋惠公决定采用虢射的建议，趁机发兵攻打秦国。于是，秦晋两国爆发战争。结果，晋军大败，晋惠公也成了秦穆公的俘虏。

知识小贴士

秦穆公俘获晋惠公之后，本打算杀了他祭天。秦穆公的夫人与晋惠公是同父异母的姐弟。她身穿丧服，哭着为晋惠公求情。秦穆公与晋惠公订立盟约后，放他回国。

退避三舍

释义

退避三舍：退让躲避九十里地，比喻对人让步或躲避。舍，古代行军计程，三十里为一舍。

原句

重耳曰："即不得已，与君王以兵车会平原广泽，请辟王三舍。"

故事

重耳逃到翟国后，在那里安了家，生活得倒也自在。

夷吾继位之后，担心重耳回国和他争国君的位子，就派人去翟国刺杀重耳。

为了避祸，重耳不得不离开翟国。当初，重耳逃出晋国时，赵衰、咎犯、介子推等几十个忠于他的属下一直追随左右。在他们的陪伴下，重耳先后去了好几个国家避难。

重耳到了楚国，受到楚成王的热情招待。楚成王对重耳说："您将来回国后，打算用什么来报答我呢？"

重耳答道："珍禽异兽、珠玉绸缎这些东西，您都富富有余。我真不知道该用什么礼物来报答您。"

楚成王没有得到明确的答复，便继续追问道：“虽然事实如此，可您到底应该做些什么来报答我呢？”

重耳想了想，郑重地回答道：“如果不得已，我和您在平原、湖沼地带刀兵相见，我会把军队撤出九十里地之外。”

后来，重耳在秦国的支持下回到晋国，当上了国君。

有一次，晋国与楚国发生战争。重耳下令让军队后撤九十里。军官问道：“为什么退兵？”

重耳说：“我过去在楚国时，许诺交战时退避三舍，难道可以违约吗？”

尽管如此，晋军最终还是打败了楚军。

知识小贴士

重耳离开楚国后，到了秦国。不久，晋惠公去世，太子圉（yǔ）继位，为晋怀公。大臣们不服怀公，暗中联络重耳，请他回国即位。重耳在秦军的护送下回国，把晋怀公赶下台，即位为国君，为晋文公。

言犹在耳

释义

言犹在耳：指话音还在耳边回荡，比喻对别人说的话印象深刻。犹，还。

原句

先君奉此子而属之子，曰“此子材，吾受其赐；不材，吾怨子”。今君卒，言犹在耳，而弃之，若何?

故事

晋襄公去世后，本应由太子夷皋继位，可是，夷皋年幼，不被众臣信服。大家想废掉他，改立晋襄公的其他儿子为国君。

大臣赵盾打算把在秦国做质子的公子雍请回来继位。夷皋的母亲缪嬴听说后，抱着夷皋，在朝堂上没日没夜地哭泣，说：“先君（指晋襄公）有什么罪过？他的继承人又有什么罪过？你们不立太子为君，却跑到外面找君主，打算怎么安置太子呢？”

缪嬴知道，在群臣当中，真正拿主意的是赵盾，就抱着夷皋去赵盾的府上，一边磕头，一边说：“先君把这个孩子托付给您时说过‘这孩子成了材，我感谢您的恩泽；不成材，我就会怨恨您’。现在先君虽然去世了，可是他的话还在耳边回响。您现在要废掉他，这怎么能行？”

赵盾和其他大臣都怕惹怒了缪嬴，会遭到她的报复，就改变之前的决定，拥立夷皋为国君，这就是晋灵公。

这时，公子雍已经在秦军的保护下走在回国的路上了。赵盾亲自率兵前往阻拦秦军和公子雍入境。

公子雍和秦军被赵盾打了个猝不及防，只得逃回了秦国。

知识小贴士

晋灵公长大后，昏庸无道，多次迫害赵盾。赵盾只得逃走。赵盾的弟弟赵穿刺杀了晋灵公，又把赵盾请了回来。兄弟二人迎立晋襄公的弟弟黑臀为国君。

楚

楚世家

蜂目豺声

一鸣惊人

问鼎中原

筚路蓝缕

桃弧棘矢

唯命是从

画蛇添足

蜂目豺声

释义

蜂目豺声：眼睛像蜂，声音像豺，形容人面目凶恶，声音可怕。

原句

且商臣蜂目而豺声，忍人也，不可立也。

故事

楚成王打算立儿子商臣为太子，自己又拿不定主意，就把令尹（宰相）子上找来商量。

子上说："国君您还年轻，又有很多宠爱的妻妾，如果轻易确立太子人选，再随便废弃，国家将会发生祸乱。商臣眼睛像蜂，声音像豺，是残忍的人，不可以立他为太子。"

楚成王经过再三思考，觉得还是商臣比较适合做自己的接班人，就没有听取子上的意见，立了商臣为太子。

后来，楚成王又想改立儿子职为太子，打算废掉商臣。

商臣听到一点儿风声，可无法确认，就和自己的老师潘崇商量。

潘崇出主意，让商臣宴请楚成王的宠姬江芈（mǐ）姬，并在宴席上故意激怒她，以从她的口中探听楚成王的真实意图。

江芈果然中计，她生气地对商臣说："君王想杀掉你改立职为太子是应该的！"

商臣确定楚成王准备废掉自己，就向潘崇请教应对之策。

潘崇说："您能侍奉职吗？"

商臣回答："不能！"

潘崇又问："能逃跑吗？"

商臣回答："不能！"

潘崇接着追问："能杀死君王吗？"

商臣回答："能！"

于是，商臣派兵包围了楚成王，逼他自杀了。商臣继位，这就是楚穆王。

知识小贴士

楚国，又称荆、荆楚，是先秦时期位于长江流域的诸侯国，国君为芈姓，熊氏。周成王时，楚人首领熊绎被封为子爵，建立楚国。楚国大约建立于周成王时期，于公元前223年为秦国所灭。

一鸣惊人

释义

一鸣惊人：一声鸣叫惊动众人。比喻平时表现一般，关键时候做出惊人的成绩。

原句

庄王曰："三年不蜚，蜚将冲天；三年不鸣，鸣将惊人。举退矣，吾知之矣。"

故事

楚穆王去世后，他的儿子侣继位，这就是楚庄王。

楚庄王继位三年间，一条号令也没有颁布，只是日夜享乐。他还公开宣称："如果有人敢于进谏，一律杀死！"

大臣伍举实在看不下去了，就冒着杀头的危险去劝谏楚庄王。他委婉地说："有一只鸟落在土山上，三年不飞也不叫，这是什么鸟呢？"

楚庄王说："这只鸟三年不飞，一旦飞起来，就会直冲天际；它三年不叫，一旦叫起来，将惊动众人。你下去吧，我知道你的意思了。"

人们都以为楚庄王将会有所改变，不料，他比之前更加放纵享乐。大臣苏从也看不下去了，就进宫劝谏。楚庄王说：“你难道没听说过我的命令吗？”

苏从说：“牺牲我的性命，让您变得贤明，这是我的夙愿。”

楚庄王见有这么多愿意为国献身的忠臣，于是发愤图强，重振国威。他提拔任用了数百名有真才实干的大臣，让伍举、苏从辅佐自己治理国政。

从此，楚国上下气象一新，成为威震天下的霸主。

知识小贴士

楚庄王继位时，楚国发生叛乱。年轻的楚庄王采取了以静制动，静观其变的对策，故意不理政事，暗暗观察朝廷里各派势力的动向，同时，谋划着新的人事任免。伍举和苏从的劝谏，让他意识到时机已经成熟，就果断出手，做出了“一鸣惊人”的举动。

问鼎中原

释义

问鼎中原：原指楚王打听周鼎的情况，打算取代周王室的地位，后指有夺取国家政权的野心。

原句

楚王问鼎大小轻重。对曰："在德不在鼎。"

故事

楚庄王成为霸主之后，野心越来越大，甚至产生了取代周王室统治天下的想法。

有一年，楚庄王率兵征伐陆浑戎（今河南嵩县东北）。到达周朝都城洛邑时，楚庄王想在周定王眼皮底下展示自己的实力，就在郊外举行盛大的阅兵仪式。

周定王心里害怕，派王孙满以犒劳楚庄王的名义前去探听虚实。楚庄王不怀好意，向王孙满打听鼎的大小轻重。当时，鼎是王室权力的象征。王孙满明白楚庄王的真实意图，就用话敲打他，说："统治国家在于德行，不在于鼎。"

楚庄王碰了个软钉子，恼羞成怒，狂妄地说："你不要依仗周王室有九鼎就自以为了不起！楚国只要折下兵器上的刃尖就可以熔铸成九鼎！”

王孙满态度严肃地说道：“如果天子道德美好，鼎虽然很小却重得无法移动；如果天子道德败坏，鼎即使再重也容易移动。周成王时，占卜说周鼎可以传世三十代，立国七百年。这是上天的旨意。如今，周王室虽然衰微，但上天的旨意难以改变。您这时来问鼎的轻重，确实不应该啊！”

楚庄王明白，取代周王室的时机还不成熟，只得收了兵马，打消了问鼎中原的念头。

知识小贴士

自从齐桓公打出“尊王攘夷”的旗号称霸之后，后来的霸主都以此为名，炫耀武力。楚庄王名义上是讨伐陆浑戎，其主要目的是想借机威慑周王室。由于当时晋、齐等诸侯国实力并不比楚国弱，楚庄王才不敢以一己之力取代周王室。

筚路蓝缕　桃弧棘矢　唯命是从

释义

①筚路蓝缕：赶着柴车，穿着破旧的衣服，去开辟土地，形容创业艰苦。路，同“辂”，大车。筚路，柴车。蓝缕，破旧的衣服。

②桃弧棘矢：用桃木做的弓，用棘枝做的箭，古人认为可以辟邪。弧，弓。矢，箭。

③唯命是从：只要有命令就听从，形容绝对服从。

原句

①②③析父对曰：“其予君王哉！昔我先王熊绎辟在荆山，荜露蓝蒌以处草莽，跋涉山林以事天子，唯是桃弧棘矢以共王事。齐，王舅也；晋及鲁、卫，王母弟也；楚是以无分而彼皆有。周今与四国服事君王，将惟命是从，岂敢爱鼎？”

故事

楚庄王的孙子楚灵王在位时，先后灭了陈国和蔡国，紧接着，又派兵讨伐徐国，以此恐吓吴国。

楚灵王野心膨胀，妄想与周天子一争高下，就问大臣析父：“如果我派人把周鼎要来作为分封的宝器，周王室会给我吗？”

析父答道："会的！过去，我们的先祖熊绎远在偏僻的荆山，乘坐简陋的车子，身穿破旧的衣服，居住在草莽地区，跋山涉水侍奉周天子，曾把桃木弓、棘枝箭进贡给周王室。齐国国君是周王的舅父，晋、鲁、卫三国的国君是周王的同胞弟弟。因此，他们都有宝器，唯独楚国没有。周王室如今和那四个国家都侍奉您，将对您唯命是从，哪敢吝惜鼎呢？"

楚灵王听了很高兴，又说："过去，我的远祖住在原来的许国，郑国人贪婪地占据了那里。如今，我去要回，他们会给我吗？"

析父答道："周王室不吝惜鼎，郑国怎么敢吝惜那块地呢？"

楚灵王更高兴了，夸奖析父，说："析父善于谈论古代的事啊！"

知识小贴士

楚灵王有一个怪癖，喜欢细腰的人。为此，他下令让百官束腰。百官为了迎合他，把一日三餐改为一餐，想尽一切办法让自己的腰变细。有的人竟然为此饿死。这就是"楚王好细腰，宫中多饿死"的典故由来。

画蛇添足

释义

画蛇添足：画蛇时给蛇添上了足，比喻做了多余的事，不但无益，反而不合适。

原句

人有遗其舍人一卮酒者，舍人相谓曰："数人饮此，不足以遍，请遂画地为蛇，蛇先成者独饮之。"一人曰："吾蛇先成。"举酒而起，曰："吾能为之足。"及其为之足，而后成人夺之酒而饮之，曰："蛇固无足，今为之足，是非蛇也。"

故事

战国时期，楚国令尹昭阳率兵打败魏国，准备移师攻打齐国。齐王为此忧虑不已。

当时，秦国的陈轸（zhěn）正在齐国出使。齐王见他富于谋略，就问他："这该怎么办呢？"

陈轸说："您不要担心，我去让楚军罢兵。"

于是，陈轸来到楚军大营，见到楚军统帅昭阳，问他，如果打了胜仗，楚国对他的最高封赏是什么？

昭阳答，是令尹。

陈轸接着说：“您如今已经是楚国的令尹，这是楚国最大的官位了。我愿意给您举例分析一下。

“有一个人，赐给他的门客一壶酒。门客说：‘几个人喝这壶酒，没办法让每个人都喝到。不如让我们在地上画蛇，谁先画成谁就一个人喝了这壶酒。’一位门客先画成了，说：‘我的蛇先画好了。’于是，他端起酒来，说：‘我能给蛇画上足。’等他画完足后，后画成的人把酒夺了过来一饮而尽，说：‘蛇本来没有足，你非要给它画上，那它就不是蛇了。’

“如今，您带兵攻打齐国，就算胜利了，官爵也没办法再高升了。一旦失败了，人也死了，官也没了，还要被楚人诋毁。这不正是画蛇添足吗？”

昭阳一琢磨，陈轸说得有道理，于是，罢兵而去。

一场战争就这样被陈轸轻松地化解了。

知识小贴士

陈轸，战国时期著名的纵横家、谋略家。他先在秦国为官，由于受到另一位纵横家张仪的排挤，转而投向楚国。他擅于运用寓言故事，游说各国诸侯，曾成功说服魏国和韩国联合齐国讨伐秦国。

越王勾践世家

卧薪尝胆

鸟尽弓藏
兔死狗烹

大名难居
名垂后世

卧薪尝胆

释义

卧薪尝胆：睡在柴草铺就的床上，经常舔舐苦胆，以提醒自己不忘曾经受过的屈辱和苦难。后形容人刻苦用功，发愤图强。

原句

越王勾践反国，乃苦身焦思，置胆于坐，坐卧即仰胆，饮食亦尝胆也。

故事

越国与吴国是死敌，从越王允常开始，两国时常发生战争。

允常死后，他的儿子勾践继位为王，继续与吴国打仗。在一次战斗中，越军射伤了吴王阖闾（hé lǘ）。阖闾临死前，留下遗言，让儿子夫差为他报仇。

吴王夫差没有辜负父亲的遗训，率兵打败了越王勾践。为了避免遭受灭国之祸，勾践听从大臣范蠡（lǐ）的意见，派另一位大臣文种出使吴国，请求臣服于吴国，以获得宽恕。

吴国将军伍子胥建议夫差趁势灭了越国。但吴国大臣伯嚭（pǐ）受了勾践的贿赂，为越国说话。夫差听了伯嚭的话，罢兵而归。

勾践被夫差下令困在会稽山，饱尝艰辛，受尽屈辱。后来，夫差赦免了勾践，放他回到越国。

勾践回国后，为了报仇雪耻，日夜思虑。他把苦胆放在座位上，无论是坐着躺着，还是吃饭喝水，都要先尝一下苦胆，说：“你难道忘记在会稽山所受的耻辱了吗？”

勾践和他的夫人亲自参加劳作，吃饭不加肉，穿衣不讲求华丽，与百姓同甘共苦。他厚待有能力、有德行的人才，救助穷苦的人，抚恤死者家属，得到了百姓的拥护。

后来，在范蠡和文种的辅佐下，勾践最终打败了夫差，灭掉了吴国。

知识小贴士

在《史记》原著当中，只记叙了勾践尝胆一事，并没有提及卧薪。“卧薪尝胆”一词最早见于宋代苏轼《拟孙权答曹操书》一文。尽管苏轼并未说明这个词与勾践有关，后人却把这两件事关联起来，都归到了勾践头上。

鸟尽弓藏　兔死狗烹

释义

①鸟尽弓藏：飞鸟打光了，弹弓没用了，就被藏了起来。

②兔死狗烹：野兔捕杀了，猎狗没用了，就被煮了吃掉。比喻抛弃或杀掉出过力、立过功的人。

原句

蜚鸟尽，良弓藏；狡兔死，走狗烹。

故事

越国打败吴国之后，夫差派使者拜见勾践，请求获得宽恕。他以自己当初放过勾践为例，希望勾践也能放过自己。

范蠡想乘胜追击，一鼓作气灭了吴国，就对勾践说："当年，老天把越国赐给吴国，吴国不要。现在，老天把吴国赐给越国了，越国难道可以逆天而行吗？再说，您为了这一天，筹划了二十二年，一旦放弃，不可惜吗？"

勾践虽然表面上可怜夫差，可是，心里早就想灭了他。范蠡看出他的心思，就下令继续进军，吞灭了吴国。

勾践灭了吴国之后，国威大振，受到了周天子的封赐。越国军队在长江、淮河以东地区横行无阻。诸侯尊奉勾践为霸王。

就在这时，范蠡离勾践而去。临行前，他留了一封信给文种，说："飞鸟打光了，弹弓没用了，就被藏了起来；野兔捕杀了，猎狗没用了，就被煮了吃掉。越王这个人，脖子长，嘴像鸟嘴，可以和他共患难，不可以一起享乐。您为什么还不离开呢？"

文种见了信，没有离开，只是假称有病，不去上朝。有人对勾践说，文种可能要作乱。于是，勾践就赐剑给文种，逼他自杀了。

知识小贴士

范蠡和文种原本都是楚国人。文种担任楚国县令时，范蠡是他的手下。后来，二人因为在楚国不受重用，就投奔了越国，成为勾践复国的主要功臣。

大名难居　名垂后世

释义

①大名难居：一个人的名气太大，不容易获得长久的安生。

②名垂后世：良好的名声流传后世。

原句

①还反国，范蠡以为大名之下，难以久居，且勾践为人可与同患，难与处安。

②范蠡三迁皆有荣名，名垂后世。

故事

勾践称霸以后，封范蠡为上将军。范蠡认为自己所获得的名气太大，很难让他在越国长期安然地待下去，而且，他也看出来，勾践这个人只能共苦，不能同甘。于是，他就给勾践上了一封书，表达了功成身退的想法。

勾践不想落个亏待功臣的名声，就假惺惺地表示，自己正打算和范蠡共同享有国家。

范蠡明白，勾践只是说说而已，自己再待下去，早晚会遭到他的迫害。于是，他放弃了在越国的功名利禄，只带了一些珠宝，乘船出海，远离越国，从此再也没有回来过。

离开越国以后，范蠡到了齐国，辛苦经营，积累了亿万家财。齐人听说他很贤良，就拜他为相。

范蠡认为，长期享受尊贵的名誉，不是什么好事，就归还相印，散尽家财，举家迁往陶地，自称陶朱公。

过了没多久，范蠡又积蓄了亿万家财，成为名闻天下的首富。此后，范蠡一直定居于陶地，直到寿终正寝。

从位极人臣到财富巅峰，范蠡实现了人生的完美跨越。司马迁评价道："范蠡三次搬迁，都有很好的名声，并且流传到后世。无论是君主，还是臣子，能做到像范蠡这样，想不显赫都难。"

知识小贴士

由于范蠡善于经营，每次迁徙都能白手起家，赚取亿万财富，因此，后世尊称他为"商圣"。

郑世家

不毛之地

敢布腹心

一见如故

不毛之地　敢布腹心

释义

①不毛之地：指贫瘠荒凉的地方。毛，庄稼，草木。

②敢布腹心：指冒昧地说出心里话。布，说出，坦陈。腹心，心里话。

原句

①②君王迁之江南，及以赐诸侯，亦惟命是听。若君王不忘厉、宣王、桓、武公，哀不忍绝其社稷，锡不毛之地，使复得改事君王，孤之愿也，然非所敢望也。敢布腹心，惟命是听。

故事

郑襄公刚继位时，楚国屡次发兵攻打郑国。郑国国力弱小，打不过楚国，就与晋国结盟，联手对付楚国。

楚庄王决定狠狠地教训一下郑襄公，于是，亲自率领大军前往讨伐郑国。强大的楚军长驱直入，一口气打到了郑国的都城，将其严严实实地包围起来。

三个月过去了，守城将士伤亡惨重，城里的粮食也快吃光了，晋国的援军却迟迟不来。郑襄公见楚庄王没有撤军的意思，只得宣布投降。

楚军大摇大摆地进了城。郑襄公裸露右臂，牵着羊迎接楚庄王。郑襄公恭敬地对楚庄王说："我不能在边城侍奉您，使您愤怒地来到我国都城，这是我的罪过啊！我怎么敢不听您的命令呢？您就算把我迁到江南，甚至赏赐给其他诸侯，我也得服从您的命令。

"如果您没有忘记我祖上的功业，不忍心断绝郑国的血脉香火，希望您能赏赐我一块贫瘠荒凉的地方，让我能够重新服侍您，我也就心满意足了。可是我不敢有所期望，只敢冒昧地说出我的心里话。具体如何处置，我完全服从您的命令。"

楚庄王见郑襄公已经服软，自己的目的已经达到，就率领军队班师回国了。

知识小贴士

晋国在是否出兵援助郑国的问题上意见不统一，因此迟迟没有发兵。当晋军出兵时，楚军已经撤离郑国。晋军渡过黄河追击楚军，遭到楚军反击。郑国怨恨晋国发兵太晚，又见楚国势大，就与楚军联合，大败晋军。

一见如故

释义

一见如故：初次见面就像见到老友一样，形容情投意合。故，故旧，老友。

原句

二十二年，吴使延陵季子于郑，见子产如旧交，谓子产曰：“郑之执政者侈，难将至，政将及子。子为政，必以礼；不然，郑将败。”

故事

春秋时期，郑庄公曾经率兵打败周桓王率领的四国联军，并且射伤周桓王，令当时各国诸侯闻风色变。郑国因而一度成为称霸诸侯的强国。

后来，随着其他诸侯国的兴起，郑国渐渐衰落，沦为弱国，夹在强大的楚国和晋国之间，见楚国势大，就与楚国结盟；见晋国势大，又与晋国结盟，处境十分艰难。

郑简公时，晋国因郑国与楚国结盟，出兵来攻。楚国派兵打败晋国。郑简公想与晋国求和，结果惹怒了楚国。楚国囚禁了郑国的使者，以示威胁。

郑简公在军事、外交上都不得利，就迁怒于宰相子孔，杀了他，重用贤明的子产为卿。

有一年，吴国的季札出使郑国，见到子产感觉就像见到老朋友一样亲切。季札对子产说："郑国的执政者过于放纵，灾难就要降临，大权将要落到你的手中。如果你执政，一定要遵循礼制，不然，郑国将会败亡。"

子产对季札的善意提醒表示感谢，热情地款待了他。

果然，郑国爆发内乱，各公子为了争权互相残杀。子产为人仁厚，幸免于难，并执掌了郑国的大权。

子产遵照季札的嘱咐，以礼治国，改变了混乱不堪的国家面貌。在他的治理下，郑国再度变得富强起来。

知识小贴士

子产是春秋时期著名的政治家、思想家，与孔子是同时代人。孔子对子产评价很高，认为他"行为举止谦虚有礼，对待君子恭敬认真，教养人民广施恩惠，役使人民合于道义"。

赵世家

一狐之腋

唯唯连声

轻虑浅谋

盛气凌人

膏腴之地

嫁祸于人

一狐之腋　唯唯连声

释义

①一狐之腋：一只狐狸腋下的皮毛，形容东西非常珍贵。

②唯唯连声：谦卑地连续应答，比喻顺从。唯唯，谦卑地应答。

原句

①②简子曰："大夫无罪。吾闻千羊之皮不如一狐之腋。诸大夫朝，徒闻唯唯，不闻周舍之鄂鄂，是以忧也。"

故事

赵简子，名鞅，晋国的六卿之一，是晋文公时代名臣赵衰的后人。

赵氏家族与范氏、中行氏、智氏、韩氏、魏氏家族世代担任晋国六卿。随着六卿权力越来越大，晋国公室的权力逐渐被架空。六卿为了争夺权力，展开激烈而残酷的竞争。

赵简子的父亲死得比较早，因此他年纪轻轻就进入政坛，位列六卿。面对危机四伏的政治斗争，赵简子表现出非同一般的政治才干。他谦虚谨慎，礼贤下士，为自己积累政治资本。

赵简子手下有一位大臣，名叫周舍。周舍敢于直言，能够直接指出并纠正赵简子的错误，因此深受赵简子信任。

后来，周舍去世。赵简子非常怀念他，每次与手下人议事时，总是表现出不开心的样子。手下人不明就里，以为是自己做了什么错事，惹得赵简子生气，就向他请罪。

赵简子说："这不怪你们。我听说一千只羊的皮毛也不如一只狐狸腋下的皮毛珍贵。各位上朝议事时，我只能听到恭敬顺从的应答声，再也听不到周舍那样的争辩之声了。因此，我才感到担忧。"

手下人听后，对赵简子有如此宽广的胸襟钦佩不已，对他更加尊重。

知识小贴士

赵简子的儿子赵襄子与智氏、韩氏、魏氏联合攻灭范氏和中行氏，瓜分了他们的封地。后来，赵襄子与韩氏、魏氏联合攻灭智氏，瓜分智氏封地。公元前403年，赵、魏、韩三家瓜分晋国。赵国多次迁都，最终定都邯郸。从赵武灵王时起，赵国称王。

轻虑浅谋

释义

轻虑浅谋：考虑不周全，计划不周密。

原句

夫小人有欲，轻虑浅谋，徒见其利而不顾其害。

故事

赵武灵王宠爱王后吴娃，把王位传给她和自己所生的儿子王子何，这就是赵惠文王。赵武灵王让肥义辅佐他。

赵武灵王和前任王后所生的长子、原本是王位继承人的公子章被改封到了代地。赵武灵王派田不礼辅佐他。

后来，赵武灵王觉得亏待了公子章，打算把赵国一分为二，让哥俩分而治之，犹豫再三，最终没有实行。

公子章对此深感不忿，私下与田不礼密谋，准备推翻赵惠文王，夺回王位。

李兑察觉到他们的阴谋，就对肥义说：“公子章和田不礼将来一定会作乱。因为他们都是小人，一旦有了贪欲，就会轻虑浅谋，只见到好处而不顾可能带来的危害，从而互相怂恿，开启祸端。您最好称病不出，以避灾祸。”

肥义忠于职守，打算誓死辅佐赵惠文王，就没有接受李兑的建议。

不久，公子章和田不礼发动变乱，假托赵武灵王的名义召赵惠文王相见，准备杀了他。肥义先去入见，结果被杀。

随后，李兑等人率兵攻杀了公子章和田不礼，因为害怕赵武灵王算后账，干脆把他也困在宫中，饿死了。

知识小贴士

赵国与游牧民族毗邻，双方时常产生摩擦。赵武灵王为了增强军事力量，开始实施改革，推行“胡服骑射”制度，改良军队不便于作战用的服装，并学习游牧民族的骑射本领，建立骑兵作战模式，富国强兵，使赵国成为能与秦国并列的军事强国。赵国也是战国七雄之一。

盛气凌人　膏腴之地

释义

①盛气凌人：以骄横的气势压人，形容傲慢自大，气势逼人。

②膏腴（yú）之地：肥沃的土地。膏腴，肥沃。

原句

①左师触龙言愿见太后，太后盛气而胥之。

②今媪尊长安君之位，而封之以膏腴之地，多与之重器，而不及今令有功于国，一旦山陵崩，长安君何以自托于赵？

故事

赵孝成王刚继位时，秦国攻打赵国，连续打下三座城池。

迫于秦国的军事压力，赵国不得不向齐国求助。齐国表示，要以赵国的长安君为人质，才肯发兵相救。

长安君是太后最疼爱的小儿子，因此，太后死活也不同意让他去齐国做人质。太后放出话来，谁要是提让长安君做人质的事，就要唾他一脸唾沫。

大臣触龙忧心国事，决定前往说服太后。太后知道触龙的来意，盛气凌人地接见了他。

触龙不急不躁，先是有一搭没一搭地和太后聊家常，等太后的怒气渐渐消退一些之后，他又以为自己的小儿子在王宫谋职为名，将话题自然而然地引到长安君身上，并借机进行劝谏。

触龙说：“您当初送女儿远嫁燕国，为的是她的子孙能够在燕国长久为王。这是多么有远见的做法。如今，您让长安君处于尊贵的地位，又封给他肥沃的土地，给他许多贵重的宝物，却不趁着现在的机会让他立功，一旦您离开人世，长安君凭借什么在赵国立足？这样看来，您为长安君考虑得不够长远啊！”

太后被触龙说动了，最终同意派长安君到齐国为人质。齐国随后出兵，帮助赵国击退了秦军。

知识小贴士

赵孝成王的父亲、赵太后的丈夫赵惠文王在位时，曾经多次联合秦国攻打齐国，名将廉颇曾经攻下齐国的阳晋。因此，齐国对于赵国一直有所防范。这也是齐国一定要以长安君为人质才肯出兵的原因。

嫁祸于人

释义

嫁祸于人：把本应由自己承受的祸害，推到别人头上。

原句

韩氏所以不入于秦者，欲嫁其祸于赵也。

故事

韩国上党（今山西省长治县北）的守将冯亭派使者到赵国，对赵孝成王说："韩国守不住上党，准备并入秦国。这里的百姓都想归附赵国，不想并入秦国。希望赵王接纳。"

赵孝成王平白无故捡个大便宜，非常开心，就把平阳君赵豹找来，征求他的意见。

平阳君说："秦国蚕食韩国的土地，从当中断绝，不让两边相通，本来自以为会安安稳稳地得到上党的土地了。韩国所以不归顺秦国，是想要嫁祸于赵国。秦国付出了辛劳而赵国却白白得利，即使强国大国也不能随意从小国弱国那里得利，小国弱国反倒能从强国大国那里得利吗？"

平阳君担心接收上党会得罪秦国，招来不必要的麻烦，建议赵孝成王不要这样做。

赵孝成王不甘心，又找平原君赵胜商量。平原君与赵王的意见一致，认为这是个大便宜，不捡白不捡。

于是，赵孝成王就派平原君前去，把上党纳入赵国版图。秦国见煮熟的鸭子就这样飞了，自然不甘心，就派军队攻打赵国，在长平之战中，大败赵军。

司马迁认为，平原君不识大体，只顾眼前小利，丧失理智判断，才导致赵国败于秦国，险些连都城邯郸也被秦军占领了。

知识小贴士

上党历史悠久，早在远古时期，华夏始祖炎帝就曾在此“尝百草、识五谷、教农耕”，开创了华夏的农耕文明。殷商时期，古黎国在此建都，子民就是“黎民”，“黎民百姓”一词就源于此。

魏世家

抱薪救火

抱薪救火

释义

抱薪救火：抱着柴火去救火。比喻用错误的方法解决问题，结果使问题变得更加严重。

原句

且夫以地事秦，譬犹抱薪救火，薪不尽，火不灭。

故事

秦国倚仗强大的军事力量，连年侵略魏国。魏国打不过，只得割地求和。秦国贪心不足，没过多久，再次出兵侵略魏国。魏国联合韩国、赵国一起对抗秦国。

秦国以一敌三，展现出巨大的威力，连续攻城略地，杀死三国联军十五万人。

眼见秦军势大，魏国的将领段干子建议魏王仍用割地的方式求和。魏王同意了。

纵横家苏代对魏王说："您这样做，除非把魏国的土地送完，否则，战争就不会停止。况且，用割地的方式求和，就像抱着柴火去救火一样，柴火不烧完，火是不会灭的。"

魏王说："您说的都对。可是，这件事已经开始了，不能再更改了。”

苏代说：“玩博戏（古代的一种棋类游戏）的人特别注重枭子（相当于棋子），那是因为有利就可以吃掉对方，没利就可以停下来。您说割地求和这事已经开始就不能停下来，您运用智谋还不如玩博戏的人运用枭子呢。”

最终，魏王没有采纳苏代的建议，坚持用割地的方式换来了短暂的和平。后来，秦国持续侵占魏国的土地，直至将其吞灭。

知识小贴士

魏国，周朝的王族诸侯国之一，姬姓，魏氏。公元前453年，魏桓子与赵襄子、韩康子三家分晋。公元前403年，魏国正式被周王室封为诸侯。魏国都城原来在安邑（今山西省运城市夏县），魏惠王迁都于大梁，后世又称魏为梁。

韩世家

冠盖相望

冠盖相望

释义

冠盖相望：形容政府的使者或官员往来不绝。冠盖，官帽与车盖，代指官员。

原句

穰侯怒曰："是可以为公之主使乎？夫冠盖相望，告敝邑甚急，公来言未急，何也？"

故事

韩釐（xī）王时，赵国和魏国联合进攻韩国的华阳（今河南省郑州市新郑市以北一带）。韩国不敌，向秦国告急。秦国想坐观成败，迟迟不发兵。

韩釐王慌了神儿，派相国去找卧病在家的陈筮。相国急切地对陈筮说："当前事态紧迫，您虽然有病，可为了国家的安危，还是希望您能连夜到秦国去。"

陈筮临危受命，抱病前往秦国，见到了掌权的穰侯魏冉。

穰侯傲慢地说："事情紧迫了吧？所以韩国才派您来秦国。"

陈筮故作淡定，说："还不是很着急呀。"

穰侯很生气，说："如果真是这样，那您的君主还会派您来做使臣吗？你们派来的使臣，冠服和车盖互相看得见，来来往往都是向我们告急的。您来了却说不急，为什么？”

陈筮不紧不慢地解释道：“韩国如果真的危急，就会改变策略去追随其他国家。正因为还没到最危急的时候，所以又派我来了。”

穰侯听出了陈筮的话外之音，心里明白，如果秦国再不出兵相救，韩国就有可能转而投向其他大国的怀抱，与秦国为敌。因此，他赶紧说：“您不必去见秦王了。我马上发兵去救援韩国。”

八天后，秦军赶到华阳，帮助韩国打败了魏国和赵国。

知识小贴士

韩国，姬姓，韩氏，周朝的王族诸侯国，战国七雄之一，与魏国、赵国合称三晋。韩国都城起初在阳翟（今河南省禹州市），后韩国灭郑国，迁都郑（今河南省郑州市新郑市）。在七国之中，韩国的国土面积最小，是第一个被秦国灭掉的国家。

田敬仲完世家

漏瓮沃焦釜

漏瓮沃焦釜

释义

漏瓮沃焦釜：把漏瓮里的余水倒进烧焦的锅里，比喻形势危急，亟待挽救。瓮：大缸。

原句

且救赵之务，宜若奉漏瓮沃焦釜也。

故事

秦国发兵攻打赵国，齐国和楚国出兵相救。秦国想观察齐国和楚国的态度，来决定下一步行动。如果两国真心救赵国，秦国就退兵；如果两国只是做做样子，秦国就继续进攻。

赵国粮食紧缺，向齐国借粮，齐王不同意。大臣周子对齐王说："不如答应赵国的请求，以使秦国退兵。我们不借粮，秦国就不会退兵。这样就使秦国的计谋得逞了，而齐国和楚国的计谋就失败了。况且，赵国对于齐国和楚国而言，是一道屏障。如果今天赵国灭亡，明天祸患就会降临到齐国和楚国头上。救援赵国这件事，应该像用漏瓮里的余水去浇烧焦的锅一样，刻不容缓。不去这样做，反而心疼粮食，从国家大计考虑，这是不对的啊！"

齐王没有听从周子的建议，仍旧拒绝借粮给赵国。由于齐国和楚国援助不力，不久，势单力孤的赵国在长平败给了秦国的虎狼之师，四十万赵军被秦军活埋。齐国、楚国、赵国的联盟就此瓦解。

秦国先后灭了韩国、赵国、魏国、楚国、燕国，紧接着发兵攻打齐国。齐王见大势已去，直接就投降了。

知识小贴士

齐国，周朝诸侯国，分为姜齐和田齐两个时期。春秋四大国之一，战国七雄之一。公元前386年，田氏取代姜氏统治齐国。齐国都城在临淄(今山东省淄博市临淄区)。

孔子世家

招摇过市

丧家之犬

道大莫容

韦编三绝

春秋笔法

不赞一词

心向往之

招摇过市

释义

招摇过市：故意在众人面前大摇大摆，张扬声势，以引人注意。

原句

居卫月余，灵公与夫人同车，宦者雍渠参乘，出，使孔子为次乘，招摇市过之。

故事

鲁定公迷恋齐国送来的美女，不理政事。孔子劝说无效，就离开鲁国，去了卫国。

卫灵公按照孔子在鲁国时受到的待遇把他供养了起来，但没有安排具体的事情让他做。不久，有人在卫灵公面前说孔子的坏话，卫灵公就派人监视孔子。孔子担心因此而获罪，就离开了卫国。

过了一个多月，四处碰壁的孔子不得已再次回到卫国。卫灵公的夫人南子派人对孔子说："各国的君子凡是愿意与我们国君结交的，都要见见南子夫人。南子夫人也愿意见见您。"

南子行为不端，孔子本来不想见她，但又担心得罪了她，在卫国待不下去，只好前往相见。弟子子路对此颇为不满。孔子说："如果我做了什么不正当的事情，上天就厌弃我吧！上天就厌弃我吧！"

又过了一个多月，卫灵公和南子同车出行，让宦官在一旁陪同，让孔子坐在第二辆车上跟从，大摇大摆地经过街市。

孔子对卫灵公的做法深感厌恶，说："我从来没见过喜欢美德像喜欢美色一样的人啊！"于是，他又离开卫国，去了曹国。

知识小贴士

卫灵公知人善任，任人唯贤，曾被孔子评为贤明的国君，只是因为纵容夫人南子参政的原因，又受到孔子的批评。

丧家之犬

释义

丧家之犬：失去家的狗。比喻人失去栖身之所，四处流窜。

原句

东门有人……累累若丧家之狗。

故事

孔子在曹国得不到国君赏识，于是去了宋国。他和弟子们在大树下演习礼仪。宋景公听说孔子的大名，想请他协助自己治理国家。

宋国的司马桓魋（tuí）想杀害孔子，于是先派人砍掉了那棵大树。孔子只好带着弟子们逃离宋国。

弟子们担心司马桓魋追上来，就催孔子走得快一些。孔子说："上天既然赋予我传承圣德的使命，他桓魋又能把我怎么样呢？"

话虽如此，大家还是抓紧时间逃命。等到了郑国，孔子与弟子们走散了，独自一人站在外城的东门。郑国人见了，对孔子的弟子子贡说："东门有一个人，额头像尧帝，脖子像皋陶（尧舜时的司法官），肩膀像子产（郑国的相国），可是自腰部以下长得比大禹短三寸，一副疲惫不堪、无精打采的样子，就像一条流浪的狗。”

子贡见到孔子后，把郑国人的话如实告诉了他。孔子开心地笑道：“他说我的外貌怎么样，是微不足道的事。不过，说我像一条丧家之犬，倒确实如此，确实如此啊！”

知识小贴士

司马桓魋虽然仇视孔子，但他的弟弟司马耕（字子牛）是孔子的弟子，更是孔门七十二贤人之一。

道大莫容

释义

道大莫容：原指孔子的学说太过博大精深，以至于天下无法容纳。后指正确的道理不为世人所接受。

原句

夫子之道，至大也，故天下莫能容夫子。

故事

孔子和众弟子住在蔡国和陈国之间的边境上。楚国人听说后，派人来聘请他。孔子准备前往投奔楚人。

陈国和蔡国掌权的高官们担心孔子去楚国后对他们不利，就派人把孔子围困在野外，不让他们离开。

孔子和众弟子走不脱，又断了粮食。弟子们又饿又病，有人都快站不起来了，孔子却还在不停地给他们讲学、诵诗、歌唱、弹琴。这令弟子们很是不满。

孔子知道大家有意见，就把弟子叫来，问：“难道是我们的学说有什么不对吗？为什么会落到这个地步？”

子贡答：“您的学说太过博大了，因此天下不能容纳。您为什么不降低您的要求呢？”

孔子认为子贡的志向不够远大，又把颜回叫进来，问他同样的问题。

颜回答："您的学说博大精深到极点了，因此天下难以容纳。尽管如此，您还是坚持推行自己的学说，这才是君子的本色。"

孔子对颜回的回答很满意。随后，他派子贡到楚国求援。楚国出动军队把他们接走了。

知识小贴士

颜回，字子渊，孔门十哲之一、七十二贤之首，被后世尊为"复圣"，是孔子最得意的弟子。孔子曾称赞颜回："贤哉回也！一箪食，一瓢饮，在陋巷，人不堪其忧，回也不改其乐。贤哉回也！"

韦编三绝

释义

韦（wéi）编三绝：孔子勤读《周易》，以至于编连竹简的皮绳多次断裂。后形容读书勤奋，刻苦用功。韦，熟牛皮。

原句

孔子晚而喜《易》……读《易》，韦编三绝。

故事

孔子生活的春秋时期，周王室衰微，礼乐制度被人们废弃了，《诗》和《书》也残缺不全了。孔子深入研究夏、商、西周三代的礼仪制度，整理了《书传》和《礼记》的相关内容。

孔子还编订了与《礼记》合称为“六艺”的《诗》《书》《乐》《易》和《春秋》。

晚年的孔子喜欢钻研《周易》，对书中不易理解的部分进行了注解。当时，人们还没有发明纸张，书籍都是用笔书写在竹片或木片上，再用牛皮绳子把这些竹、木片编连成书册，称为“竹木简”。孔子读《周易》时，勤奋刻苦，时常翻阅，以至于编连竹简的牛皮绳子多次被磨断。

即便如此，孔子仍然觉得自己还没有把《周易》读透。

他说："如果让我再多活几年，我对《周易》的文辞和义理就可能理解掌握得更加充分了。"

孔子的从政之路虽然历经坎坷，但是，他勤奋好学，精研学问，以《诗》《书》《礼》《乐》作为教材教育弟子，培养了众多优秀的人才，成为中国历史上最伟大的教育家。

知识小贴士

孔子首创平民教育，提倡"有教无类，因材施教"，门下弟子来自各行各业，有三千人之多。周朝时还有一种"六艺"，是指贵族自幼学习的礼、乐、射、御、书、数六种技能。

春秋笔法　不赞一词

释义

①春秋笔法：孔子编订《春秋》时所创的写作手法。后指文章用隐晦曲折的方式表达褒贬之意。

②不赞一词：原指文章写得太好，不能再加一个词或一句话。现指对完美的或不了解的事物不能提出看法，也指一言不发。

原句

①②至于为《春秋》，笔则笔，削则削，子夏之徒不能赞一辞。

故事

孔子认为，君子最担忧的是死后没有留下好名声。眼见自己的思想学说不被诸侯接受，治国理念也无从实施，孔子就想着再为社会做些什么贡献，以期留下个好名声。想来想去，他决定根据鲁国的史书编写一部《春秋》。

在编写这部书时，孔子用词简约，其中蕴意却深远而广博。比如，吴国和楚国的国君自称为王，孔子在《春秋》中仍然贬称他们为“子爵”，一点儿不给他们留面子。晋文公与诸侯会盟，实际上是他把周襄王叫来参会的，《春秋》中却说“周天子恰巧在河阳狩猎”，给周王室留足了面子。

孔子就是用这种笔法来编写《春秋》，褒贬人物和事件。在写作时，孔子该写的写，该删的删，文章写得非常好，以至于子夏这些擅长文字的弟子连一句话也不能增删。

孔子在向弟子们讲授《春秋》时说：“后世将因为《春秋》而了解我，也将因为《春秋》而怪罪我。”

由于《春秋》文字过于简略，后世左丘明作《春秋左氏传》（简称《左传》），公羊高作《春秋公羊传》（简称《公羊传》），穀梁赤作《春秋穀梁传》（简称《穀梁传》），合称“春秋三传”，对《春秋》进行诠释注解。

知识小贴士

卜商，字子夏，孔门十哲之一，以文学著称，提出“仕而优则学，学而优则仕”思想。改革家李悝（kuī）和军事家吴起是他的弟子。

心向往之

释义

心向往之：对某人或某事物极为崇敬仰慕。

原句

《诗》有之：“高山仰止，景行行止。”虽不能至，然心向往之。

故事

孔子去世345年后，儒生董仲舒向汉武帝提出“罢黜百家，独尊儒术”的治国方略。汉武帝认为，孔子的儒学思想非常适合用来治理国家，就在全国推行儒家思想。从此，儒学就成为中国传统文化的正统和主流思想，一直延续了两千多年。

司马迁满怀对孔子的敬意，说：“《诗经》里说，‘像高山一样令人仰望，像大道一样让人遵循’。我虽然不能达到这种境地，但是心里却充满了向往之情。”

在读孔子的著作时，司马迁想，要是能见到孔子本人该有多好啊！于是，他去了鲁地，参观了孔庙，现场观看了学子们按时到孔子旧居演习礼仪的情景。他为孔子的伟大感到震撼，怀着崇敬的心情徘徊良久，不愿离去。

司马迁认为，作为一个平民，孔子的名声和学说已经传了十几世，读书人将他视为宗师。从天子王侯，到全国学习六艺的人，都将他的学说作为最高的评判准则，孔子真称得上是至高无上的圣人了。

知识小贴士

孔子去世后，他的弟子们根据他生前的言论，汇制成语录文集《论语》，集中体现了孔子的政治主张、伦理思想、道德观念和教育原则。

陈涉世家

鸿鹄之志
王侯将相

鸿鹄之志　王侯将相

释义

①鸿鹄之志：像天鹅一样飞向远方，形容人的志向高远。鸿鹄，指天鹅。

②王侯将相：那些做王侯将相的人。

原句

①陈涉太息曰："嗟乎，燕雀安知鸿鹄之志哉！"

②且壮士不死即已，死即举大名耳，王侯将相宁有种乎！

故事

陈胜，字涉，阳城（今河南省南阳市方城县）人，少年时曾经和别人一起当雇工。一天，他停下手中的活计，走到田垄上休息，惆怅良久，对身边的人感慨道："如果将来我们有谁富贵了，一定不要互相忘记了。"

人们笑话他道："你一个耕田的雇工，哪能富贵呢？"

陈胜叹息道："唉，燕子、麻雀怎么能够知道天鹅的志向呢？"

秦二世胡亥刚继位不久，征发贫民去戍守渔阳（今北京市密云区西南），总共有九百人驻扎在大泽乡（今安徽省宿州市东南）。陈胜和阳夏（今河南省周口市太康县）人吴广都在这支队伍中，并且都是屯长。由于天降大雨，道路不通，他们无法在指定的日期内赶到渔阳。根据秦法，误期是要杀头的。

陈胜和吴广商量，与其到了渔阳被杀，还不如就地起义，或许还有活路。于是，他们带头杀了押解队伍的官吏，对众人说："男子汉不死则已，死就要名扬于世。那些王侯将相，难道天生就高贵吗？"

众人纷纷响应。于是，一场声势浩大的农民起义就这样开始了。

陈胜和吴广都是楚国人，因此陈胜称王后将起义政权命名为张楚，取"张大楚国"之义。

知识小贴士

陈胜、吴广领导的大泽乡起义是中国历史上第一次大规模农民起义。在大泽乡起义的影响下，六国的旧贵族纷纷起兵复国响应，掀起了反抗秦朝统治的浪潮，为后来项羽、刘邦等起义军推翻秦朝创造了有利条件。

外戚世家

出言不逊

出言不逊

释义

出言不逊：说出来的话傲慢无礼，令人无法接受。

原句

栗姬怒，不肯应，言不逊。

故事

汉景帝的妃子栗姬为他生下长子刘荣，由于皇后无子，刘荣被立为太子。栗姬因此很受汉景帝宠爱。

汉景帝的姐姐刘嫖想把女儿嫁给刘荣。这本来是一件好事，可是，栗姬却拒绝了。刘嫖一怒之下，把女儿许给了汉景帝与王夫人所生的儿子刘彻。刘嫖和栗姬结怨，便总是在汉景帝面前说她的坏话。汉景帝由此渐渐疏远栗姬。

汉景帝担心一旦自己去世，栗姬不能善待其他王子，就嘱咐她说："我死了以后，你要好好地对待他们。"栗姬被汉景帝疏远后，心里有气，不但不肯答应，还说出一些傲慢无礼的话来刺激汉景帝。汉景帝被她噎得够呛，心里有火忍住没有发作。

刘嫖成天在汉景帝面前说刘彻的好话，汉景帝也觉得刘彻比刘荣贤良，便有了废掉刘荣，改立刘彻为太子的念头。

汉景帝废了皇后，一直没有再立新的皇后。王夫人暗地里唆使大臣劝他立栗姬为皇后。汉景帝以为这是栗姬的意思，对她更加不满，转而迁怒于刘荣，废了他的太子名号，改封为临江王。

栗姬心里更加怨恨，也没有机会当面向汉景帝解释，不久就在忧郁中死去了。

知识小贴士

外戚，指的是帝王母亲和妻子方面的亲戚。帝王即位后，通常要对外戚进行封赏。强势的外戚就会借机掌权，形成势力，甚至左右朝政。西汉最终由于外戚王莽专权而走向灭亡。

齐悼惠王世家

股战而栗

股战而栗

释义

股战而栗：两腿发抖，不停地颤动，形容十分紧张、害怕。股，腿。战栗，哆嗦、发抖。

原句

勃曰："失火之家，岂暇先言大人而后救火乎！"因退立，股战而栗，恐不能言者，终无他语。

故事

吕后去世后，齐王刘襄得到弟弟朱虚侯刘章从都城长安发来的秘信，知悉上将军吕禄、相国吕产准备谋反，夺取刘氏政权。刘襄决定发兵长安，诛灭吕氏家族。

中尉魏勃是刘襄手下出了名的猛将，他坚决支持刘襄发兵。

齐国相国召平认为刘襄这时出兵无异于造反，于是，他派兵把齐王宫围了起来。

魏勃假意投靠召平，从他手里骗取兵权，转而把相府围了起来。召平知道自己上了魏勃的当，只好自杀了。

刘襄任命魏勃为将军，让他统率兵马，向西进发。

将军灌婴奉相国吕产之命前往抵御齐国兵马。灌婴不想为吕氏卖命，就在齐国边界按兵不动。

不久，太尉周勃和丞相陈平诛灭了吕氏家族。刘襄没了继续进军长安的理由，只得罢兵。

灌婴听说魏勃原来教唆刘襄发兵，就把他叫来，进行责问。

魏勃辩解道："失了火的人家，哪里有空先告诉家长，再去救火呢？"说完，他就退到一边，两腿发抖，不停地颤动，害怕得说不出话来。

灌婴看了他半天，笑着说："人们都说魏勃勇敢，我看也就是个平庸之人，能有什么作为呢？"于是，就罢了他的职，但是免予追究罪责。

知识小贴士

刘襄的父亲刘肥是刘邦的长子。刘肥受封的齐国是汉朝诸侯国中面积最大的。刘襄死后，其子刘则继位为齐王。刘则无后，在他死后，汉文帝将齐国分封给刘肥的其他几个儿子。

萧相国世家

便宜施行

发踪指示

便宜施行

释义

便宜施行：来不及等上级指示，根据具体情况，采取相应措施和行动。便宜，方便、适宜。

原句

即不及奏上，辄以便宜施行，上来以闻。

故事

萧何在沛县为吏时，对刘邦很是照顾。刘邦起义后，时常让萧何协助处理公务，对他非常信任。

刘邦率兵刚刚攻入咸阳时，各将领争先恐后地跑到府库里瓜分金帛财物，萧何却率先收取秦朝丞相和御史掌管的法律条文、地理图册和户籍档案等文献资料，并且妥善地收藏起来。

刘邦做了汉王，就封萧何为丞相。通过萧何收藏的文献，刘邦详尽地了解了天下的关塞、户口、各地的优势和劣势以及民众的疾苦。

刘邦率兵出关与项羽争夺天下，让萧何在大后方留守，负责安抚民众，发布政令，保障前线军队的后勤供应。

萧何兢兢业业地做好本职工作，涉及重要事项，总是先请示刘邦，得到同意后再予以施行；如果来不及请示，他就根据具体情况，采取相应措施和行动，等刘邦回来后再汇报。

刘邦在前线打仗时，好几次战败，丧失军队而逃。萧何总是在后方及时征发兵源，补充上去。萧何的所作所为，为刘邦最终夺取天下提供了坚实的保障。

知识小贴士

萧何是古城西安早期的规划者和建设者之一，他主持修建的未央宫成为西汉的最高政务中心。

发踪指示

释义

发踪指示：猎人发现猎物的踪迹，指挥猎狗去捕猎。指在幕后指挥调度。

原句

夫猎，追杀兽兔者狗也，而发踪指示兽处者人也。

故事

刘邦平定天下之后，要论功行赏。他认为，萧何功劳最大，因此，给他的封赏最多。其他功臣都说，他们征战沙场，身经百战，而萧何没有半点儿战功，只是在后方写写文件，发发议论，而得到的封赏竟然比大家都要多。因此，他们表示不服。

刘邦用打猎为例子，解释说：“打猎的时候，负责追捕猎物的是狗，而发现猎物踪迹，指示狗去捕猎的是人。你们各位只能捕捉到猎物，属于有功之狗；而萧何能发现猎物踪迹，指明捕猎目标，是有功之人。况且，各位大多是一个人跟着我打天下，最多不过一家两三人；而萧何带着全族数十人追随我。这份功劳不能忘记啊！”

于是，功臣们都不敢再有意见。

封赏完毕，排定功臣位次时，功臣们又有了分歧。他们都认为，曹参受伤七十多处，功劳最多，应该排第一。但刘邦心里仍然想让萧何排第一。有人猜出了他的心思，说："曹参立的是一时之功，萧何立的是万世之功，萧何应该排第一。"

于是，刘邦封萧何为第一功臣。

知识小贴士

萧何的子孙后代有四世因犯罪而丢掉了爵位，时任皇帝总是寻找他的其他后人接任侯爵。这也是别的功臣比不了的。

曹相国世家

言人人殊

言人人殊

释义

言人人殊：各人有各人的意见，指意见不统一。

原句

天下初定，悼惠王富于春秋，参尽召长老诸生，问所以安集百姓，如齐故诸儒以百数，言人人殊，参未知所定。

故事

曹参和刘邦、萧何是沛县老乡，他当初在县里只是一名管理监狱的小吏，跟刘邦起义后，成为一名南征北战的将军，立下赫赫战功。

刘邦平定天下以后，封长子刘肥为齐王，让曹参当齐国相国，辅佐刘肥。汉惠帝元年，废除了诸侯国设置相国的制度，于是改任曹参为齐国丞相。在刘邦所封的诸侯国当中，齐国最大，拥有七十座城。齐王刘肥年轻，在治国理政方面主要依靠曹参。治理这么大的诸侯国，对于一直在马上冲锋陷阵的曹参来说，也是个很大的挑战。

为了做好工作，曹参把德高望重的长者和知识渊博的儒者召集起来，向他们请教如何管理和安抚百姓。数以百计的儒者七嘴八舌，各抒己见，一人一套说辞，谁也说服不了谁。曹参听了，脑子直发蒙，不知听谁的好。

曹参听说盖公精通黄老学说，向他请教治国之道。盖公建议他推行清静无为的治国理念，让百姓自行安定。曹参认为他说得对，就把自己办公的正厅让给他用，请他帮忙处理政务。

曹参在齐国担任丞相九年期间，国泰民安。人们称他为“贤相”。

知识小贴士

萧何临终前，推荐曹参接任相国一职。曹参完全遵照萧何留下的法令制度办事，不妄加更改。人们称之为“萧规曹随”。

留侯世家

孺子可教

助纣为虐

独当一面

立锥之地

倒置干戈

使羊将狼

孺子可教

释义

孺子可教：小孩子值得教诲。指年轻人有培养前途。

原句

父去里所，复还，曰："孺子可教矣。后五日平明，与我会此。"

故事

张良原本是韩国贵族。韩国被秦始皇灭了以后，他为了复仇，和一名大力士一起刺杀秦始皇，没成功，反而遭到通缉，只得隐姓埋名，流亡到下邳（今江苏省徐州市睢宁县）。

一天，张良在桥上散步。一位老人走过来，故意把鞋甩到桥下，对他说："小子，下去把鞋取上来！"

张良见他岁数大了，就强忍一口气，下去把鞋取了上来。

老人说："给我穿上！"

张良心想，取都取上来了，就给他穿上吧，于是，就跪着给他把鞋穿上了。

老人笑着离开了，没走多远，又返回来，说："你这个年轻人值得我教导啊！五天后的清早，和我在这里见面。"

五天后的早上，张良来到桥上，见老人已经在了。老人生气地说：“和长者相会，反而后到，为什么？”随后，转身离开，说：“五天后早点儿来。”

又过了五天，鸡刚打鸣，张良就来了。老人又比他先到，怒道：“又晚了！为什么？五天后再早些来。”

五天后，张良不到半夜就来了。过了一会儿，老人也到了，高兴地说：“就应该这样。”于是，拿出一部书给他，说：“读懂这部书，你就可以成为帝王之师了。”说完，就走了。

天亮了，张良一看老人送的书，原来是《太公兵法》。他觉得这部书非同一般，就时常研读，最终学有所成。

知识小贴士

《太公兵法》又称《六韬》或《太公六韬》，是中国古代一部著名的兵书，据说为西周姜太公所著，全书六卷，共六十篇。

助纣为虐

释义

助纣为虐：帮助纣王做坏事。比喻成为恶人的助手。

原句

今始入秦，即安其乐，此所谓“助桀为虐”。

故事

受陈胜、吴广大泽乡起义的影响，张良也召集了一百来人起义，投身到轰轰烈烈的反秦大军之中。

张良听说陈胜被杀后，楚国旧贵族景驹自立为代理楚王，便打算前往投奔。走到中途，张良遇到了刘邦率领的起义军。二人相谈甚欢，张良就带着队伍归附于刘邦。

张良经常根据《太公兵法》向刘邦建言献策，受到刘邦的重用。之前，张良对其他人讲这些，就没人懂。因此，张良认为刘邦是天生的领袖人物，更加坚定了追随他的信念。

张良向刘邦献计，刘邦以此击败了秦军，攻入咸阳。刘邦进入宫殿里，见各种宝物多得数不清，美女更是数以千计，一时挪不动脚步，就想住在这里。

樊哙劝刘邦不要住在这里，刘邦不听。张良对刘邦说：“因为秦朝暴虐无道，您才能进到这里。我们替天下人铲除暴政，应该清廉简朴。现在刚进入秦地，您就贪图安乐，这不是助桀为虐吗？况且，人们常说‘忠言逆耳利于行，良药苦口利于病’。希望您能听取樊哙的劝谏。”

刘邦被张良说服了，就带兵离开秦宫，到城外驻扎。

知识小贴士

夏桀和商纣都是历史上有名的暴君，因此，后世人从“助桀为虐”的典故中引申出了“助纣为虐”的成语。

独当一面

释义

独当一面：可以单独担当一方面的工作或使命。

原句

而汉王之将独韩信可属大事，当一面。

故事

在彭城之战中，汉军大败。刘邦一路西逃，狼狈不堪。

由于彭城之战的失败，刘邦的威信受到了影响，诸侯纷纷叛离，转而投奔了项羽。刘邦打算以许愿重赏的方式挽回人心，他对追随者们说："我想把函谷关以东的一些地方让出来，作为封赏，谁能与我一同成就这样的功业呢？"

张良进言道："楚国的猛将九江王黥布与项羽不和；彭越和齐王田荣在梁地起兵反楚。这两方面的力量是可以马上利用的。您的将领当中，只有韩信可以被托付大事，独当一面。如果您打算把这些地方作为封赏，就把它们赏赐给这三个人，那么，就可以攻破楚国了。"

刘邦认为张良的分析很有道理，于是，先派人去游说九江王黥布，进一步离间他和项羽的关系；又派人去联络彭越，通过许诺封赏的手段，与他结成联盟，共同对抗项羽。

没多久，原本和刘邦同一阵营的魏王豹起兵叛乱，刘邦派韩信统率军队去攻打他。韩信一鼓作气，趁势攻占了燕、代、齐、赵等国的领地。

后来的事实证明，刘邦正是听了张良的话，借助这三个人的力量，才打败项羽，进而统一了天下。

知识小贴士

函谷关以东是诸侯争夺的地方，当时并不属于刘邦。他以此为封赏，相当于画大饼，预先分配胜利果实。

立锥之地　倒置干戈

释义

①立锥之地：能插入锥子的一点儿地方，形容地方极小，也比喻极小的安身之处。

②倒置干戈：把武器收藏起来，停止战争。

原句

①今秦失德弃义，侵伐诸侯社稷，灭六国之后，使无立锥之地。

②殷事已毕，偃革为轩，倒置干戈，覆以虎皮，以示天下不复用兵。

故事

刘邦被项羽围困在荥阳，无计可施，与郦食其商议对策。郦食其说："秦灭了六国，使他们的后人无立锥之地。您如果能让六国后人复国，授予他们印信。他们的百姓一定感念您的恩德，追随您。到时，楚国也会臣服于您。"

刘邦很高兴，安排手下马上刻制六国印信，准备让郦食其带上去游说六国后人。

刘邦刚要吃饭，张良来了。刘邦征求他的意见。张良说："谁为您出的这个主意，这是要坏您的大事啊！”刘邦惊问：“为什么这么说？”张良问：“您现在能杀死项羽吗？”刘邦答：“不能。”

张良接着问：“周武王灭了商朝以后，把兵器倒置存放，盖上虎皮，用以向天下表明不再动用武力。现在您能停止战事吗？”刘邦答：“也不能。”张良说：“这些您都做不到，又怎么能封六国后人，帮他们复国呢？再说，您帮他们复国之后，各国的能人都回到自己国家，追随各自的国君了，又有谁跟着您打天下呢？”

听到这里，刘邦停下手里的筷子，把嘴里的饭吐了出来，骂道：“这个书呆子，差点儿坏了我的大事！”赶紧让郦食其终止了这个不靠谱儿的计划。

知识小贴士

张良由于体弱多病，一直在刘邦身边担任谋士，从未亲自领兵上过战场。刘邦封功臣时，以他为第一谋臣，将齐地三万户封给他。张良谦让不受，自己选择留地（今江苏省徐州市沛县东南）作为封地，因此，张良被封为留侯。

使羊将狼

释义

使羊将狼：派羊去指挥狼。形容仁厚软弱的人驾驭不了蛮横有野心的人。

原句

且太子所与俱诸将……此无异使羊将狼也，皆不肯为尽力，其无功必矣。

故事

汉朝建立后，张良被封为留侯。他不贪恋功名利禄，功成身退，很少过问朝廷大事。

刘邦宠爱妃子戚夫人，想废掉吕后所生的太子，改立戚夫人所生的儿子赵王如意为太子。

吕后很担忧，不知如何是好，就让哥哥吕泽向张良请教应对之策。张良原本不想参与王室内部斗争，但吕泽逼得他没办法，只好出主意，让吕泽不惜一切代价请“商山四皓”出山辅佐太子。于是，吕泽就把“四皓”请了来。

不久，黥布造反。刘邦正在生病，准备派太子率军平叛。“四皓”商量后认为，出征的将领大多是追随刘邦打天下的猛人，让太子指挥他们，无异于让羊指挥狼，他们肯定不会尽力，太子也不会成功。于是，“四皓”建议，吕后向刘邦请求不要派太子出征，以免失败影响太子的位置。

吕后哭着请求刘邦，刘邦没办法，只得自己带病出征。

平叛回来后，刘邦还是想换太子。一次，他让太子侍奉自己喝酒，看到太子身后站着“四皓”。刘邦见这四位自己都请不来的高人，竟然愿意辅佐太子，认为太子羽翼已经丰满，无法更换了，只得打消了更换太子的念头。

知识小贴士

“商山四皓”，秦末汉初的四位隐士，分别是东园公唐秉、夏黄公崔广、绮里季吴实和甪（lù）里先生周术，曾任秦始皇的博士官。

陈丞相世家

美如冠玉

汗流浃背

美如冠玉

释义

美如冠玉：原比喻只是外表好看，后形容男子长相漂亮。

原句

绛侯、灌婴等咸谗陈平曰："平虽美丈夫，如冠玉耳，其中未必有也。"

故事

陈平是个美男子，从小家贫，心怀大志。秦末天下大乱，他先是追随魏王，因不受重用，转而投奔项羽，立下军功。后来，因为担心项羽要杀他，又投奔了刘邦，在魏无知的引荐下，得到刘邦的接见。

刘邦跟陈平交流之后，发现他很有才智，就给他封了个不小的官，还让他跟自己同车出入。

刘邦手下的将领见他这么重视陈平，心怀嫉妒，议论纷纷。周勃和灌婴对刘邦说："陈平虽然长得好，却未必有真才实学。听说他有盗嫂受金的不良行为。这样的反复小人，您可要好好考察啊！"

刘邦把魏无知找来，责怪他推荐的人有问题。

魏无知说："我说的是陈平的才智能力，您问的是他的道德品行。楚汉相争，我向您引荐有奇谋的人才，只考虑他的计谋是否对国家有利。盗嫂受金这种事，又有什么值得怀疑的呢？"

刘邦又把陈平找来责问。陈平以一番中肯的说辞彻底打消了刘邦的疑虑，从此不再怀疑他。

后来，陈平为刘邦平定天下六出奇计，立下大功。

知识小贴士

六出奇计的世传版本很多，其中有一种说法是这六计：重金离间楚将、恶草计驱逐范增、使诈助刘邦逃出荥阳、劝刘邦封韩信齐王、设计擒韩信和解白登之围。

汗流浃背

释义

汗流浃背：汗水湿透了背上的衣服，形容汗出得很多。也形容人非常惶恐或害怕。

原句

勃又谢不知，汗出沾背，愧不能对。

故事

吕后去世后，吕氏家族作乱。陈平和周勃平乱后，拥立代王刘恒为帝。陈平认为周勃的功劳大过自己，就主动把右丞相的位置让给了他，自己做左丞相，位居周勃之下。

有一次，汉文帝刘恒想了解国家的有关情况，把周勃和陈平叫来，先是连着问了周勃几个具体数字。周勃答不上来，只得一再向汉文帝谢罪。由于他太过紧张，竟然不知不觉间出了一身汗，连后背都湿透了。周勃为此感到羞愧不已。

刘恒又拿同样的问题问陈平。陈平回答说，这些问题应该问各自相关的主管官员。刘恒又问，既然所有事务都有人管，那么丞相又管什么呢？

陈平答道："丞相的职责是对上辅佐皇帝调理阴阳，顺应四季；对下养育万物，使之适时生长；对外镇抚诸侯和边境；对内爱护团结百姓，使公卿大夫各司其职。"

刘恒对他的回答非常满意。二人出来后，周勃怪陈平素日没有教自己如何应答这样的问题。陈平认为这些问题本来就是作为丞相应该知道的。周勃明白自己的能力和水平比陈平差很多，就称病辞职，让陈平一人担任丞相。

知识小贴士

丞相和相国的职务都起源于春秋时期，原本相国为主，丞相为辅。吕后死后，她的侄儿吕产凭借自己的相国身份，专权作乱。吕氏家族被诛后，汉朝基本上不再设相国一职，一般只设左右丞相。

绛侯周勃世家

按辔徐行

按辔徐行

释义

按辔（pèi）徐行：按着马的缰绳，让它慢慢地走。

原句

壁门士吏谓从属车骑曰：“将军约，军中不得驱驰。”于是天子乃按辔徐行。

故事

河内郡（今河南省北部地区）郡守周亚夫是周勃的儿子，因善于治兵，被汉文帝刘恒任命为将军，在细柳（今陕西省咸阳市西南渭河北岸）扎营，以防备匈奴。

一天，汉文帝亲自到各军营劳军，到其他军营时，畅通无阻，将军率领下属官兵迎送。到了周亚夫的细柳营时，将士们身披铠甲，手执利刃，张弓搭箭，不准通行。

汉文帝派来的先驱官说：“天子马上就来了。”

把守营门的都尉说：“军营之中只听从将军的命令，不听天子的诏令。”

过了一会儿，汉文帝到了，还是进不去，只得让人拿着皇帝的符节给周亚夫下诏，说明来意。

周亚夫收到诏令，下令打开营门，把皇帝一行放了进来。把守营门的将士对汉文帝的随从说：“将军规定，在军营内不可以纵马驰骋。”

于是，汉文帝就按着马的缰绳，让它慢慢地往前行走。周亚夫见到汉文帝后，手持兵器拱手行礼，说：“穿戴盔甲的将士不能行跪拜大礼，请允许我以军礼拜见您。”

汉文帝劳军完毕，出了营门，感叹道：“周亚夫是真正的将军啊！”

知识小贴士

七国之乱时，周亚夫仅用三个月就平定了叛乱，维护了西汉王朝的统一，加强了中央集权。但周亚夫为人过于刚直，得罪了汉景帝，又遭人诬陷，被捕入狱。他不堪受屈，绝食五日，吐血而死。

梁孝王世家

忽忽不乐
默默无声

忽忽不乐　默默无声

释义

①忽忽不乐：形容若有所失不开心的样子。忽忽，失意的样子。

②默默无声：静静地，不出声，一句话也不说。

原句

①（梁孝王）上疏欲留，上弗许。归国，意忽忽不乐。

②窦婴在前，据地言曰：“汉法之约，传子适孙，今帝何以得传弟，擅乱高帝约乎！”于是景帝默然无声。

故事

梁孝王刘武是汉景帝的同胞弟弟，兄弟二人关系非常亲密。

一次，汉景帝举行家宴，梁孝王和母亲窦太后都在场。当时，汉景帝还没有立太子。席间，他对梁孝王说：“将来我死了以后，就把帝位传给你。”

大臣窦婴在场，伏地劝谏道：“汉朝的法律规定，帝位传给长子长孙，您怎么可以传给弟弟呢？这不是擅自更改高帝的规定吗？”

汉景帝知道自己失言，闭上嘴，不再说话。

不久，七国之乱爆发。梁孝王率兵坚决抵抗，为周亚夫最终平定叛乱争取了时间。由此，汉景帝对于梁孝王更为倚重。

汉景帝废了太子刘荣之后，窦太后有意让梁孝王作为储君。由于大臣袁盎等人极力劝阻，这才作罢。

梁孝王气不过，与属下羊胜、公孙诡密谋，派刺客杀了袁盎等人。汉景帝派人追查凶手，梁孝王不得不逼着羊胜、公孙诡自杀，以免除自己的罪责。

汉景帝觉得梁孝王做事太过分，就有意疏远他，不允许他再留在朝中。梁孝王明白，兄弟之间已经有了隔阂，不可能再像从前那样亲密了。于是，他只得回到梁国，心里若有所失，很不开心。

没过多久，郁郁寡欢的梁孝王就去世了。

知识小贴士

梁孝王非常孝顺，深得窦太后宠爱。窦太后为他的去世感到伤心不已，认为是汉景帝害死了他。汉景帝为了讨窦太后欢心，就把梁国一分为五，分别封梁孝王的五个儿子为王。窦太后听说后，这才原谅了汉景帝。

五宗世家

卑谄足恭

卑谄足恭

释义

卑谄（chǎn）足恭：指过分低声下气，奉承逢迎别人。卑，低下，谦卑。谄，说奉承话。

原句

彭祖为人巧佞卑谄，足恭而心刻深。

故事

赵王刘彭祖是汉景帝与贾夫人所生的儿子。他为人狡诈奸佞，表面上谦卑恭敬地奉承讨好别人，内心却刻薄阴毒，喜欢操纵法律，中伤他人。

刘彭祖在赵国一手遮天，将朝廷派来的相国和高官视作他为所欲为的障碍。为此，每当相国或高官到任，刘彭祖就穿着黑布衣服，扮成奴仆，亲自出迎。他处处设计，引诱相国或高官犯错。一旦他们言语失当，触犯朝廷的忌讳，刘彭祖就记录下来。

如果相国或高官依法办事，触碰到刘彭祖的利益，他就以之前的记录相威胁。如果对方不顺从，他就上书朝廷，进行告发，并且以作奸犯科、图谋私利的罪名进行诬陷。

刘彭祖在位期间，相国、高官没有能任满两年的，经常因获罪被罢免。罪名大的，就被处死；罪名小的，受到刑罚处理。因此，这些人都不敢依法办事，生怕得罪了刘彭祖。

刘彭祖虽然贵为诸侯国国王，却喜好做小吏做的事。他经常在夜里带着小卒巡逻于邯郸城内。来往的使者和过路的旅客知道他为人奸诈险恶，都不敢在邯郸城内留宿。

刘彭祖虽然人品极差，但是，他却在赵王的位置上安然度过五十多年，直到老死。

知识小贴士

汉景帝一共有十三个儿子封王。这十三人总共五位母亲。同母者称为宗亲。因此《史记》卷五十九称之为“五宗世家”。其中，赵王刘彭祖与中山靖王刘胜同为贾夫人所生。刘胜就是三国时期蜀汉开国皇帝刘备的祖先。

成语串起史记

奇人与秦汉名臣的成语故事

潮　白　编著
肖岱钰　绘

四川教育出版社

图书在版编目（CIP）数据

成语串起史记. 奇人与秦汉名臣的成语故事 / 潮白编著 ; 肖岱钰绘. -- 成都 : 四川教育出版社, 2023.9
ISBN 978-7-5408-8794-0

Ⅰ. ①成… Ⅱ. ①潮… ②肖… Ⅲ. ①汉语－成语－故事－少儿读物 Ⅳ. ①H136.31-49

中国国家版本馆CIP数据核字(2023)第181883号

成语串起史记 奇人与秦汉名臣的成语故事

CHENGYU CHUANQI SHIJI QIREN YU QINHAN MINGCHEN DE CHENGYU GUSHI

潮白 编著 肖岱钰 绘

出品人 雷 华
策 划 高 飞
责任编辑 王 丹
装帧设计 册府文化
责任校对 汤昔薇
责任印制 高 怡
出版发行 四川教育出版社
地 址 四川省成都市锦江区三色路238号新华之星A座
邮政编码 610023
网 址 www.chuanjiaoshe.com
印 刷 天津禹阳世纪印务有限公司
版 次 2023年9月第1版
印 次 2023年9月第1次印刷
成品规格 170 mm × 240 mm
印 张 9.5
字 数 154千字
书 号 ISBN 978-7-5408-8794-0
定 价 158.00元（全5册）

如发现质量问题，请与本社联系。总编室电话：（028）86365120
北京分社营销电话：（010）67692165 北京分社编辑中心电话：（010）67692156

目录

刺客列传

士为知己者死 …… >> 2

旁若无人 …… >> 4

饿虎之蹊 …… >> 6

击筑悲歌 / 一去不还 …… >> 8

图穷匕见 …… >> 10

李斯列传

人鼠之叹 …… >> 14

娱心悦目 / 裹足不前 …… >> 16

人人自危 …… >> 18

东门黄犬 …… >> 20

蒙恬列传

声名狼藉 …… >> 24

张耳陈馀列传

瞋目张胆 …………………………… >> 28

头会箕敛 / 民不聊生 ……………… >> 30

又生一秦 …………………………… >> 32

左提右挈 …………………………… >> 34

魏豹彭越列传

尺寸之柄 …………………………… >> 38

黥布列传

大喜过望 …………………………… >> 42

淮阴侯列传

一饭千金 …………………………… >> 46

胯下之辱 …………………………… >> 48

国士无双 / 登坛拜将 ……………… >> 50

传檄而定 …………………………… >> 52

背水一战 …………………………… >> 54

败军之将 / 智者千虑，必有一失 /
愚者千虑，必有一得 / 案甲休兵 …… >> 56
解衣推食 / 言听计从 …………………… >> 58
为民请命 / 鼎足三分 / 抱头鼠窜 /
人心难测 / 略不世出 / 功高震主 …… >> 60
耻与哙伍 / 多多益善 ……………… >> 62
中原逐鹿 / 捷足先登 ……………… >> 64
韩信卢绾列传
痿不忘起 …………………………… >> 68
积德累善 …………………………… >> 70
田儋列传
螫手解腕 …………………………… >> 74
樊郦滕灌列传
排闼直入 …………………………… >> 78
张丞相列传
期期艾艾 …………………………… >> 82

郦生陆贾列传

北面称臣 …………………………… >> 86

马上得天下 ………………………… >> 88

数见不鲜 …………………………… >> 90

高阳酒徒 …………………………… >> 92

刘敬叔孙通列传

千金之裘，非一狐之腋 ………… >> 96

季布栾布列传

一诺千金 …………………………… >> 100

袁盎晁错列传

不绝如线 …………………………… >> 104

斗鸡走狗 …………………………… >> 106

变古乱常 …………………………… >> 108

张释之冯唐列传

卑之无甚高论 ……………………… >> 112

利口捷给 / 亟疾苛察 …………… >> 114

一抔黄土 …………………………… >> 116
每饭不忘 …………………………… >> 118
尺籍伍符 …………………………… >> 120
田叔列传
无出其右 …………………………… >> 124
木偶衣绣 …………………………… >> 126
坐观成败 …………………………… >> 128
扁鹊仓公列传
洞见症结 / 以管窥天 / 以郄视文 …… >> 132
讳疾忌医 …………………………… >> 134
改过自新 …………………………… >> 136
吴王濞列传
计出无聊 …………………………… >> 140
舐糠及米 / 胁肩累足 / 同恶相助……>> 142

刺客列传

士为知己者死

旁若无人

饿虎之蹊

击筑悲歌

一去不还

图穷匕见

士为知己者死

释义

士为知己者死：士人甘心为赏识自己、提携自己的人付出生命。

原句

士为知己者死，女为说己者容。

故事

春秋末期，晋国人豫让在智伯手下做事，很受智伯尊重和青睐。后来，智伯被赵襄子所杀。豫让逃到山中，说："士人为了知己可以付出生命，女子为了爱慕自己的人梳妆打扮。智伯是我的知己，我一定不顾生死为他报仇。"于是，他伪装成受过刑的人，潜入赵襄子的家里，准备刺杀赵襄子。赵襄子发现后，欣赏他的忠义，把他放了。

豫让不死心，用漆涂抹身体，使之化脓溃烂；吞下木炭，使嗓子变哑，让人认不出自己的本来模样。就这样，他化身乞丐，游走于街市，等待机会刺杀赵襄子。

一天，豫让打探到赵襄子的行踪，潜伏在他必经的桥下，准备动手。结果，他的行迹又被赵襄子发现了。

赵襄子见豫让报仇的决心如此坚定，很是感慨，就劝他就此收手。豫让提出，只要赵襄子把衣服拿给他，让他刺上几下，就算报仇了。赵襄子同意了。豫让拔剑而起，多次跳跃起来，拿剑砍刺衣服，说道：“我可以报答智伯于九泉之下了！”说完，他就自刎而死。

赵国的仁人志士听说豫让的事迹后，都为他而落泪。

知识小贴士

春秋末期，赵襄子联合韩康子、魏桓子，攻灭了智伯，瓜分了他的领地。这时的晋国宗室已经被完全架空，名存实亡。公元前 376 年，赵、魏、韩废掉晋静公，三家瓜分了晋国疆土，战国时代就此开启。

旁若无人

释义

旁若无人：原指身心专注，不在乎周边环境，有人也像没人一样。后也用于形容态度傲慢，不把别人放在眼里。

原句

荆轲嗜酒，日与狗屠及高渐离饮于燕市，酒酣以往，高渐离击筑，荆轲和而歌于市中，相乐也，已而相泣，旁若无人者。

故事

荆轲是战国时期卫国人，喜好读书、击剑，游说于卫元君，不被任用。由于在本国不得志，荆轲就游历天下，以期得到赏识。

荆轲到了榆次，与著名剑客盖聂谈论剑术，盖聂对他怒目而视，荆轲于是就走了。有人劝盖聂把荆轲叫回来。盖聂说："我刚才和他谈论剑术时，他有说得不对的地方。我瞪了他。他应该是害怕了，不敢留下来。"盖聂派人去荆轲住处查看，得知他果然离开了。

荆轲到了邯郸，与一个名叫鲁勾践的人起了争执，被鲁勾践怒斥，他默不作声地逃走了。

荆轲到了燕国，与善于击筑的高渐离交好，时常在街市上一起喝酒畅谈。喝到酒酣耳热之时，高渐离开始击筑，荆轲跟着节奏唱起歌来。他们时而开怀大笑，时而相对而泣，就像身边没有人一样，根本不在意别人的目光。

荆轲虽然终日混迹于酒徒之间，但他性格沉稳，喜欢读书，游历各国，结交的都是贤能之士。燕国著名的隐士田光很看重他，认为他不是寻常之人。

或许，荆轲就像藏在匣中的宝剑，在等待机会闪耀锋芒。

知识小贴士

战国末年燕国人高渐离，是有文献记载的最早的击筑能手。高渐离所击的筑是一种古代的击弦乐器，样子像古筝，但颈细肩圆，中间是空的，共有十三根弦。演奏时，左手持筑，右手持竹尺，击弦发音。

饿虎之蹊

释义

饿虎之蹊：饿虎经过的小路，指危险的地方。

原句

是谓“委肉当饿虎之蹊”也，祸必不振矣。

故事

燕国的太子丹在赵国当人质时与嬴政相交甚笃。后来，嬴政当上秦王，太子丹又到秦国当人质，不被嬴政善待，他一气之下就逃回了燕国。太子丹想报复嬴政，却因国力弱小，无法实现。

随着秦国的实力增长，嬴政加快了统一天下的步伐，不断用兵征伐六国。燕国随时面临着秦国大兵压境的威胁。

秦国将军樊於（wū）期因得罪嬴政而逃亡到了燕国，被太子丹收留。太子丹的老师鞠武认为，樊於期在燕国，就像放在饿虎必经之路上的肉一样，一定会招来秦国的报复，希望太子丹把樊於期送到匈奴人那里，以转移矛盾。

太子丹觉得这样做对不起樊於期。于是，鞠武向太子丹推荐田光，说他可以帮助谋划应对秦国的策略。太子丹谦恭地向田光请教，田光说自己年纪大了，精力不足，又向他推荐了荆轲。

田光向荆轲转达了太子丹的意图后，就自杀了，以此表明自己不会泄露机密，同时，希望借此激发荆轲的斗志。

荆轲去见太子丹，太子丹向他行跪拜之礼，请求他接受刺杀嬴政的使命。荆轲起初不同意，但禁不住太子丹一再恳求，就接受了这项艰巨的使命。

知识小贴士

春秋战国时期，两国之间为了互相取信，通常会交换质子，也就是人质。充当质子的一般是国君的儿子或其他重要的王室成员。两国交好时，质子会受到礼遇；两国一旦交恶，质子就会受到牵连。

击筑悲歌　一去不还

释义

①击筑悲歌：敲击着筑，唱着悲壮的歌曲。形容慷慨悲壮的气氛和风范。

②一去不还：走了之后再也不回来。形容去意坚决，也比喻事情过去不能重现。

原句

①高渐离击筑，荆轲和而歌，为变徵之声，士皆垂泪涕泣。

②风萧萧兮易水寒，壮士一去兮不复还。

故事

太子丹对荆轲礼遇有加，想方设法满足他的一切需求。然而，一天天过去了，荆轲似乎没有要行动的意思。

这时，秦军攻灭了赵国，打到了燕国南部边境。太子丹又着急，又害怕，就催促荆轲加紧行动。

荆轲提出，要用樊於期的人头和燕国督亢的地图作为礼物，进献给嬴政，这样才有机会接近并刺杀他。

太子丹还是不忍心杀樊於期。于是，荆轲私下见了樊於期，以为他的家人报仇的名义，说服他自杀，得到了他的头颅。

太子丹为荆轲准备了一把锋利无比的匕首，刀刃用剧毒之物浸泡过，又让燕国勇士秦舞阳作为他的助手。荆轲还在等另外一个朋友，准备一同前往秦国执行任务。那个朋友住得远，一时到不了。太子丹着急了，以为荆轲反悔了，就前往催促，荆轲便决定提前行动。

太子丹率领众人，头戴白帽，身穿白衣，在易水之畔送别荆轲。高渐离击筑相送，荆轲和着悲壮的音乐慷慨而歌：冷风萧萧，易水生寒；壮士一去，不复归还。送行者无不为之感怀激奋，涕泪俱下。在太子丹及众人期盼的目光中，荆轲头也不回地上车而去。

知识小贴士

易水，古代河流名称，位于今河北省保定市易县境内。后人将荆轲的“风萧萧兮易水寒，壮士一去兮不复还”称为《易水歌》。后代李白、贾岛、陆游等诗人作有关于易水的诗。

图穷匕见

释义

图穷匕见：地图展开到最后，露出匕首。形容事物发展到最后，真相显露出来。

原句

轲既取图奏之。秦王发图，图穷而匕首见。

故事

荆轲到了秦国，以重金贿赂嬴政的宠臣蒙嘉，让他向秦王嬴政说明燕国想臣服秦国的意图。秦王嬴政听说荆轲准备进献樊於期的人头和燕国督亢地图，非常高兴，就在王宫里准备了隆重的仪式，召见荆轲。

荆轲捧着盛放樊於期头颅的匣子，秦舞阳捧着盛放地图的匣子，依次上殿。秦舞阳到了台阶前，由于恐惧，面色大变，浑身发抖，大臣们都感到奇怪。

荆轲笑着为他开脱，说他没见过世面，随后，自己取过地图，向前进献给秦王嬴政。

秦王嬴政打开地图，翻到最后时，匕首露了出来。荆轲随即用左手扯住秦王嬴政的衣袖，右手操起匕首就刺。秦王嬴政起身疾闪，没被刺中。荆轲追赶，秦王嬴政绕着柱子转圈躲避，想拔剑还击，却拔不出来。

这时，有人提醒秦王嬴政把剑背在身后再拔。秦王嬴政依言而行，拔剑砍伤荆轲。荆轲向秦王嬴政投掷匕首，没有击中。秦王嬴政连击数剑。荆轲浑身是伤，毫无惧色。众人一拥而上，将他杀死。

荆轲死后不久，秦国灭了燕国。高渐离受到牵连，隐居市井避祸。嬴政灭燕后第二年立号皇帝，后世称之为秦始皇。后来，秦始皇召见了一个擅长击筑的人，手下人告诉秦始皇这人就是高渐离。秦始皇弄瞎了高渐离的双眼，将其用为宫廷乐师。高渐离为好友荆轲报仇，伺机刺杀秦始皇，结果没有成功，反而像荆轲一样，丢了性命。

知识小贴士

根据秦国的法律，群臣上殿时不得携带兵器，因此，嬴政身边的大臣都手无寸铁。大殿下面的武士虽然有武器，但是没有嬴政的命令不得上殿。御医夏无且用药袋子阻击荆轲，为嬴政拔剑争取了时间。

李斯列传

人鼠之叹

娱心悦目

裹足不前

人人自危

东门黄犬

人鼠之叹

释义

人鼠之叹：仓库和厕所里的老鼠由于环境不同，生活状态也有差异。感叹人与人之间的地位悬殊。

原句

李斯者，楚上蔡人也。年少时，为郡小吏，见吏舍厕中鼠食不絜，近人犬，数惊恐之。斯入仓，观仓中鼠，食积粟，居大庑之下，不见人犬之忧。于是李斯乃叹曰："人之贤不肖譬如鼠矣，在所自处耳！"

故事

楚国上蔡人李斯年轻时在郡里担任小吏。一天，他在衙门里上厕所时，看见老鼠在吃很脏的东西。只要一见到人或者狗走近，老鼠们就惊慌失措，四下逃窜。

李斯又去到仓库，只见这里的老鼠住在大房间里，吃着囤积的粟米，悠然自得，压根儿不用担心受到人或者狗的惊扰。

两相对比，李斯不禁感叹道："一个人有没有出息，跟老鼠是一样的，和所处的环境有关。"于是，李斯从中受到启发，决定辞去小吏的职务，外出游学。

李斯跟著名的学者荀卿学习帝王之术。学成后，他认为楚王不值得追随，六国国势都已衰弱，也不足以让他建立功业。考虑再三，他决定前往秦国发展。

到了秦国后，李斯受到吕不韦的赏识，并把他推荐给了刚继位的秦王嬴政。李斯向嬴政献计，离间各诸侯国的君臣关系，对各国的名臣，能收买的就收买，不能收买的就刺杀，随后，再派秦军逐一攻打。

由于李斯的主张符合嬴政统一天下的战略意图，因此，嬴政对他格外重视，任命他担任客卿。

知识小贴士

荀子，名况，战国末期赵国人，著名的思想家，儒家学派的代表人物，先秦时期百家争鸣的集大成者，著有《荀子》一书，被称为“后圣”。

娱心悦目　裹足不前

释义

①娱心悦目：使心情愉快，耳目舒畅。

②裹足不前：脚像被缠住一样，不往前行进。

原句

①所以饰后宫，充下陈，娱心意，说耳目者，必出于秦然后可。

②使天下之士退而不敢西向，裹足不入秦。

故事

韩国人派水利专家郑国到秦国执行间谍任务，意图通过修建大规模的水利工程达到削弱秦国人力财力的目的。秦国人识破了这一计谋。于是，宗室大臣们建议嬴政驱逐所有来自其他诸侯国的客卿，以防止这些人不利于秦国。

李斯也在被驱逐之列。为了制止这一不合理的行为，他给秦王嬴政上了一封《谏逐客书》。

在文中，李斯以秦穆公重用百里奚、秦孝公重用商鞅、秦惠王重用张仪、秦昭王重用范雎的典故为例，说明他国之士对于秦国的贡献。

为了进一步论证自己的观点，李斯指出，如果一切令人心情愉快、耳目舒畅的人或物都必须出自秦国的话，那么，很多漂亮的衣服、装饰品和宝物，以及悦耳的音乐就不能进入秦国的宫殿了。既然这些都可以存在，却只驱逐他国之士，那么，就说明秦王只重视好看、好听的，不重视人才。

最后，李斯郑重告诫秦王嬴政，一旦驱逐他国之士，只能令天下有识、有才之士裹足不前，不敢再来秦国效力，这无异于变相地帮助敌国。

秦王嬴政采纳了李斯的建议，留住了各国的人才，最终统一了天下，建立了大秦王朝。

知识小贴士

郑国的间谍身份虽然被揭穿，但是，秦王仍然采纳了郑国的建议，并让他主持兴修水利工程，建成之后，命名为郑国渠。郑国渠引泾河水，灌溉关中土地，使关中成为全国最富庶的地区。

人人自危

释义

人人自危：每个人都觉得危险。形容局势气氛紧张。

原句

法令诛罚日益刻深，群臣人人自危，欲畔者众。

故事

秦始皇嬴政病逝于出巡途中，去世前令赵高写诏书给大儿子扶苏。李斯以为没有立太子，便封锁始皇去世的秘密。赵高与胡亥密谋串通李斯修改诏书，在赵高的劝说下，李斯无奈与其合谋。扶苏和将军蒙恬相继自尽。

回到咸阳，赵高和李斯为嬴政发丧后，宣布胡亥为二世皇帝。赵高升任郎中令，掌握了朝廷实权。

当上皇帝的胡亥成天琢磨着享乐。赵高吓唬他，说："您用计谋当上皇帝，各位公子和大臣都有所不满。公子们都是您的哥哥，大臣们又都是先帝任用的。对于您，他们多少是有些不服的。而且，蒙恬的弟弟蒙毅领兵在外。您怎么能够安心呢？"

胡亥害怕了，问赵高怎么办。赵高提议用严刑酷法整治他们。胡亥听了赵高的话，让他去执行。

赵高大开杀戒，把蒙毅和胡亥的兄弟姐妹全部杀光。随着刑罚日渐严酷，群臣都觉得危险会随时降临，纷纷起了反心。

胡亥根本不了解百姓们的疾苦，只知道一味地滥用民力，大兴土木。百姓苦不堪言，无法忍受，终于兴起了轰轰烈烈的大泽乡起义。

知识小贴士

赵高是胡亥的老师，也是第一个提议立胡亥为皇帝的人。李斯起初不同意赵高的做法。赵高以扶苏继位必废李斯而立蒙恬为说辞，说服他参与同谋。

东门黄犬

释义

东门黄犬：原指李斯想和儿子在家乡上蔡城东门外牵着狗捕猎兔子。后来形容为官遭祸，后悔自己没有及时抽身引退。

原句

斯出狱，与其中子俱执，顾谓其中子曰："吾欲与若复牵黄犬，俱出上蔡东门逐狡兔，岂可得乎！"

故事

李斯的儿子李由担任三川郡（今河南省洛阳市一带）郡守。陈胜、吴广的起义队伍在三川活动频繁，李由无法剿灭。李斯担心受到牵连，就上书向胡亥表忠心、拍马屁。胡亥因此没有责怪他。

赵高为了独掌大权，让胡亥待在深宫之中，不和群臣见面，凡事都由他来传达办理。李斯对此很是不满。

赵高以李斯、李由父子与起义军有往来为罪名，拘捕李斯，对其严加拷问。李斯受刑不过，屈打成招。为了获得胡亥的赦免，李斯在狱中上书为自己辩白。赵高不让胡亥看到李斯的辩白书。

为了防止李斯翻供，赵高派自己的门客伪装成各级宫廷官员，轮番审讯他。只要李斯翻供，就对其严刑拷打。等到胡亥真的派人来审查核实时，李斯以为还和以前一样，不再敢翻供。

胡亥派人去三川拘捕李由时，李由已经被项梁的军队杀死。李斯和他的次子一起被处以死刑。行刑前，李斯对次子感叹道："我想和你再牵着黄狗一起出上蔡东门，追逐捕猎兔子，哪里还有机会啊！"

李斯死后，赵高专权，天下大乱。最终，秦帝国在农民起义的浪潮中覆亡了。

知识小贴士

李斯的儿子都娶了秦国的公主，女儿都嫁给了秦国的公子。因此，他和秦始皇是不折不扣的亲家。赵高屠杀胡亥的兄弟姐妹，殃及李斯子女，后又杀李斯全家。

蒙恬列传

声名狼藉

声名狼藉

释义

声名狼藉：狼藉，杂乱不堪，乱七八糟。形容名声极坏，非常恶劣。

原句

此四君者，皆为大失，而天下非之，以其君为不明，以是籍于诸侯。

故事

蒙恬、蒙毅兄弟的祖父蒙骜和父亲蒙武都是秦国名将，为秦国统一天下立下汗马功劳。蒙恬攻破齐国后，又奉命北伐，在外统兵十余年，修筑长城，威震匈奴。蒙毅官至上卿，深受秦始皇宠幸。

蒙毅曾经依法办案，处理过赵高。因此，赵高对他恨之入骨，总想伺机报复。

赵高拥立胡亥继位之后，时常在胡亥面前说蒙氏兄弟的坏话。胡亥听信赵高的谗言，派使者令蒙毅自尽。

蒙毅为自己辩解道："秦穆公临死前杀了三位贤臣，秦昭王杀了武安君白起，楚平王杀了伍奢，吴王夫差杀了伍子胥。

这四位君主都犯了重大过失，遭到天下人的非议，在各诸侯国中的名声非常恶劣。以道治国的君主，不能滥杀无辜。请您三思啊！”

蒙毅想说服使者，让他为自己在胡亥跟前说好话，赦免自己。使者不肯听蒙毅辩解，最终还是把他杀了。

蒙毅死后，胡亥又派人到拘禁蒙恬的地方，逼着他服毒自尽。

唐代史学家司马贞作《史记索隐》，注解“以是籍于诸侯”时，用了“言其恶声狼藉，布于诸国”。后世由此引申出成语“声名狼藉”。

知识小贴士

在《李斯列传》中，蒙恬先死，而蒙毅后死——“蒙恬已死，而蒙毅将兵在外”；在《蒙恬列传》里，又成了蒙毅先死，而蒙恬后死——“使者知胡亥之意，不听蒙毅之言，遂杀之……二世又遣使之阳周，令蒙恬曰……”。这是司马迁的失误。

张耳陈馀列传

瞋目张胆

头会箕敛

民不聊生

又生一秦

左提右挈

瞋目张胆

释义

瞋（chēn）目张胆：睁大眼睛，放开胆量。形容有胆识，敢作为。后也形容无所顾忌地做坏事。

原句

将军瞋目张胆，出万死不顾一生之计，为天下除残也。

故事

张耳是魏国大梁人，年轻时曾做过魏国公子信陵君的门客，后逃亡到外黄（今河南省商丘市民权县西北），在那里娶了富家女为妻。在岳父家的资助下，贤而有才的张耳很快就当上了外黄县令，声名显赫。

大梁人陈馀与张耳交好，把他当父亲一样对待。张耳也欣赏陈馀，和他结为生死之交。秦王朝灭了魏国以后，四处通缉张耳和陈馀。二人隐姓埋名，躲到陈地避难。

陈胜起义后，带领兵马到了陈地。张耳、陈馀前去拜见，受到陈胜的赏识。

这时，有人劝陈胜称王。陈胜拿不定主意，征求张耳和陈馀的意见。他俩说：“秦王朝不讲道义，毁灭六国，奴役百姓，强夺民财。您瞋目张胆，出生入死，为天下人除灭残暴的秦王朝。如今，您刚到这里，就急于称王，只会让天下人觉得您私心过重。希望您不要急于称王，而是派人寻找六国的王室后人，将他们作为自己的党羽，为秦王朝树立更多的敌人。这样，才能更快地推翻秦朝的统治，成就帝业。否则，恐怕天下会分崩离析。”

心高气傲的陈胜听不进张耳和陈馀的劝告，终究还是称王了。

知识小贴士

汉高祖刘邦还是普通百姓的时候，曾经慕名前往外黄拜访张耳，在他家一待就是好几个月。楚汉战争刚开始，张耳投靠刘邦，受封为王，他的儿子张敖娶了刘邦的大女儿鲁元公主为妻。

头会箕敛　民不聊生

释义

①头会（kuài）箕敛：官府按人头收取赋税谷物，用畚箕盛放所征谷物。形容赋税苛重。

②民不聊生：老百姓没有办法生活下去，形容生活极度困苦。

原句

百姓罢敝，头会箕敛，以供军费，财匮力尽，民不聊生。

故事

陈馀建议陈胜派兵攻占赵地。陈胜就任命武臣为将军，任命张耳和陈馀为左右校尉，带领三千士卒，去攻打赵地。

武臣率兵渡过黄河，每到一个地方就游说当地有影响力的人物，说：“秦实行残暴的统治已经有几十年了。百姓既要被征去修长城、戍边，还要按人头缴纳税粮，以供应军费开支，结果是钱也被掏空了，力气也用尽了，实在是没有办法生活下去。现在，陈王（陈胜）振臂一呼，天下响应，共同对抗暴虐的统治。这是大家成就功业的好时机，千万不要错过啊！”

人们受到鼓舞，纷纷响应，投入起义军队伍中。很快，武臣手下就聚集了数万人，攻克赵地十座城池。其他城池守备森严，起义军一时无法攻克，就转而攻打范阳（今河北省保定市定兴县一带）。

范阳人蒯通说服范阳县令投降了武臣。武臣优待范阳令，还给了他丰厚的封赏。赵地其他还在坚守的官员知道后，纷纷投降。就这样，不动一刀一枪，武臣又收获了三十多座城池。

知识小贴士

范阳在历史上是有名的军事重镇之一，辖区在各代多有变动。秦王嬴政二十一年（公元前226年）初设范阳县，因在范水之北而得名。唐代时，改幽州（今北京市及周边地区）为范阳郡。范阳节度使安禄山就是凭借范阳的地利起兵反唐，发动了有名的“安史之乱”。

又生一秦

释义

又生一秦：又树立一个像秦王朝那样的强敌。

【原句】

秦未亡而诛武臣等家，此又生一秦也。

【故事】

武臣率领起义军打到了邯郸。张耳、陈馀记恨陈胜不封他俩为将军，又听说陈胜听信谗言，杀了不少有功的将领，就对武臣说："您仅凭着三千人马，就打下了赵地数十座城池，立下大功。陈王这个人耳朵根子软，又爱听信谗言，万一有人在他跟前说您的坏话，恐怕会对您不利。您不如立赵国王室后人为王，以免将来后悔。"

武臣认为他俩说得有道理，不过，他更想自己称王，便自立为赵王，封张耳为右丞相，陈馀为大将军，又派人向陈胜报告。

陈胜得知武臣自立为王的消息后，勃然大怒，想把武臣等人的家属都杀死，然后再发兵攻打他。

相国房君劝谏道："现在我们还没有灭亡秦王朝，却杀了武臣等人的家属，等于又树立了一个像秦王朝这样的强敌。还不如做个顺水人情，祝贺他称王，再派他去攻打秦王朝。”

陈胜听取了房君的意见，把武臣等人的家属迁到宫里，软禁起来，又封张耳的儿子张敖为成都君，随后，又派使者前往祝贺武臣，同时让他率兵攻打秦王朝。

知识小贴士

陈胜在派武臣等人攻打赵地的同时，还派出了其他几路军队攻打其他地方。其中，周文率领的楚军一直打到了临潼以东，距离咸阳仅百余里。由于孤军深入，缺乏后援，周文被秦将章邯组织的役徒军击败。为了对抗秦军，陈胜这才同意武臣称王，并派他西征。

左提右挈

释义

左提右挈：互相扶持或辅助。

原句

夫以一赵尚易燕，况以两贤王左提右挈，而责杀王之罪，灭燕易矣。

故事

武臣听从张耳、陈馀的建议，没有攻打秦王朝，而是派将军韩广率兵攻打燕地。

韩广到了燕地，在当地人的拥戴下，自立为燕王。武臣很生气，就带着张耳和陈馀进攻燕国的边境。作战间隙，武臣外出巡视，不小心被燕军抓住了。燕军将领把武臣关起来，要求把赵国的地盘分一半给燕国，才放他回去。

赵国多次派使者前往交涉，全都被燕军杀掉了。张耳和陈馀为此忧虑不已。

有一个勤务兵自告奋勇，声称他有本事说服燕军把武臣放回来。张耳和陈馀便派他出使燕军大营。

勤务兵到了燕军大营，对燕将说："张耳和陈馀早就想瓜分赵国的地盘，各自称王了。您现在把武臣扣押起来，他们正盼着借您的手杀了武臣，这样，他们就可称王了。本来，以一个赵国的力量就可以轻松地打下燕国，更何况张耳和陈馀互相扶持，以为武臣报仇的名义来讨伐燕国，就更容易了。”

燕将认为勤务兵说得有道理，就放了武臣。

知识小贴士

武臣的姐姐不知道李良是赵国的将军，怠慢了李良。李良一怒之下，杀了她，又带兵杀到邯郸，杀了武臣。陈馀和张耳提前得知了消息，得以逃脱。后来，二人立战国时赵国王室的后裔赵歇为王。

魏豹彭越列传

尺寸之柄

尺寸之柄

释义

尺寸之柄：比喻微小的权力。

原句

得摄尺寸之柄，其云蒸龙变，欲有所会其度，以故幽囚而不辞云。

故事

在秦朝末年的起义浪潮中，原魏国公子魏豹乘乱而起，收复魏国故地，后又追随项羽入关，受封为王。

楚汉战争刚开始时，魏豹投靠刘邦，一起攻打项羽。刘邦失败后，魏豹又背叛了他。刘邦派韩信打败并俘虏了魏豹，将他押解到荥阳。在楚军攻陷荥阳之前，魏豹被刘邦手下的将领杀死。

彭越原本是昌邑的强盗，后来，他领了一帮人造反，也曾帮助刘邦攻打过昌邑。昌邑没打下来，刘邦往西去攻打咸阳了。彭越留下来收编逃兵，队伍渐渐发展到一万多人。

楚汉战争爆发后，彭越投靠了刘邦，被封为魏豹的相国。在楚汉对峙的过程中，彭越在楚军的后方打游击战，牵制了楚军的兵力，帮了刘邦的大忙。

汉朝建立不久，刘邦借故把本已封王的彭越废为平民。吕后认为留下彭越是个隐患，就劝刘邦把他杀了。

司马迁感叹道："魏豹和彭越，智谋策略都超过一般人，只要让他们掌握一点点权力，再赶上好机会，就能大有作为。"

可惜，刘邦不会再给魏豹和彭越这样的机会了。

知识小贴士

彭越是世界战争史上第一个使用游击战术的军事家，与淮阴侯韩信、淮南王英布并称"汉初三大名将"。

黥布列传

大喜过望

大喜过望

释义

大喜过望：结果比预期的要好，因此感到非常高兴。

原句

出就舍，帐御饮食从官如汉王居，布又大喜过望。

故事

淮南人英布原本是个普通百姓，因为犯法，被判处脸上刺字的黥刑，因此，人们又叫他黥布。

陈胜起义时，英布召集了数千人马，对抗秦军。项梁率兵打到淮南时，收编了英布的队伍。英布善于指挥，作战勇敢，打了不少胜仗，后来跟着项羽入关，被封为九江王。

楚汉战争开始后，刘邦想拉拢英布，就派人去游说他。英布权衡利弊，最终背叛了项羽。项羽派人攻打英布。英布打不过，就丢下队伍，跑去投靠刘邦。

汉王刘邦坐在床上，一边洗脚，一边召见英布。这令英布觉得很没面子，后悔不该前来。等回到住处时，英布发现这里的设施饮食和配备的侍从与汉王刘邦住处一模一样。这简直超出了自己的预期。于是，英布又马上变得开心起来。

英布派人到九江侦察情况，才知道项羽已经派人灭了自己的全家。自此，他就死心塌地跟着刘邦打天下，立下汗马功劳，被封为淮南王。

知识小贴士

汉朝建立后，刘邦先后杀了功臣淮阴侯韩信和彭越。英布担心自己也落得和他们一样的下场，就起兵造反。刘邦亲自率兵平叛，打败英布。英布在逃亡途中被杀。

淮阴侯列传

一饭千金
胯下之辱
国士无双
登坛拜将
传檄而定
背水一战
败军之将
智者千虑，必有一失
愚者千虑，必有一得
案甲休兵
解衣推食
言听计从
为民请命
鼎足三分
抱头鼠窜
人心难测
略不世出
功高震主
耻与哙伍
多多益善
中原逐鹿
捷足先登

一饭千金

释义

一饭千金：一顿饭价值千金，比喻重重地酬谢在关键时刻给予自己帮助的人。

原句

信至国，召所从食漂母，赐千金。

故事

“汉初三大名将”之一的韩信起初只是淮阴（属今江苏省淮安市）的一个普通百姓。由于家境贫困，韩信没有什么贤良的名声。韩信既当不上官，又不会做买卖维持生活，经常到别人家混饭吃，很多人都很讨厌他。

韩信在下乡南昌亭亭长家里住了好几个月，蹭吃蹭喝。亭长老婆很嫌弃他，就提前做好早饭，在人们起床前，她家里已经吃完饭。等韩信赶饭点来吃饭，亭长老婆故意不给他准备饭菜。韩信知道她嫌弃自己，便离开了亭长家。

韩信没饭吃，饿得慌，就在城下的河边钓鱼。几位大妈正在那里漂洗棉絮。其中一位大妈见韩信饿得厉害，就拿饭给他吃。大妈漂洗了几十天，韩信跟着蹭了几十天的饭。

韩信非常感激大妈，就对她说：“将来我一定会好好报答您的恩情。”

大妈生气地说：“你一个大男人，连自己都不能养活。我是可怜你这个大小伙子才给你饭吃，难道是指望你报答我吗？”

韩信后来发达了，回到家乡，找到大妈，送给她千金作为报答；又把南昌亭亭长找来，给了他一百钱，说：“你是个小人，做好事不能做到底。”

知识小贴士

司马迁曾经到过韩信的家乡淮阴，听当地人说，韩信还是平民时，志向就与众不同。他的母亲死后，家里贫困没钱安葬，可他还是到处寻找高大宽敞的坟地，而且是周边可以安置万户人家的那种坟地。司马迁亲自查验，果真是这样的。

胯下之辱

释义

胯下之辱：从别人胯下钻过去所受的耻辱。后指有才能的人不得志时遭受的屈辱。

原句

于是信孰视之，俯出袴下，蒲伏。

故事

韩信身材高大，风度翩翩，平日里喜欢读兵书，研究兵法，渴望有朝一日能统率百万雄兵，驰骋疆场，建功立业。然而，他在现实中活得并不如意，甚至连吃饭都成问题。尽管如此，他还是以大丈夫自居，随身佩带着装饰精美的宝剑，出入于闹市之中。

淮阴有一个屠夫，仗着自己身强力壮，当众挑衅韩信，说："你虽然看上去长得高高大大，还总是随身带着剑，其实，你只是个胆小鬼而已。"

韩信听了，不想跟他一般见识。可是，屠夫得寸进尺，继续在众人面前侮辱他，说："韩信，你要是不怕死，就拿剑刺我；

要是怕死，就从我的胯下钻过去。”

韩信上上下下仔细打量了屠夫一番，什么也没说，俯下身子，趴在地上，从他的胯下钻了过去。满大街的人们都耻笑韩信，认为他是个胆小鬼。

后来，韩信功成名就，荣归故里。他没有报复屠夫，反而封他做官。韩信对属下说：“这是位壮士。他侮辱我时，我难道不能杀他吗？只是杀了他毫无意义，因此我才忍了，最终成就了今天的功业。”

知识小贴士

在古代，佩剑有两种含义：一是体现身份，因为剑被称为兵器中的君子，所以，有身份的人或者读书人都喜欢佩剑；二是防身和健体，从西周末春秋初时起，舞剑击剑成为时尚，也成为防身和健体的方式。

国士无双　登坛拜将

释义

①国士无双：指一国之中独一无二的人才。

②登坛拜将：举行隆重的仪式，授予某人将军职位。比喻向某人任命重要的职务。坛，古代举行祭祀、誓师等大典时用的台子。

原句

①至如信者，国士无双。

②王必欲拜之，择良日，斋戒；设坛场，具礼，乃可耳。

故事

起初，韩信追随项梁、项羽叔侄，不受重用。于是，他离开项羽，投奔了刘邦。

韩信刚到刘邦军中时，没什么名气，只做了个接待宾客的小军官。后来，汉王刘邦提拔韩信为主管粮草的官员。韩信觉得自己的才能无从发挥，就找丞相萧何交流了几次，希望他能向刘邦举荐自己。

行军途中，有数十名将官逃跑。韩信觉得萧何应该是向刘邦举荐过自己了，但仍不见刘邦有重用自己的意思。于是，他也跟着逃跑了。

萧何听说后，顾不上跟刘邦打招呼，赶紧去追韩信。有人对刘邦说，萧何也逃跑了。刘邦听了大怒，如同失去左右手一样。

过了一两天，萧何回来见刘邦。刘邦问：“你为什么逃跑？”

萧何说：“我哪敢逃跑啊，我是去追逃跑的人去了。”

刘邦问：“你去追谁了？”

萧何答：“韩信。”

刘邦骂道：“将领们跑了几十个，你都不追，偏偏追韩信，不是骗人吗？”

萧何说：“那些将领都很容易得到。至于像韩信这样的人，一国之中再也找不到第二个了。您要想夺取天下，一定离不开他。”

刘邦见萧何这样说，决定重用韩信，并遵照萧何的建议，筑台举行隆重的仪式，提拔韩信为大将军。

知识小贴士

韩信最初担任接待官员时，和其他十三人一起犯了法，要被处以死刑。十三人已被处死，轮到韩信，他大声对监斩官夏侯婴说：“汉王不是想夺取天下吗？为什么要斩壮士？”夏侯婴见他气度不凡，就放了他，并向刘邦推荐他。刘邦将他提升为治粟都尉。因此，夏侯婴是韩信的第一个伯乐。

传檄而定

释义

传檄而定：只需要一纸文书，就可以使对方降服，稳定局势。比喻不战而胜，形容声望和威名很大。

原句

今大王举而东，三秦可传檄而定也。

故事

刘邦封韩信为大将军之后，向他求教。韩信说："您向东争夺天下，最大的敌人难道不是项羽吗？您觉得在勇武、强悍、仁厚和兵力方面，比得上项羽吗？"

刘邦沉默了半天，说："我不如他。"

韩信郑重地向刘邦行了个礼，说："我也认为您在这些方面不如他。不过，我曾追随过他，可以向您介绍一下他的为人。项羽这个人武功很高，威风八面，却不善于任用将领，不过是匹夫之勇罢了。他待人恭敬有礼，言语温和，看见有人生病，流着泪，把自己的食物分给人家；可等到有人立了功，他却舍不得封赏。

“项羽虽然当了霸王，可是分封不公，诸侯都怨恨他。他迫害二十多万投降的秦军士兵，只封了章邯等三名秦将，百姓都怨恨这三个人。您当初在关中留下了好名声，百姓们都想让您在秦地为王。您要是向东发兵，只需要一纸文书就可以收获三秦之地啊！”

听了韩信的分析，刘邦非常高兴，就按照他的建议，部署出兵计划，就在当年八月出兵关中，很快就平定了三秦之地。

知识小贴士

韩信掌握军权后，统率汉军取得的第一个胜利就是“暗度陈仓”，平定三秦之地。这一胜利为刘邦建立了坚实的大后方，奠定了其与项羽争夺天下的基础。

背水一战

释义

背水一战：原指背靠河水布阵，决一死战。后指在绝境中做出的最终反击。

原句

信乃使万人先行，出，背水陈。

故事

韩信率领汉军攻破了魏国和代国，准备接着攻打赵国。赵王歇和成安君陈馀在井陉口聚集重兵，严阵以待。广武君李左车劝陈馀利用地理优势，派兵断绝汉军的粮道，以出奇制胜。陈馀不听，要和汉军硬碰硬，正面作战。

韩信最担心的就是赵军切断汉军粮道，听说陈馀不用广武君的计策，非常高兴，立即领兵直奔井陉口。

快到井陉口时，韩信趁天黑派出两千士兵，每人拿一面汉旗，埋伏在半道。随后，他派一万兵马做先锋，背靠河水摆下战阵，摆出与赵军一决死战的架势。

天亮时，韩信率汉军大张旗鼓地向赵军营垒发动进攻。赵军出营迎战。汉军假装不敌，退往河边。赵军见形势有利，就倾巢而出，想一举歼灭汉军。

两千名手拿汉旗的士兵趁机冲入赵军大营，拔掉赵旗，将汉旗插遍敌营。赵军一时无法取胜，打算收兵回营，结果看到大营到处都是汉旗，以为大营已被汉军占领，于是，乱了阵脚。

韩信乘机令汉军发起冲锋，大败赵军，处决了陈馀，俘虏了赵王歇，灭了赵国。

知识小贴士

井陉口，又名井陉关、土门关，古代九塞之一，故址在今河北省石家庄市井陉县北井陉山上。井陉口是太行山内的一条隘道，它不仅是兵家必争之地，也是东西交通的必经之道，有“燕晋通衢”之称。现在石家庄至太原的石太铁路和冀晋公路干线都经过井陉口或其附近，这里仍是联结太行山东西两方，河北和山西高原中部的交通要冲之地。

败军之将　智者千虑，必有一失　愚者千虑，必有一得　案甲休兵

释义

①败军之将：原指打了败仗的将领。后指遭受失败的人。

②智者千虑，必有一失：再聪明的人，也难免会有失误的时候。

③愚者千虑，必有一得：再愚笨的人，经过深思熟虑后也会有所收获。

④案甲休兵：放下铠甲和兵器。指停止战事，屯兵休整。

原句

①臣闻“败军之将不可以言勇，亡国之大夫不可以图存”。

②③臣闻“智者千虑，必有一失；愚者千虑，必有一得”。

④方今为将军计，莫如案甲休兵，镇赵抚其孤。

故事

汉军获胜之后，韩信传令全军，不许杀害广武君李左车，有能活捉他的赏以千金。有人绑着李左车来见韩信，韩信亲自给他松绑，请他面向东坐着，自己面向西而坐，把他当老师那样对待。

您看怎样才能成功呢？”

李左车客气地推辞道：“我听说‘打了败仗的将军，没资格谈论自己的勇敢’。如今，我只是一个战败的俘虏，哪里有资格同您商议大事呢？”

韩信再三恳请李左车为自己出谋划策。李左车见他诚心求教，就说：“我听说‘再聪明的人，也有失误的时候；再愚笨的人，也有得势的时候’。因此，即使我的计策不一定管用，我也愿意为您忠心谋划。”

于是，李左车客观分析了汉军和燕、齐二国的优势与劣势，指出出兵攻打这两个国家是不明智的。他建议，汉军应该停止战事，屯兵休整，安抚赵国百姓，稳定赵国局势，同时，派人说服燕国投降，只要燕国一投降，齐国自然也会投降。

韩信采纳了李左车的意见，派人出使燕国劝降。燕国果然投降了。

知识小贴士

李左车是战国四大名将之一、赵国名将李牧的孙子。李左车精通兵法，是一位难得的军事天才。据传，他写过一部兵书《广武君略》。

解衣推食　言听计从

释义

①解衣推食：把自己的衣服解下来，给对方披上；把自己的饭食让给对方吃。形容对人非常关怀爱护。

②言听计从：对某人说的话全听从，出的主意全采纳。形容对某人绝对信任和依赖。

原句

①②汉王授我上将军印，予我数万众，解衣衣我，推食食我，言听计用，故吾得以至于此。

故事

刘邦一面派韩信率兵进攻齐国，一面派郦食其劝降齐王田广。韩信领兵走到半道，听说田广已经被郦食其说服，就停了下来。谋士蒯通劝他继续进攻，以抢得功劳。于是，韩信再度进军，一路攻城略地，把毫无防备的田广打得四处逃窜。

楚国派将军龙且领兵援齐。龙且骄傲轻敌，结果被韩信打败。随后，韩信平定齐国全境，被刘邦封为齐王。

项羽见韩信势大，就派使者武涉前往游说，希望他和自己联手，共同对付刘邦，三分天下自立为王。

韩信说："我跟随项王时，他只让我做个郎中这样的小官。我说的话，他不听；我出的计策，他不用。因此，我才离开他，投奔汉王。汉王让我当上将军，统领数万人马，把他的衣服脱下来给我穿，把他的饭食让给我吃，对我言听计从，我才有了今天的成就。人家既然这么信任我、亲近我，我就算死也不会背叛他。"

武涉一看韩信如此坚定，只好打消说服他的念头，回去复命了。

知识小贴士

韩信派人向刘邦请封自己代理齐王。当时，刘邦正被楚军围困在荥阳（今河南省荥阳市），见了韩信的书信非常生气，破口大骂，说他不来相救，反要自立为王。张良和陈平提醒刘邦，让他答应韩信的要求，以防他反叛。于是，刘邦又说："要当就当真王，当暂时代理的王干什么？"就这样，韩信当上了齐王。

为民请命　鼎足三分　抱头鼠窜
人心难测　略不世出　功高震主

释义

①为民请命：替老百姓陈述困难，提出请求。

②鼎足三分：像鼎下面的足一样，三方分立，互相抗衡。

③抱头鼠窜：原指张耳抱着项婴的脑袋，像老鼠一样逃窜，投奔刘邦。后形容狼狈不堪的样子。

④人心难测：人的心思复杂，难以猜测。多用于贬义。

⑤略不世出：谋略高明，世间少有。

⑥功高震主：功劳太大，以至于威胁到君主的地位。

原句

①因民之欲，西乡为民请命，则天下风走而响应矣，孰敢不听！

②诚能听臣之计，莫若两利而俱存之，参分天下，鼎足而居，其势莫敢先动。

③常山王背项王，奉项婴头而窜，逃归于汉王。

④患生于多欲，而人心难测也。

⑤此所谓功无二于天下，而略不世出者也。

⑥夫势在人臣之位而有震主之威，名高天下，窃为足下危之！

故事

武涉走后，蒯通对韩信说："您现在帮汉，汉就胜；助楚，楚就胜。既然这样，您还不如和楚汉三分天下，鼎足而立，同时，出兵攻打楚汉的空虚地带，制止楚汉之争，为民请命，天下人一定会归顺于您。"

韩信以刘邦对自己的知遇之恩回复蒯通，表示不忍心背叛他。蒯通又说："张耳背叛项羽，杀了项婴，拿着他的人头逃跑，投奔汉王。张耳和陈馀的交情，可以说是天下最好的，最终却互相攻杀，为什么？这是因为人的欲望太多，人心难测啊！您的功劳天下第一，您的谋略世间少有。无论归楚还是归汉，都足以让人猜疑或害怕。您作为人臣，功高盖主，名震天下，我认为这是很危险的事情啊！"

韩信觉得蒯通说得有道理，但还是下不了决心背叛刘邦。蒯通再三劝说，也没有用。由于担心将来受到韩信牵连，蒯通就装疯做了巫师。

知识小贴士

蒯通是汉初著名的纵横家，著有《隽永》。主要讲述纵横家的事迹和言论。《史记》中关于蒯通的记述就来自于此。该书在西汉末年失传。

耻与哙伍　多多益善

释义

①耻与哙伍：原指韩信不屑于和樊哙交往。后形容清高之人不愿与粗俗之人在一起。

②多多益善：越多越好。

原句

①信出门，笑曰："生乃与哙等为伍！"

②上笑曰："多多益善，何为为我禽？"

故事

楚汉战争结束后，汉高祖刘邦先解除了韩信的军权，改封他为楚王，不久，又找借口把他抓了起来，带回洛阳，将他降为淮阴侯。

有一次，韩信去樊哙家做客。樊哙深感荣幸，恭敬地迎送，自称为臣，说："大王竟然能够光临我这里！"韩信出门后笑着说："我这辈子竟然和樊哙这种人为伍了！"

刘邦经常和韩信一起谈论将军们的能力，认为各有长短。刘邦问韩信："依我的才能，可以统领多少兵马？"

韩信说："您最多只能统领十万兵马。"

刘邦又问："那你能统领多少呢？"

韩信答："我是越多越好。"

刘邦笑着说："你领兵越多越好，为什么还被我擒住了呢？"

韩信说："您虽然不能领兵，但是您善于统领将军。因此，我才被您擒住。而且您是上天护佑的人，不是人力所能比拟的！"

韩信的马屁拍得很高明。然而，刘邦终究对他还是不放心，时时处处严加防范。

知识小贴士

西汉初期的诸侯王拥有军队和封地，在诸侯国内拥有最高权力。侯只有封地，没有军队。诸侯王级别虽然一样，但是封地大小各异，韩信从齐王改封为楚王，封地变小了；又从楚王改封为淮阴侯，不但封地变小了，而且，也丧失了军权。

中原逐鹿　捷足先登

释义

①中原逐鹿：指群雄并起，争夺天下。鹿，指所要围捕的对象，常比喻政权或帝位。

②捷足先登：动作快的人先达到目的。

原句

①②秦失其鹿，天下共逐之，于是高材疾足者先得焉。

故事

韩信与统兵镇守赵国和代国的陈豨约定，将来陈豨造反时，自己在都城作为内应，与他共同推翻汉朝政权。后来，陈豨果然发动叛乱。刘邦亲自带兵平定叛乱。韩信以生病为由，没有追随前往。

等刘邦领兵走后，韩信一边派人与陈豨联络，一边召集人手准备袭击吕后和太子。结果，事情败露。吕后和萧何合谋，把韩信骗进宫里，杀了他。临死前，韩信感叹道："真后悔没用蒯通的计谋，以致被吕后和那小子所欺骗。这难道不是天意吗？"

刘邦平叛成功回来后，得知韩信被杀，既高兴，又怜惜，问："韩信临死前说了什么？"

吕后说："韩信说他后悔没有用蒯通的计谋。"

于是，刘邦下令把蒯通抓了起来，责骂他当初不该教唆韩信造反，准备杀掉他。

蒯通辩解道："秦朝丢了政权，天下人都来争夺。能力强的、动作快的先得到了它。当时，我只知道韩信，不知道您啊！况且，想争夺天下的人太多了，只是能力不够而已。难道您能把他们都杀掉吗？"

刘邦一琢磨，蒯通说得也对，就下令放了他。

知识小贴士

狭义的中原指今河南省一带；广义的中原或指黄河中、下游地区，或指整个黄河流域。

韩信卢绾列传

痿不忘起

积德累善

痿不忘起

释义

痿（wěi）不忘起：即使肢体萎缩，也不忘起身行走。比喻人的意志坚强。痿，肢体萎缩软弱。

原句

仆之思归，如痿人不忘起，盲者不忘视也，势不可耳。

故事

韩信是六国时韩国王室的后裔，在秦末起义时，投奔刘邦，得到重用。他曾追随刘邦入关，入汉中。平定三秦后，刘邦许诺，将来封他为韩王。

楚汉战争结束后，刘邦兑现诺言，正式册封韩信为韩王，世称韩王信，以区别于先后担任齐王、楚王、淮阴侯的韩信。

韩王信的封地紧邻边境，常常受到匈奴进扰。有一年，匈奴首领冒顿单于出兵包围了韩王信。韩王信打不过，多次派使者到匈奴处求和。

刘邦派军队前往支援韩王信，听说他向匈奴求和，怀疑他有背叛之心，派人责备他。韩王信见朝廷不信任自己，就投降了匈奴。

刘邦亲自率兵攻打韩王信，结果被韩王信和匈奴联合围困在白登山，七天七夜之后才得以解围。

四年后，韩王信与匈奴骑兵一起入侵汉朝边境。刘邦派柴将军前往迎战。柴将军写信劝降韩王信。

韩王信回信说："虽然我渴望回归故国的心，就像肢体萎缩的人不忘起身行走，盲人不忘睁眼看一样，可是我犯下的罪过太多了，皇帝不会饶过我，情势也不允许我这样做。"

韩王信拒不投降，最终战败被杀。

知识小贴士

在秦末起义中，韩国在六国之中最后一个复国。起初，韩国公子横阳君韩成被奉为韩王。由于横阳君没有追随项羽入关，因此在项羽封诸侯时，他被改封为列侯。楚汉战争时，项羽封郑昌为韩王。韩王信打败郑昌，自此至公元前196年，韩王的头衔便只归他一人所有。

积德累善

释义

积德累善：积累德行与善事。

原句

太史公曰：韩信、卢绾（wǎn）非素积德累善之世，徼一时权变，以诈力成功，遭汉初定，故得列地，南面称孤。

故事

卢绾与刘邦是同乡，从二人的父辈开始，两家的关系就非常亲密。卢绾与刘邦同一天出生，从小一起读书，亲如兄弟。

刘邦起义后，卢绾追随左右。他可以随意出入刘邦的卧室，经常得到刘邦的各种赏赐，其受宠之程度，无人能及。就连萧何、曹参等人，也只是因事功而受到礼遇，至于说到亲近宠幸，根本没法同卢绾相比。

公元前 202 年，卢绾被封为燕王。刘邦给予他的赏赐，任何诸侯王都比不了。

随着韩王信、彭越、英布等异姓诸侯王一个个被刘邦废除，卢绾心里开始害怕起来。他担心自己也会落得像他们一样的下场，就听从谋士的建议，与匈奴保持秘密联系，以此作为自己的退路。

刘邦怀疑卢绾私通匈奴，就召他来见。卢绾心里有鬼，假称有病，不肯去。刘邦听说有人在匈奴人那里见到了卢绾派去的使者张胜，确信他要造反，就派樊哙率兵攻打卢绾。卢绾带领家人部下众人逃到长城外，想找机会当面向刘邦解释。

不久，刘邦病故。卢绾怕受到吕后迫害，只得投奔匈奴。一年后，卢绾客死异乡。

司马迁说：“韩王信、卢绾并非出自一向积德累善的世家，只是赶上好的机遇，才得以分封领土，南面为王。然而，他们最终被迫投奔匈奴，实在可悲啊！”

知识小贴士

吕后当政时，卢绾的妻子带着儿子投降汉朝。吕后由于正在生病，没有及时接见他们。不久，吕后去世，卢绾的妻子也因病去世。汉景帝时，卢绾留在匈奴的孙子卢他之降汉，被封为亚谷侯。

田儋列传

螯手解腕

螫手解腕

释义

螫（shì）手解腕：被毒蛇蜇了手，就砍下手腕，防止毒性蔓延全身。比喻为了全局着想，牺牲局部利益。

原句

蝮螫手则斩手，螫足则斩足。何干？为害于身也。

故事

田儋、田荣、田横兄弟是齐国王室后裔，在秦末起义中，田儋自立为齐王，重建齐国。不久，田儋被秦将章邯所杀。田荣、田横逃到了东阿。

齐人听说田儋已死，就改立田假（前齐王田建的弟弟）为齐王，田角为相国，田间为将军。

田荣听说后，领兵杀回齐国，打败了田假，立田儋的儿子田市（fú）为齐王，田荣自己担任相国，让田横担任将军，平定了齐地。

田假兵败后逃到了楚国，田角和田间逃到了赵国。

楚国将领项梁派使者约请赵国和齐国共同发兵围攻秦

王朝将领章邯。

田荣记恨楚国和赵国收留田假等人，就说："如果楚国杀了田假，赵国杀了田角和田间，我就出兵。"

楚国和赵国不肯违背道义，以换取齐国出兵。

田荣说："手被蝮蛇咬了就要砍掉手，脚被蝮蛇咬了就要砍掉脚。为什么呢？因为如果不这样做的话，就会危及全身。而现在田假、田角、田间对于楚国、赵国来说，并不是手足骨肉之亲，为什么不杀掉他们呢？"

楚国、赵国坚持不肯依从齐国，这令田荣非常生气，最终也没有出兵。

由于田荣不肯出兵，项梁最终兵败，被章邯所杀。

知识小贴士

项羽入关分封诸侯时，因怨恨田荣，而没有封他为王。田荣不服，自立为齐王，在诸侯当中第一个起兵反对项羽。天下再度陷入战乱之中。刘邦趁势杀出汉中，平定三秦之地，拉开了楚汉战争的序幕。

樊郦滕灌列传

排闼直入

排闼直入

释义

排闼（tà）直入：未经许可，推开门径直走进去。闼，门。

原句

十余日，哙乃排闼直入，大臣随之。

故事

樊哙在沛县时，是一名屠夫，他的妻子吕须是吕后的妹妹，因此，他和刘邦不但是老乡，还是连襟，故而深得刘邦信任。刘邦起义后，樊哙紧紧追随，立下汗马功劳。

汉朝建立后，淮南王英布起兵造反。英布英勇善战，是出了名的猛将，一般人不是他的对手。只有刘邦御驾亲征，才有可能平定叛乱。

当时，刘邦正在生病，成天躺在皇宫里，谁也不想见。为了防止群臣打扰，他给守门人下了死命令：任何人不得觐见。

群臣都知道刘邦脾气不好，谁也不敢违抗命令贸然觐见。然而，军情紧急，刻不容缓，大家伙儿急得像热锅上的蚂蚁，不知如何是好。

就这样，十来天过去了，宫中还是没动静。樊哙实在等不及了，便推开宫门，径直入宫去见刘邦。群臣见有人带头，赶紧跟着一拥而入。

刘邦正在休息。樊哙等人流着泪，劝道：“听说您病重，大臣们都惊慌失措。您却不肯接见我们这些人来讨论国家大事。您难道忘了赵高作乱的往事了吗？”

刘邦见樊哙和群臣真是着急了，就笑着从床上起来，与大家一起商量平定英布叛乱的事。

知识小贴士

刘邦怀疑卢绾谋反，派樊哙前去讨伐。有人诋毁樊哙，说刘邦一旦去世，樊哙将要杀死戚夫人和赵王如意。刘邦大怒，派陈平和周勃前往军中斩杀樊哙。陈平害怕得罪吕后，只是把樊哙抓起来，带回长安（今陕西省西安市）。等他们回去时，刘邦已经去世，樊哙因此免罪。

张丞相列传

期期艾艾

期期艾艾

释义

期期艾艾：西汉人周昌口吃，说话总是带着“期期”二字；三国时魏将邓艾口吃，说话总爱重复“艾艾”二字。后世将其合称为“期期艾艾”，形容人说话结巴。

原句

臣口不能言，然臣期……期……知其不可。陛下虽欲废太子，臣期……期……不奉诏。

故事

汾阴侯周昌为人刚强，敢于直言，就连萧何、曹参都很敬畏他。

刘邦打算废掉吕后所生的太子刘盈，立戚夫人所生的儿子如意为太子。周昌坚决不同意，愤怒地说：“我不善于说话，但我期……期……知道这样做是不行的。您打算废掉太子，我期……期……不能接受您的诏令。”刘邦见周昌着急的样子，忍不住笑了起来。

刘邦担心自己死后，赵王如意会被吕后所害，就让忠直的周昌担任赵王的国相，以保护赵王。吕后多次召赵王入长安，想加害他。周昌知道吕后的真实意图，数次劝阻赵王前往长安。吕后没办法，只好先把周昌召回长安，不让他在赵王身边。

周昌一走，赵王没了主心骨，吕后再来召他时，他只得乖乖听命。赵王到都城没多久，就被吕后派人给毒死了。

周昌为自己没能保护好赵王而深感自责，从此以生病为由不再上朝，直到死去。

知识小贴士

据《世说新语》记载，邓艾有口吃的毛病，提到自己时常常说“艾艾”。晋文王司马昭调侃他：“你总说艾艾，到底有几个艾？”邓艾说：“凤兮凤兮，照旧只有一只凤。”后人把周昌的“期期”和邓艾的“艾艾”结合在一起，形成了成语“期期艾艾”。

郦生陆贾列传

北面称臣

马上得天下

数见不鲜

高阳酒徒

北面称臣

释义

北面称臣：古代君主面向南而坐，臣子面向北方拜见君主。指臣服于人。

原句

君王宜郊迎，北面称臣，乃欲以新造未集之越，屈强于此。

故事

陆贾口才非常好，在追随刘邦平定天下的过程中，经常受命出使并游说诸侯。

汉朝刚刚建立时，尉他在南越（今岭南一带）称王。刘邦考虑到天下初定，民生艰难，就没有派兵征伐尉他，而是派陆贾出使南越，想说服尉他向汉朝俯首称臣，以朝廷的名义正式册封他为南越王。

陆贾到了南越，尉他很傲慢地接见了他。陆贾对他说："您想以区区南越之地与汉朝为敌，马上就要惹上大祸了！西楚霸王项羽够厉害了吧？可是，汉王诛灭了他，仅用五年就平定了天下。这不是人力所能完成的，是老天辅助的结果啊！

"在南越称王，汉朝的将相都想出兵讨伐。天子不忍再劳苦百姓，因此阻止了他们，派我来授予您南越王的大印。您本该出郊外迎接，面向北方，拜倒称臣。可是，您却想凭着刚刚建立的南越在这里逞强。朝廷要是知道了您的作为，只须派一员偏将率领十万兵马来征伐南越，那么南越人肯定会杀了您投降汉朝，就像翻转手掌一样容易。”

尉他知道南越不是汉朝的对手，赶紧转变态度，对陆贾以礼相待，接受了汉朝的册封。

知识小贴士

尉他，又名尉佗，本姓赵，名佗，真定（今河北省石家庄市正定县）人。赵佗曾任秦朝的南海郡龙川令。秦朝末年，尉佗奉命征讨南越，在当地建国称王。南越国于公元前111年被汉朝攻灭。

马上得天下

释义

马上得天下：比喻凭借武功建立国家。

原句

高帝骂之曰："乃公居马上而得之，安事《诗》《书》！"

故事

陆贾经常在汉高帝刘邦面前谈论《诗经》《尚书》等儒家经典，希望他能以儒家思想治理国家。刘邦嫌他烦，张口骂道："你我的天下是骑在马上得来的，哪里用得着《诗经》《尚书》？"

陆贾说："您在马上得到天下，难道可以在马上治理吗？商汤和周武王，都是以武力夺取天下，然后，顺应时势以文治守成。文治和武功并用，这才是长久的办法啊！从前，吴王夫差和智伯就是因为过度使用武力才导致家国覆亡；秦王朝坚持严酷的刑法，不加以改变，最终亡于赵高之手。如果秦王朝得了天下之后，施行仁政，效法古圣先贤，您又怎么能够取得天下呢？"

刘邦听了陆贾的话，心里有些不快，脸上露出惭愧的神色，对陆贾说："那你就试着总结一下，秦王朝失掉天下，而我得到天下以及古代王朝成功失败的原因。"

陆贾就大略地写了一下王朝兴衰存亡的征兆和原因，总共十二篇。他每写完一篇就呈给高帝刘邦看。刘邦看后，认为陆贾写得非常好，就把文章汇编成书，起名为《新语》，以此作为自己治理天下的参考。

知识小贴士

古人所说的诗书，与我们现代人理解的诗书不一样。我们所说的诗书，通常泛指诗词之类的文学书籍；古代的诗书，特指《诗经》和《尚书》这两部典籍。

数见不鲜

释义

数（shuò）见不鲜：指经常见到某些事物，不觉得新奇。鲜，新鲜，新奇。

原句

一岁中往来过他客，率不过再三过，数见不鲜，无久慁(hùn)公为也。

故事

刘邦去世后，孝惠帝刘盈继位。由于刘盈性格软弱，朝政大事都由母亲吕后说了算。

吕后想封吕家人为王，又担心大臣们当中那些能言善辩的人据理力争，进行阻挠。口才极好的陆贾无疑是吕后的防范对象之一。陆贾知道，吕后好记仇，自己得罪了她，只有死路一条，于是就假称有病，回家闲居。

陆贾有五个儿子，他把出使南越时所得的礼物拿出来卖了一千金，给每个儿子二百金，让他们各谋生路。安排好儿子们的生活后，陆贾时常佩带着价值百金的宝剑，乘坐四匹马拉的车，带着十名善于唱歌跳舞、弹琴鼓瑟的随行人员，外出游玩。

陆贾对儿子们说："我跟你们约定好了，我每次出游经过你们家的时候，你们要给我的人马准备酒食，尽量满足我们的需求。每十天轮换一家。我死在谁家，宝剑、车马和侍从就归谁家所有。由于我还要到其他朋友家去做客，因此，一年之中到你们各家不会超过三次。再说，我总来见你们，你们也就懒得杀鸡宰羊招待我了。这样做，省得你们嫌我这个当爹的总是烦扰你们。"

知识小贴士

为了铲除吕氏政治集团，陆贾曾为陈平献计，促成他与周勃联手对付吕氏。吕后一死，陈平与周勃共同诛灭诸吕，扶立孝文帝刘恒。刘恒继位后，再次派遣陆贾出使南越，纠正了赵佗违背朝政的行为。

高阳酒徒

释义

高阳酒徒：原指郦食其自称为高阳（在今河南省开封市杞县西南）好酒放纵之人。后指为人放荡、挥洒不羁的人。

原句

走！复入言沛公，吾高阳酒徒也，非儒人也。

故事

当初，沛公刘邦领兵经过陈留时，郦食其想拜见刘邦，就请把守军门的使者帮自己通报。

郦食其递上名帖，对使者说："高阳卑贱的百姓郦食其，听说沛公奔波在外，不辞劳苦，率领兵马帮助楚国征讨暴虐的秦朝。麻烦诸位随从使者通报沛公，我想拜会他，与他一起商量天下大事。"

使者进去通报。刘邦正在洗脚，随口问道："这是个什么样的人？"

使者答："看样子像个有学问的儒生。"

刘邦说："谢绝他。就说我正在忙着天下大事，没工夫见儒生。"

使者出去，向郦食其转达了刘邦的意思。

郦食其瞪大眼睛，手按宝剑，大声斥责使者："快去！告诉沛公，说我是高阳酒徒，不是儒生！"

使者惊慌失措，赶紧回去向刘邦禀报："外面的访客是真正的壮士。他大声呵斥我，吓得我连手上的名帖都掉了。他让我快进来通报，说他是高阳酒徒。"

刘邦觉得郦食其非同一般，就接见了他。经过一番长谈，刘邦意识到，郦食其不是一个普通的儒生，就接受他的建议，派他去劝降陈留县令。

陈留县令拒绝投降，留郦食其在府上过夜。半夜，郦食其杀了陈留县令，便出城报告刘邦。刘邦派兵攻城，城内人见陈留县令已死，就献城投降了。城内有大量的兵器粮草，为刘邦攻打咸阳提供了充足的补给。

知识小贴士

刘邦觉得儒家所推崇的礼仪礼节太过烦琐，因此，他非常讨厌儒生。为了吓退那些游说自己的儒生，刘邦对他们毫不客气，肆意侮辱。因此，郦食其才不以儒生自居，而自称"高阳酒徒"。

刘敬叔孙通列传

千金之裘，非一狐之腋

千金之裘，非一狐之腋

释义

千金之裘，非一狐之腋：价值千金的狐裘，绝非一只狐狸腋下的皮毛可以制成。比喻积小才能成大，积少才能成多。

原句

语曰“千金之裘，非一狐之腋也；台榭之榱，非一木之枝也；三代之际，非一士之智也”。

故事

汉朝刚建立时，刘邦定都在洛阳。齐国人刘敬认为，天下刚刚平定，各地百姓还没有完全归顺，这时，把都城建在洛阳是不安全的，因为洛阳没有地势优势，不易于防守。因此，他向刘邦建议在地势险要、易守难攻的关中地区建都。

刘邦向张良请教。张良也同意刘敬的建议。于是，刘邦马上带领群臣去了关中，把都城建在了长安。

如果说建都长安是使汉朝长治久安的第一等大事，那么，制定礼仪就是巩固皇权的必要措施。做成这件事的人就是儒生叔孙通。

在叔孙通制定礼仪制度之前，群臣上朝或参加皇帝举办的宴会时没有规矩可以遵循，经常醉酒闹事。叔孙通为此专门制定严格的礼仪制度，明确了君臣的尊卑高下，对皇帝的仪态和群臣的举止提出具体要求。从此，朝堂之上尊卑有序，秩序井然。

司马迁说：“价值千金的狐裘，不是一只狐狸腋下的皮毛所能制成的。汉高祖出身寒微，平定天下，智谋之深，用兵之妙，可以说是到了极致了。而刘敬和叔孙通则凭借各自的智慧，以及对形势变化的判断，为汉朝的长治久安做出了贡献。”

知识小贴士

刘敬是汉代第一个提出与匈奴和亲的人。他向刘邦建议，将鲁元公主嫁给匈奴的冒顿单于（匈奴人的首领），通过和亲，笼络匈奴人，实现北部边境和平的目的。结果，吕后坚决不同意。最后，刘邦只好让宫女假冒鲁元公主，到匈奴和亲。

季布栾布列传

一诺千金

一诺千金

释义

一诺千金：许下的诺言价值千金。形容说话算话。

原句

得黄金百，不如得季布一诺。

故事

季布为人仗义，信守承诺。他原本是项羽的部下，曾多次率兵围困汉王刘邦。项羽死后，季布遭到高帝刘邦通缉。为了避祸，季布屈身为奴，躲在豪强朱家门下。朱家通过汝阴侯夏侯婴，请求刘邦赦免季布。刘邦为了显示自己的宽宏大量，就赦免了季布，并封他做了郎中。

楚地人曹丘想结交季布，但怕季布拒绝，就请自己和季布共同的朋友窦长君代为介绍。

此前，季布曾提醒过窦长君，说："曹丘这个人不厚道，您不要和他交往。"因此，窦长君接到曹丘的请托觉得很为难，就把季布的话照实告诉了他。

没想到，曹丘并未知难而退，仍坚持让窦长君给季布写介绍信，并且他还没到季布那里时，就把介绍信先送了过去。季布很生气，想等曹丘来了让他难堪。

曹丘一见到季布，就说："楚地人说，'得到一百斤黄金，不如季布的一个承诺'。您的名声为什么会如此响亮呢？您是楚地人，我也是楚地人。我游遍天下，到处宣扬您的名声，难道我对您不重要吗？为什么一定要拒绝我呢？"

季布听了，非常高兴，不再讨厌曹丘，与他做了朋友。

知识小贴士

季布多次围困刘邦，置刘邦于险境，刘邦称帝后，却因为他是贤人而赦免了他。季布的舅舅丁公围住刘邦后主动放过他，刘邦得了天下之后，反而杀掉了丁公。其原因就在于，刘邦认为丁公不能忠于项羽，同样也不会忠于自己。

袁盎晁错列传

不绝如线

斗鸡走狗

变古乱常

不绝如线

释义

不绝如线：与“不绝如带”都表示形势危急。这里形容形势就像即将断裂的细线一样危急。

原句

方吕后时，诸吕用事，擅相王，刘氏不绝如带。

故事

袁盎，楚国人，吕后当政时，他曾做过吕禄的门客。汉文帝即位后，袁盎的哥哥袁哙举荐他担任侍奉皇帝的中郎。

袁盎发现，每次绛侯周勃退朝时，汉文帝都很恭敬地送他离开。袁盎认为这样不妥，就向汉文帝进言，说：“您以为周勃是什么样的人？”

汉文帝说：“他是国家的重臣。”

袁盎说：“周勃是国家的功臣，而不是重臣。国家的重臣是要和皇帝共存亡的。吕后当年执政的时候，吕氏子弟掌权，擅自为相为王，致使刘家的天下像细细的丝带一样，几乎断绝。

“当时，周勃作为掌握兵权的太尉，不能扭转时局。直到吕后去世，他才顺应形势，立下功劳。因此，我才说他是功臣，而不是重臣。周勃在您面前显露出骄傲的神色，而您却对他谦让，君主和大臣就都失礼了。我认为您不应该这样做。”

汉文帝听取了袁盎的意见，以后上朝时，神态变得越发庄重起来。周勃因此更加敬畏皇帝的威仪，不敢再有轻慢骄傲的神色。

周勃见到袁盎后，责怪他，说：“我和你的兄长关系很好，你却在皇帝面前说我坏话。”袁盎不认为自己有错，因而拒绝向他道歉。

知识小贴士

周勃被罢官之后，有人向文帝告发，说他谋反。王公大臣们都不敢替他辩白。袁盎坚持认为周勃无罪，在文帝面前为他申冤。周勃获释后，感激袁盎为自己主持公道，于是主动与他结交，二人成为好友。

斗鸡走狗

释义

斗鸡走狗：使鸡或狗互相争斗、竞赛。旧时形容纨绔子弟游手好闲，不务正业。

原句

袁盎病免居家，与闾里浮沉，相随行，斗鸡走狗。

故事

七国之乱后，袁盎被任命为楚国的相国。他数次向楚王上书，提出意见和建议，却不被采纳。于是，袁盎称病在家休养，成天和乡邻们在一起混日子，玩一些斗鸡赛狗的游戏。

洛阳人剧孟曾经拜访袁盎，受到热情招待。有人对袁盎说："我听说剧孟是个赌徒。您怎么和他交往在一起了？"

袁盎说："剧孟虽然是个赌徒，但他的母亲去世时，前来送葬的车有一千多辆，这说明人家一定有过人之处。而且，人人都有危难之时。一旦有人着急求助，能不找任何借口就出手相助的，全天下公认的也只有季心（季布的弟弟）和剧孟。尽管你平时出行常有人跟随，一旦有了危难，难道能指得上他们吗？"说完，袁盎骂了那人一顿，断绝了和他的交往。

这件事情传开后，人们都对袁盎赞赏不已。

袁盎赋闲在家，汉景帝每当遇有大事，就派人来向他请教。汉景帝的弟弟梁王刘武想继承皇位，袁盎极力反对，因此得罪了梁王。

梁王派刺客前来刺杀袁盎。这名刺客打听到袁盎的名声后，主动放弃了刺杀他的念头，并劝他多加防范。然而，袁盎最终还是被梁王派来的其他刺客刺杀了。

知识小贴士

窦太后以商代“兄终弟及”（哥哥去世后，帝位由弟弟继承）的制度为例，建议汉景帝立梁王为储君。袁盎以汉朝实行周朝制度为由，强调“父死子继”的继位原则，坚持立太子为储君。

变古乱常

释义

变古乱常：改变和打乱原本固有的制度和法令。

原句

诸侯发难，不急匡救，欲报私仇，反以亡躯。语曰："变古乱常，不死则亡。"岂错等谓邪！

故事

晁错和袁盎一向关系不睦。凡是有袁盎在的场合，晁错一定回避；凡是有晁错在的场合，袁盎也一定回避。两人几乎从来没有在一起交流过。

汉文帝时，晁错一直不受重用。汉景帝继位后，晁错受到重用，掌握大权，变更了许多制度和法令，提出削藩，因而激怒了吴王等诸侯，引发了叛乱。

吴王和楚王起兵造反时，晁错向有关部门检举称，袁盎曾收受吴王钱物，因此才在朝廷上说他们不会造反。现在，吴王和楚王既然已经反了，说明袁盎是参与谋划的。朝廷应该治他的罪。

袁盎知道后，赶紧跑去见汉景帝。他对汉景帝说："吴王和楚王之所以造反，就是为了杀掉晁错，清理您身边的奸臣。只要您杀了晁错，以此向吴王和楚王道歉，他们自然就会退兵。”

汉景帝也想借晁错的人头平息叛乱，就下令杀了晁错。

司马迁评论道：“晁错掌权后，变更了很多制度。当诸侯叛乱时，他不张罗着平叛，反而先想着报私仇，结果导致自己被杀。古语说，改变和打乱原有的制度和法令，不是身死，就是逃亡。这说的就是晁错这类人啊！”

知识小贴士

晁错的父亲听说他建议皇帝削藩，专程从老家赶到都城，劝他不要这样做。晁错认为只有这样才能保持天下稳定。晁父认为，他的做法固然能保全刘家的天下，却也会为晁家带来祸患。后来发生的事果然验证了他的预言。

张释之冯唐列传

卑之无甚高论

利口捷给

亟疾苛察

一抔黄土

每饭不忘

尺籍伍符

卑之无甚高论

释义

卑之无甚高论：原指多谈现实问题，少发表高远而无用的言论。现指没有什么高明的见解。

原句

文帝曰："卑之，毋甚高论，令今可施行也。"

故事

堵阳（今河南省南阳市方城县）人张释之在哥哥的资助下，花钱得了一个皇宫守卫侍从的职务。他在这个工作岗位上一直干了十年，也没得到提升，始终默默无闻。

张释之心里有些失落，感叹道："我做这个官太久了，耗费了哥哥不少钱财，心里实在是不安啊！"于是，他打算辞职回家。

袁盎知道张释之是一个贤能的人，舍不得让他辞官而去，就推举他担任为皇帝传达命令的谒（yè）者。

张释之朝见过汉文帝，就上前陈述他的政治主张和见解。文帝听了他的言论，说："你说一些贴近实际的事情，不要讲那些不着边际的言论。你所提的建议应当马上就能实行才对。"

张释之转而谈起秦汉之间的事情，滔滔不绝地讲了很久关于秦朝灭亡和汉朝兴起的原因。文帝认为他说得很好，就任命他做了谒者的主官。

张释之敢于直谏，深受文帝器重，仕途越来越顺畅。

知识小贴士

封建时代，统治阶级为了缓解财政压力，允许读书人向朝廷捐纳钱物，以换取爵位和官职，这种形式被称为“捐官”。通常这种情况，朝廷授予的官爵都是虚衔，而且，俸禄也是有上限的。因此，张释之做官所得的收入不及他捐官的花费。

利口捷给　亟疾苛察

释义

①利口捷给：能说会道，善于快速应对。

②亟（jí）疾苛察：指处理政务雷厉风行，问责严苛。

原句

①夫绛侯、东阳侯称为长者，此两人言事曾不能出口，岂敩（xué）此啬夫谍谍利口捷给哉！

②且秦以任刀笔之吏，吏争以亟疾苛察相高，然其敝徒文具耳，无恻隐之实。

故事

有一次，张释之陪同文帝到虎圈视察工作。文帝问及书册上登记的各类禽兽的情况。主管官员上林尉左顾右盼，一个问题也答不上来。负责管理虎圈的啬夫在边上替上林尉一一作答，想借此显示自己对业务的熟悉程度。

文帝说："作为官吏，不就应该这样吗？上林尉靠不住！"于是，他下令让张释之任命啬夫为上林令。

过了一会儿，张释之上前对文帝说："您以为绛侯周勃和东阳侯张相如是什么样的人？"

文帝答：“他们都是德高望重的人。”

张释之接着说：“绛侯和东阳侯都被人们视为德高望重之人。这两位在谈论事情时都不善于表达，哪像这个啬夫一样能说会道、应答如流呢？

“况且，秦代看重舞文弄法的官吏，官吏们就争相以办事迅捷、问责严苛作为行政标准。这样的弊端在于只注重表面形式，而失去了怜悯之心。因此，皇帝无法知道自己的过失，结果导致秦朝只传了两代就亡国了。

“您现在因为啬夫善于言辞就破格提拔他，我怕天下人跟着效仿，只逞口舌之利而不务实际。您得考虑影响，慎重行事啊！”

文帝觉得张释之说得对，就收回了对啬夫的任命。

知识小贴士

苑，古代帝王游玩、打猎的风景园林。上林苑是中国历史上具有代表性的苑囿(yòu)，是秦始皇修建的皇家园林，汉武帝时扩建。上林苑地域广阔，山水咸备，林木繁茂，有华美的宫室组群和丰富的动植物资源。

一抔黄土

释义

一抔（póu）黄土：原指坟墓上的黄土或坟墓，后指不多的土地或渺小、没落的反动势力。

原句

今盗宗庙器而族之，有如万分之一，假令愚民取长陵一抔土，陛下何以加其法乎?

故事

文帝见张释之正直敢言，就任命他为主管司法的最高长官——廷尉。

一次，有人盗窃高祖庙前的玉环，被依法拘捕。文帝知道后非常愤怒，下令交给张释之处理。

张释之根据法律办案，判定这个人死刑，并向文帝做了汇报。文帝大怒，说："这个人无法无天，竟敢盗窃先帝庙里的器物。我把他交给你来处理，就是要你判处他灭族之罪。而你却按照法律条文判案，这让我怎么对得起列祖列宗呢？"

张释之摘掉官帽，磕头谢罪说："根据法律规定，对他的惩处已经足够了。而且，即使罪名一样，也要区别犯罪程度的不同。现在，仅仅因为他盗窃宗庙的器物，就对他处以灭族之刑，假如有不懂事的百姓从长陵（汉高祖刘邦的陵墓）上取了一把黄土，您又打算怎么处理呢？”

文帝辩论不过张释之，只好暂且将这件事搁置不提。过了一段时间，文帝与薄太后专门就这件事进行交流，认为张释之做得对，就同意了他的判决。

周亚夫等名将重臣见张释之为人公道，纷纷和他交朋友。从此，张释之名闻四海，备受赞誉。

知识小贴士

汉景帝当太子时，曾因违法受到张释之弹劾。景帝继位以后，张释之担心自己会受到责难，想辞官而去，又怕因此受到诛杀。后来，他当面向景帝谢罪，获得谅解，但最终侍奉景帝一年多后还是被贬到了外地。

每饭不忘

释义

每饭不忘：时刻无法忘记。

原句

文帝曰："吾居代时，吾尚食监高祛数为我言赵将李齐之贤，战于钜鹿下。今吾每饭，意未尝不在钜鹿也。父知之乎？"

故事

冯唐的祖父是战国时赵国人，冯唐的父亲迁徙到了代国。汉朝时，冯唐一家又搬到了安陵一带居住。

冯唐因孝顺父母而知名，被举荐为中郎署长，主要在宫中负责侍卫工作。

一天，文帝路过冯唐所任职的官署，问他："老人家怎么还在做郎官？你的老家是哪里的？"

冯唐如实作答。

文帝说："我以前在代国的时候，身边人多次和我谈到赵国将领李齐的才能，讲起他在钜鹿城下作战的情形。现在，我每次吃饭时，仍然都会想起钜鹿之战时的李齐。老人家知道他吗？"

冯唐答：“作为将军，他与廉颇、李牧相比还差一些。”

文帝问：“凭什么这样说？”

冯唐答：“我的祖父是赵国的将军，与李牧很熟悉。我的父亲曾经是代国的国相，与李齐很熟悉，因此，对他们很了解。”

文帝听冯唐说完，拍着大腿说：“我要是有廉颇、李牧这样的将军，还用担心匈奴吗？”

冯唐说：“您就是得到他们，也不会予以重用的。”

文帝很生气，起身回宫。过了许久，他把冯唐叫来，说：“你为什么要当着众人的面侮辱我？难道不能私下跟我讲吗？”

冯唐谢罪道：“我是个粗人，不懂得这些忌讳。”

知识小贴士

安陵，汉惠帝刘盈的陵墓，位于今陕西省咸阳市渭城区韩家湾乡白庙村南。安陵的陪葬墓有张皇后墓、鲁元公主与张敖合葬墓、陈平墓、袁盎墓等。

尺籍伍符

释义

尺籍伍符：记载军功、军令的簿籍和军士中互相作保的守则。

原句

夫士卒尽家人子，起田中从军，安知尺籍伍符。

故事

匈奴大举扰境，文帝为此忧心忡忡。这时，他忽然想起了敢于直言的冯唐，于是，就把冯唐叫来问话。

文帝问："老人家怎么知道我不会重用廉颇、李牧呢？"

冯唐答："我听祖父说过，李牧为赵国镇守边境时，军队征收的税赋都用来奖励部下，赏赐都由将军在外决定，朝廷从不干涉。因此，李牧得以充分发挥他的才智和能力，为赵国征战四方，几乎将赵国推上霸主地位。赵王迁继位后，听信郭开的谗言，杀了李牧，导致赵国被秦国所灭。

"如今，我听说云中守将魏尚也像李牧那样厚待军士，因此匈奴不敢犯边。他手下的士兵都是普通人家的子弟，哪里懂得'尺籍''伍符'这样的事情，只知道奋力杀敌而已。他们立了功，就向上报，只因为有一些出入，就受到惩处。魏尚只因错报多杀六人的军功，就被您下令革职处分。因此，我觉得即使您得到廉颇、李牧这样的将领，也不会重用他们。”

文帝听了很高兴，当天就派冯唐前去赦免了魏尚，恢复了他的职位，冯唐也因此得到了提拔。

知识小贴士

景帝继位后，冯唐被贬官免职，赋闲在家。武帝继位后，寻访贤能之人，有人举荐冯唐。这时，冯唐已经九十多岁了，无法再出来做官。唐代诗人王勃在他所写的《滕王阁序》中有“冯唐易老”的句子。后人多以此感慨年寿老迈，生不逢时。

田叔列传

无出其右

木偶衣绣

坐观成败

无出其右

释义

无出其右：古人以右为上。指没有能超过某人或某物的。

原句

上尽召见，与语，汉廷臣毋能出其右者，上说，尽拜为郡守、诸侯相。

故事

赵国人田叔喜欢剑术，精通道家学说，为人廉洁，在赵王张敖手下任职。张敖认为田叔是个贤能的人，有意重用他。

在田叔即将被提拔时，赵国发生了一件大事。张敖的部下贯高和赵午等人计划刺杀汉高祖刘邦，结果事情败露。刘邦震怒，下令把张敖和贯高、赵午等人抓起来，一起押送到都城长安受审。

田叔感念张敖的知遇之恩，想追随他一同去长安。可是，朝廷有令，凡是追随张敖者罪及三族。于是，田叔和其他十来个人都穿上囚衣，剃掉头发，戴上刑具，自称是张敖家的奴仆，跟着他一起去了长安。

由于贯高拼死力证张敖清白，最终为张敖洗脱罪名，他得以释放。张敖出狱后，向刘邦大力举荐田叔等人。刘邦亲自召见他们，通过交流，发现朝廷上的大臣们论才能没有超过他们的。刘邦很高兴，就任命田叔等人为郡守和各诸侯国的国相。

田叔先是担任汉中郡守，后又出任鲁国的国相。田叔竭力辅佐鲁王，治国安民，深受鲁王器重。田叔去世后，鲁王赏赐给他的家人一百斤黄金。田叔的儿子田仁拒绝受赏，说："我不能因为一百斤黄金而有损先父廉洁奉公的名声。"

知识小贴士

田叔曾受命审理梁王刺杀袁盎的案子。他明白，即使查到罪证，景帝也不好依法惩办梁王。毕竟，梁王是景帝的亲弟弟，在七国之乱时立了大功，而且，二人的母亲窦太后又特别宠爱梁王。因此，田叔在回长安汇报之前，将全部罪证烧毁，并如实向景帝做了汇报。景帝认为田叔贤德，就提拔他做了鲁国的国相。

木偶衣绣

释义

木偶衣绣：给木偶穿上锦绣衣服。比喻装模作样。

原句

今徒取富人子上之，又无智略，如木偶人衣之绮绣耳，将奈之何？

故事

田仁和任安同为大将军卫青的门客。二人互相欣赏，关系很好，经常待在一起。由于他俩没钱讨好卫青的管家，得不到推荐，因此一直不受卫青重用。

一次，汉武帝下令从卫青府上选拔有才能的门客作为皇宫的侍从。卫青从门客中挑选了一些富家子弟，让他们准备好鞍马、绛衣和佩剑，打算进宫将他们推荐给武帝。

这时，卫青的朋友赵禹来府上做客。卫青就请他帮忙看看一下这些门客。赵禹一一和他们交流过之后，说："皇帝下诏让您举荐门客，是想看一看您的门下有没有贤能且文武双全的人才。您现在只是选了一些没有谋略的富家子弟，就像穿上锦绣衣服的木偶人一样。这可怎么办呢？”

于是，卫青就把所有的门客都叫来，请赵禹再参谋参谋。赵禹认为只有田仁和任安有才能，其他人都不行。

卫青见他俩衣着寒酸，不是很满意，让他俩各自准备鞍马、绛衣、佩剑。田仁和任安说：“家里贫穷，没有这些东西。”

卫青很恼火，但实在挑不出比他俩更优秀的人才，只好向武帝举荐了二人。武帝很赏识田仁和任安，给他们分别赐了官，二人因此名闻天下。

知识小贴士

田仁向武帝上书，要求惩治河南、河内、河东三郡太守。这三名太守都与朝中权贵有亲属关系。田仁不畏权贵，奉命将三郡太守依法处死，受到武帝嘉奖，晋升他为丞相司直，负责辅佐丞相督察百官。

坐观成败

释义

坐观成败：对别人的成功与失败采取旁观的态度。

原句

是老吏也，见兵事起，欲坐观成败，见胜者欲合从之，有两心。

故事

太子刘据受人诬陷，愤而起兵，诛杀诬陷他的人。武帝以为太子造反，就派丞相刘屈氂（máo）率兵平叛。

太子手下兵力不够，就手持征调兵马的符节到北军调兵。当时，任安掌管北军。太子把符节交给任安，让他发兵相助。任安接受了符节，回到军中却闭门不出。太子调不到兵，只得临时征召百姓以及囚徒，与朝廷的正规军作战。最终，太子兵败，仓皇而逃。

丞相派田仁把守都城的城门，以防太子逃脱。田仁因太子与武帝是骨肉至亲，不想卷入他们父子之间的冲突，就借故躲到其他地方，放走了太子。

武帝派人责问丞相。丞相说是田仁所为。武帝一怒之下，把田仁抓起来处死。

后来，任安手下一名小吏向武帝举报，说任安与太子有勾结。

武帝看了举报信，说："任安是个老于世故的官吏啊！他见太子起兵谋反，想冷眼旁观胜败，看到谁胜利就顺从谁。这说明他有二心。任安之前犯过多次死罪，我都赦免了他。如今，他竟敢欺诈于我，怀有不忠之心。"于是，武帝下令把任安抓起来，也判处了死刑。

知识小贴士

汉武帝晚年多疑，总担心有人谋害自己。他身边的宠臣江充利用他的这一心理，以查处"巫蛊之术"（一种诅咒人的迷信手段）为名，陷害、打击、消灭政敌，最终祸及太子。这一事件称为"巫蛊之祸"。此事件前后牵连数十万人。任安在其中并非主要角色。他之所以在历史上知名是因为一封信，即司马迁写给他的《报任安书》。

扁鹊仓公列传

洞见症结
以管窥天
以郄视文

讳疾忌医

改过自新

洞见症结　以管窥天　以郄视文

释义

①洞见症结：清楚地看到问题的关键所在。

②以管窥天：透过竹管看天。比喻目光狭窄或见识片面。

③以郄（xì）视文：从缝隙里看五彩纹路。形容见识浅陋。

原句

①以此视病，尽见五藏症结，特以诊脉为名耳。

②③夫子之为方也，若以管窥天，以郄视文。

故事

扁鹊是春秋末期的名医。他少年时曾遇到一位名叫长桑君的奇人。长桑君赠送给扁鹊一服药和一些秘方。扁鹊用药三十天之后，就像开了天眼一样，可以看到人的五脏六腑，发现其中的病症所在。于是，他就开始四处行医。

一天，扁鹊到了虢国，见全国上下都在忙着为刚刚死去的太子举行祭祀活动，他就问宫中喜好医术的中庶子：“太子死了多久了？收殓了吗？”

侍从官说：“人死了不到半天，还没有收殓。”

扁鹊说：“你赶紧报告国君，就说我可以让太子死而复生。”

中庶子认为扁鹊在吹牛，就以上古名医俞跗为例，说了一通俞跗治病的方法。最后，他说："你要有俞跗那样的本事，才可以救活太子，否则，就是在骗人。"

扁鹊说："你说的那些治疗方法，就像从竹管中看天，从缝隙里看花纹一样。我诊病的方法有很多，不会只停留在一个角度看问题。"

侍从官觉得扁鹊非同一般，就把他引荐给了国君，让他救治太子。

扁鹊对太子施以针灸。太子奇迹般地苏醒过来，吃了二十天的药，竟然痊愈了。

从此，扁鹊能救活死人的事迹就传遍天下。

知识小贴士

扁鹊本名秦越人，曾经治愈过赵简子多日不醒之病，因此，赵人以上古名医扁鹊相称。赵简子时代，虢国早已灭亡了一百多年。扁鹊不可能既为赵简子治病，又救活虢国太子。因此，后世认为，"扁鹊"是人们对名医的泛称，不一定专指秦越人。

讳疾忌医

释义

讳疾忌医：隐瞒疾病，害怕医治。比喻掩饰自己的缺点和错误，不愿意改正。

原句

入朝见，曰："君有疾在腠理，不治将深。"桓侯曰："寡人无疾。"

故事

扁鹊到齐国行医，受到齐桓侯的招待。扁鹊看出齐桓侯得了病，就对他说："您的皮肤和肌肉之间有点儿小病，如果不治的话，可能病情会加重。"

齐桓侯说："我没有病。"等扁鹊离开后，齐桓侯对身边人说："医生喜欢功利，想为没有生病的人治病，以此作为自己的功劳。"

五天后，扁鹊再次来见齐桓侯，对他说："您的病症已经到了血脉，如果不治恐怕还会加重。"

齐桓侯说："我没病。"扁鹊离开后，齐桓侯很不高兴。

又过了五天，扁鹊来见齐桓侯，对他说："您的病症已经到了肠胃之间，不治恐怕会继续加重。”

齐桓侯没有搭理扁鹊。等扁鹊离开后，齐桓侯更加不高兴。

又是五天过去了，扁鹊又见到了齐桓侯。这次，他看了一眼齐桓侯，赶紧走开了。

齐桓侯让人追上去问他原因。扁鹊说：“病在皮肤和肌肉之间，汤剂、热敷就能治愈；病在血脉之间，针灸、砭石就能治愈；病在肠胃之间，服用药酒就能治愈。如今，病在骨髓之间，已然无药可救了。因此，我也就不再多说什么了。”

五天后，齐桓侯病重，派人去请扁鹊，扁鹊早已逃走了。不久，齐桓侯就病死了。

知识小贴士

扁鹊与齐桓侯的故事最早出自战国末期《韩非子·喻老》。司马迁在《史记》中为扁鹊作传时也记录了这个故事。后人由此提炼出“讳疾忌医”这个成语。

改过自新

释义

改过自新：改正错误，重新做人。

原句

妾切痛死者不可复生而刑者不可复续，虽欲改过自新，其道莫由，终不可得。

故事

汉文帝时，齐国太仓令淳于意犯了罪，即将被押送到长安接受残酷的肉体刑罚。淳于意没有儿子，只有五个女儿。眼见父亲就要遭受刑罚，女儿们跟在他身后哭了起来。

淳于意怒骂道："生孩子不生男孩，到了紧要关头，连个指得上的人都没有！"

淳于意的话深深地刺痛了小女儿缇（tí）萦的心。她下决心一定要把父亲救出来。于是，缇萦跟着押送父亲的囚车一路跋涉，到了长安。

缇萦给文帝写了一封书信。她在信中写道："我的父亲身为官吏，在齐国有着公正廉洁的良好声誉。如今他因为犯法被判受刑。被处死的人无法复生，受刑罚的人不能复原，这使我非常痛心。我的父亲虽然有心改正错误，重新做人，却无路可走，不能如愿。我情愿进入官府作为奴婢，以此来替父赎罪，为他争取一次改正错误、重新做人的机会。”

文帝看了缇萦的书信，感念她的一片孝心，就下令赦免了淳于意，并在当年废除了肉刑。

知识小贴士

淳于意是汉朝名医。他曾拜当时名医阳庆为师，得到黄帝和扁鹊的医书，医术精湛。《史记》里记载了他的二十五例医案，称为“诊籍”。这是中国现存最早的病史记录。

吴王濞列传

计出无聊

舐糠及米

胁肩累足

同恶相助

计出无聊

释义

计出无聊：在无可奈何的情况下出的主意。

原句

今王始诈病，及觉，见责急，愈益闭，恐上诛之，计乃无聊。

故事

汉文帝时，吴王刘濞的儿子刘贤（吴国太子）到长安朝见，得以陪伴皇太子刘启饮酒下棋。刘贤在吴国素来骄横，老师们也没有好好地教育他，因此，他在刘启面前表现得非常无礼。

刘启当然不能容忍刘贤对自己不敬，就拿棋盘把他砸死了。随后，朝廷派人把刘贤的遗体运回吴国安葬。刘濞心疼坏了，愤怒地说："天下都是刘家的，死在长安，就葬在长安，何必再送回来呢？"于是，他又让人把儿子的遗体送回了长安。从此，刘濞就称病不再朝见皇帝。

朝廷里的人都知道刘濞是因为刘贤而不来朝见，就拘捕他派来的使者。刘濞害怕朝廷对他不利，更加积极谋划造反。

后来，刘濞又派使者进京。文帝再次责问。使者说："吴王其实没病。只因朝廷数次拘禁吴国的使者，他才装病。如今，朝廷已经发现他装病的事情，又问责过急，他更加害怕，生怕您杀了他，出于无奈才想这么个主意，继续装病。希望您能给吴王一个重新开始的机会。”

文帝听了使者的辩解，就宽恕了刘濞，且以他年老为由，允许他以后不必再来朝见。

刘濞见朝廷不再问责，也就暂时放弃了造反的计划。

知识小贴士

汉朝效法周朝的礼制，规定诸侯王定期到都城朝见皇帝，汇报各诸侯国的国事。如果诸侯王一次或数次不来朝见，朝廷根据不同情况给予相应处罚，轻者取消爵位，重者取消土地，甚至被征伐。

舐糠及米　胁肩累足　同恶相助

释义

①舐糠及米：先舔舐表层的糠，再舔舐里层的米粒。比喻由表及里，步步紧逼。

②胁肩累足：耸起肩膀，并着双脚。形容非常恐惧的样子。

③同恶相助：互相帮助，以对付共同憎恶的人。

原句

①里语有之“舐糠及米”。

②今胁肩累足，犹惧不见释。

③同恶相助，同好相留，同情相成，同欲相趋，同利相死。

故事

汉景帝继位后，接受晁错的建议，实施削藩计划，罗织诸侯罪名，先后削减楚王、吴王、赵王、胶西王的封地。眼见朝廷步步紧逼，诸侯王慌了，都担心自己的利益会受到进一步损害。

刘濞准备煽动诸侯王联合造反。他先派手下应高去游说胶西王刘印。

应高对刘印说：“当今皇上听信小人谗言，随意更改法令，侵夺诸侯王的土地，而且越来越过分。俗话说，先舔舐表层的糠，再舔舐里层的米。吴王与胶西王是知名的诸侯，一旦被朝廷盯上，恐怕永无宁日。吴王多年来被朝廷猜忌，如今胁肩累足，仍然害怕不被谅解。您也曾因罪受罚，恐怕将来不只削减封地而已。”

刘印说：“情况是这样的。您说怎么办呢？”

应高接着说：“同恶相助，同好相留，同情相成，同欲相趋，同利相死。如今，吴王自以为和您有着一样的忧虑，想顺应时势，不顾个人危险，为天下人除掉祸患，您认为可以吗？”

刘印被应高说服了，决定与吴国联合，起兵造反。

知识小贴士

刘濞于汉景帝三年（公元前154年）起兵造反，历经三个月以失败告终。刘濞逃到东越，被东越王杀死。刘濞死后，吴国废除，由汉景帝的儿子、汝南王刘非接管吴国故地，改封为江都王。

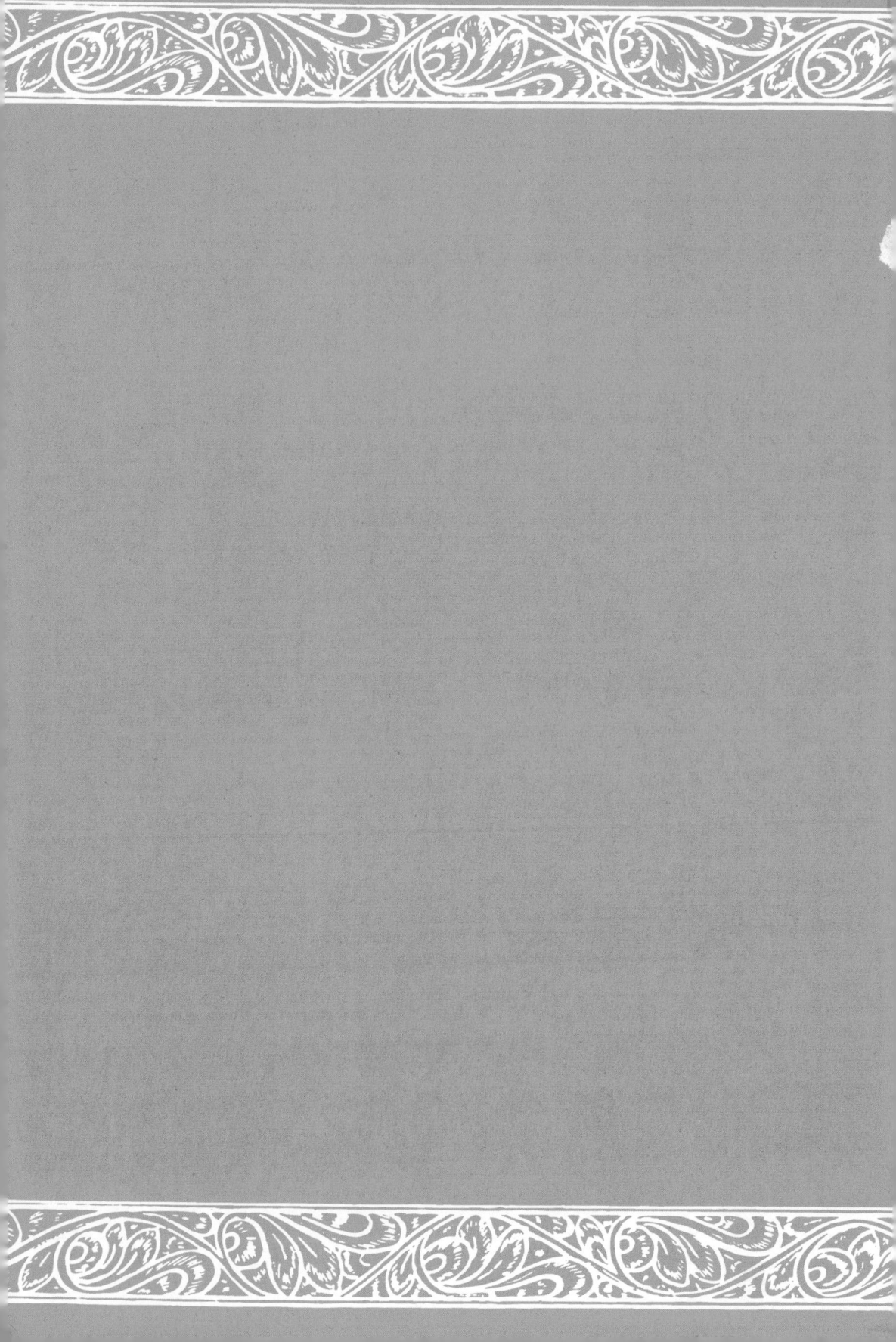

成语串起史记

历史名人与将相的成语故事

潮　白　编著
肖岱钰　绘

四川教育出版社

图书在版编目（C I P）数据

成语串起史记. 历史名人与将相的成语故事 / 潮白编著 ; 肖岱钰绘. -- 成都 : 四川教育出版社, 2023.9
ISBN 978-7-5408-8794-0

Ⅰ. ①成… Ⅱ. ①潮… ②肖… Ⅲ. ①汉语一成语一故事一少儿读物 Ⅳ. ①H136.31-49

中国国家版本馆CIP数据核字(2023)第181875号

成语串起史记 历史名人与将相的成语故事
CHENGYU CHUANQI SHIJI LISHI MINGREN YU JIANGXIANG DE CHENGYU GUSHI
潮白 编著 肖岱钰 绘

出品人 雷 华
策 划 高 飞
责任编辑 王 丹
装帧设计 册府文化
责任校对 汤昔薇
责任印制 高 怡
出版发行 四川教育出版社
地 址 四川省成都市锦江区三色路238号新华之星A座
邮政编码 610023
网 址 www.chuanjiaoshe.com
印 刷 天津禹阳世纪印务有限公司
版 次 2023年9月第1版
印 次 2023年9月第1次印刷
成品规格 170 mm×240 mm
印 张 10.25
字 数 167千字
书 号 ISBN 978-7-5408-8794-0
定 价 158.00元（全5册）

如发现质量问题，请与本社联系。总编室电话：（028）86365120
北京分社营销电话：（010）67692165 北京分社编辑中心电话：（010）67692156

目录

伯夷列传

以暴易暴 >> 2

管晏列传

管鲍之交 >> 6

因祸得福 >> 8

扬扬自得 >> 10

老子韩非列传

指事类情 >> 14

司马穰苴列传

人微权轻 >> 18

孙子吴起列传

三令五申 >> 22

围魏救赵 >> 24

因势利导 >> 26

含血吮疮 / 战不旋踵 …… >> 28

舟中敌国 …… >> 30

伍子胥列传

倒行逆施 / 秦庭之哭 …… >> 34

悬门抉目 …… >> 36

仲尼弟子列传

戴鸡佩豚 …… >> 40

顿首再拜 …… >> 42

行不由径 / 以貌取人 …… >> 44

商君列传

安于故俗，溺于旧闻 …… >> 48

内视反听 / 危如朝露 …… >> 50

苏秦列传

宁为鸡口，无为牛后 …… >> 54

前倨后恭 …… >> 56

张仪列传

高枕无忧 / 瞋目切齿 …… >> 60

樗里子甘茂列传

曾参杀人 …………………………………… >> 64

禽困覆车 …………………………………… >> 66

战胜攻取 …………………………………… >> 68

白起王翦列传

怏怏不服 …………………………………… >> 72

尺有所短，寸有所长 / 偷合取容 ……… >> 74

孟子荀卿列传

废书而叹 …………………………………… >> 78

孟尝君列传

鸡鸣狗盗 …………………………………… >> 82

冯谖弹铗 …………………………………… >> 84

掉臂不顾 …………………………………… >> 86

平原君虞卿列传

毛遂自荐 / 脱颖而出 …………………… >> 90

因人成事 / 一言九鼎 / 三寸不烂之舌 … >> 92

不遗余力 / 弹丸之地 …………………… >> 94

魏公子列传

修身洁行 …………………………… >> 98

急人之困 …………………………… >> 100

一言半辞 / 割肉饲虎 ………………… >> 102

将在外，君命有所不受 ……………… >> 104

引车卖浆 / 天下无双 ………………… >> 106

春申君列传

当断不断，反受其乱 ………………… >> 110

范雎蔡泽列传

吹箫乞食 …………………………… >> 114

睚眦必报 …………………………… >> 116

日中则移，月满则亏 ………………… >> 118

乐毅列传

积怨深怒 / 报怨雪耻 / 不测之罪 ……… >> 122

廉颇蔺相如列传

完璧归赵 / 价值连城 / 怒发冲冠 ……… >> 126

负荆请罪 …………………………… >> 128
奉公守法 …………………………… >> 130
纸上谈兵 …………………………… >> 132

田单列传

出奇制胜 …………………………… >> 136

鲁仲连邹阳列传

辞金蹈海 …………………………… >> 140
白虹贯日 / 白头如新 / 明珠暗投 …… >> 142

屈原贾生列传

博闻强记 / 随波逐流 ………………… >> 146
洛阳才子 …………………………… >> 148

吕不韦列传

奇货可居 …………………………… >> 152
一字千金 …………………………… >> 154

周
周
周

伯夷列传

以暴易暴

以暴易暴

释义

以暴易暴：用残暴势力替代残暴势力。易，替换。

原句

以暴易暴兮，不知其非矣。

故事

商朝末年，有一个诸侯国叫孤竹国。国君认为儿子叔齐贤明，有意让他继位。国君死后，叔齐本应继位为君，他却要把君位让给哥哥伯夷。伯夷拒不接受，说："让你继位是父亲的遗命啊。"

伯夷和叔齐互相谦让，都不愿意继承君位。他们怕因此引起内乱，就放弃国君之位，一起出走了。国人只好让伯夷、叔齐的其他兄弟继位为君。

伯夷和叔齐听说周国的西伯姬昌善待老人，就去投奔他。等他们到了周国，姬昌已经死了。武王正准备讨伐纣王。伯夷和叔齐劝谏道："父亲死了不安葬，却发动战争，这是孝道吗？作为臣子，去杀害君主，这是仁义吗？"

武王的手下要杀了伯夷和叔齐。武王制止了，说："这是两位恪守节义的人啊！”

后来，武王灭了商朝，天下人都归附于周朝。伯夷和叔齐以此为耻，发誓不吃周朝的粮食，在首阳山隐居了起来，只靠吃野菜充饥。快要饿死的时候，他们作了一首歌，唱道：“登上西山啊，采野菜充饥。以暴易暴啊，却不知道是错的。太平盛世转瞬即逝，我们去往哪里？”

最终，伯夷和叔齐饿死在首阳山。

知识小贴士

孤竹国在今河北省秦皇岛市卢龙县境内，在历史上存在近千年，于公元前660年被齐国所灭。甲骨文和金文中有对孤竹国的记载。

管晏列传

管鲍之交

因祸得福

扬扬自得

管鲍之交

释义

管鲍之交：原指管仲和鲍叔牙交情深厚，互为知己。后用来形容深厚的交谊。

原句

生我者父母，知我者鲍子也。

故事

春秋时期的齐国有一位大政治家，名叫管仲。他年轻时常和鲍叔牙交往。鲍叔牙知道他是贤良之人，便与他保持着非常密切的关系。

管仲家里贫困，在与鲍叔牙合伙做生意时，经常多贪多占，以补贴家用。鲍叔牙体谅他的苦衷，从不计较这些，始终对他很好。

后来，鲍叔牙和管仲分别追随公子小白和公子纠做事。管仲为了帮助公子纠夺取王位，差点儿射杀公子小白。

结果，公子小白夺位成功，成为齐桓公。齐桓公把管仲抓了起来，准备处置他。鲍叔牙不但为管仲求情，保住了他的性命，还向齐桓公极力举荐管仲担任相国。

在管仲和鲍叔牙的合力辅佐下，齐桓公成为春秋时期第一位霸主，齐国成为当时的强国。

管仲说：“我曾与鲍叔牙一起做生意。分利时，我给自己多一些。他不认为我贪心，因为他知道我家贫。我曾为鲍叔牙谋划事情，结果适得其反。他不认为我愚笨，他说这是时运的问题。我打仗时曾三次逃跑。他不认为我胆小，因为他知道我是为了活着好奉养老母。这世间，生养我的是父母，而最了解我的，是鲍叔牙啊！”

后来，人们把管仲和鲍叔牙的友谊称为“管鲍之交”。

知识小贴士

鲍叔牙爱吃盾鱼。后人为了纪念他，就把盾鱼称为“鲍鱼”。鲍鱼在古代是咸鱼、臭鱼的泛称。

因祸得福

释义

因祸得福：因遭遇灾祸，反而得到了好处。指坏事变成了好事。

原句

其为政也，善因祸而为福，转败而为功。

故事

管仲担任齐国的相国以后，利用齐国的交通优势，鼓励发展商业，为国家积累下巨大的财富。

管仲认为，只有仓库里的粮食储备丰富了，百姓们才能遵守礼节；只有百姓吃穿不愁了，才有心思分辨荣辱。因此，他遵从民意，制定并实施政令。由于管仲一心为百姓谋福利，为国家谋发展，受到国人的一致赞誉。齐桓公尊称他为“仲父”。

管仲实施政令的时候，善于把灾祸转化为好事，把失败转化为成功。处理政事时，他能够判断轻重缓急，权衡利弊得失，以避免失误。

山戎攻打燕国，燕国向齐国求援。齐桓公出兵相救，击败山戎。管仲趁机劝燕国整顿召公时期的政教，以此彰显齐国的霸主地位。齐桓公想背弃与其他诸侯订立的盟约，管仲就顺应形势劝他信守盟约，诸侯们因此归顺齐国。

齐桓公要做的事情，管仲总是能够予以合理修正，使之既令齐桓公满意，也更符合齐国的利益。

管仲拥有和齐桓公相当的财富，享受着和齐桓公相当的待遇。齐国人却不认为他奢侈或违背礼制。管仲去世后，齐国仍继续执行他制定的政策。因此，齐国在很长时期内处于霸主的地位。

知识小贴士

齐桓公时，国力衰弱，北方戎狄武力强大。在管仲的辅佐下，齐桓公多次击败戎狄部落，齐国国力重新强大起来。管仲也被后世誉为“华夏第一相”“华夏文明的保护者”。

扬扬自得

释义

扬扬自得：十分得意的样子。也作“洋洋自得”。

原句

其夫为相御，拥大盖，策驷马，意气扬扬，甚自得也。

故事

管仲去世一百多年后，齐国又出了一位名相，他就是晏婴。晏婴倡导节俭治国，并且以身作则，要求家人做饭不超过两道肉菜，家里的女人不穿丝绸做的衣服。晏婴辅佐了三代齐国国君，在诸侯间广受赞誉。

一次，晏婴乘车外出。车夫的妻子从门缝里偷看自己的丈夫。只见车夫头顶伞盖，手挥皮鞭，赶着四匹高头大马，得意扬扬，神气十足。

当车夫回到家里时，他的妻子就请求离开他。车夫觉得奇怪，就问妻子为什么要离开自己。

妻子说：“晏子（对晏婴的尊称）身高不过六尺，却做了齐国的相国，名声赫赫。人家出去的时候，低调深沉，表现得很谦卑。而你身高八尺，不过是人家的一名车夫，流露出的神态却得意扬扬，看起来很满足的样子。因此，我才要离你而去。”

车夫听了妻子的话，惭愧不已，从此以后，变得谦虚谨慎。晏婴发现了他的变化，觉得奇怪，就问他发生变化的原因。车夫如实相告。晏婴觉得他知过能改，有上进心，就举荐他做了官。

知识小贴士

晏婴和孔子有过密切的交集。孔子想在齐国实施他的政治理想，晏婴认为他的施政理念不适合齐国，就建议齐景公弃用孔子。

老子韩非列传

指事类情

指事类情

释义

指事类情：阐述事物的道理，描述事物的情状。

原句

然善属书离辞，指事类情，用剽剥儒、墨，虽当世宿学不能自解免也。

故事

庄子，名周，战国时期宋国人，曾经担任过漆园的小吏。他学识渊博，涉猎广泛，曾写下十多万字的著作。

在那个百家争鸣的时代，庄子对包括儒家、墨家在内的各派学说展开深入而广泛的批驳。他擅长阐述事物的道理、描述事物的情状，把诸子百家的学说攻击得无法立足，即便是当时的博学之士，也都会受到他的学术攻击。由于庄子崇尚逍遥自由，纵情任性，不愿为人所利用，就算王公贵族也无法驾驭他。

楚威王听说庄子贤能，就派使者带厚礼去聘请他出任高官。庄子笑着说："您难道没见过祭祀天地用的牛吗？人们喂养它好几年，再给它披上绸缎，然后牵进太庙当祭品。到了这时，它即使只想做一只孤独的小牛，却也做不到了。您赶快离开吧，不要让功利玷污了我。我可不想被国君所束缚。为了身心愉悦，我情愿一辈子不做官。”

果然，庄子除了早期担任过漆园小吏外，再也没有做过官。

知识小贴士

庄子（约公元前369年至公元前286年），战国中期思想家、哲学家、文学家，道家学派的代表人物，与老子合称“老庄”。庄子最先提出“内圣外王”的概念，被认为是古代修身为政的最高理想。

司马穰苴列传

人微权轻

人微权轻

释义

人微权轻：资历浅，威望不足以服众。

原句

臣素卑贱，君擢（zhuó）之闾伍之中，加之大夫之上，士卒未附，百姓不信，人微权轻。

故事

齐景公时，晋国和燕国入侵齐国，齐军大败。齐景公为此忧虑不已。

晏婴向齐景公推荐司马穰苴，说他文能服众，武能制敌，是一个不可多得的人才。

齐景公召见司马穰苴，通过交谈，知道他是一个有真本事的人，就任命他为将军，让他率兵奔赴前线御敌。

司马穰苴说：“我出身低微，怕是威信和权势都难以服众，需要您派一名宠信的大臣，担当监军，才可以。”

于是，齐景公就派宠臣庄贾担任监军。

司马穰苴跟庄贾约定，第二天中午在军营门口准时见面。第二天，司马穰苴先到了约定地点。庄贾光顾着参加人们为他举办的饯行酒会，忘了与司马穰苴的约定。直到傍晚时分，他才醉醺醺地来了。

司马穰苴以庄贾违反军令为由，要将他斩首示众。庄贾害怕了，赶紧让人去向齐景公求救。

还没等齐景公的使者到来，司马穰苴就斩了庄贾。

不一会儿，齐景公派的使者急匆匆地赶来，要赦免庄贾。司马穰苴又以使者违反军令在军营策马奔驰为由，杀掉了他的随从。

这下，将士们都知道司马穰苴军纪严明，一个个谨小慎微，不敢再违背军令。

在司马穰苴的统率下，齐军打败了晋国和燕国，收复了失地。

知识小贴士

司马穰苴是古代杰出的军事家，本姓田，因功被封为大司马，后代就以司马为其姓。唐代时，司马穰苴被尊奉为“武庙十哲”之一；宋代时，他又被列为“武庙七十二将”之一。

孙子吴起列传

三令五申

围魏救赵

因势利导

含血吮疮

战不旋踵

舟中敌国

三令五申

释义

三令五申：多次命令和告诫。

原句

约束既布，乃设铁钺，即三令五申之。

故事

齐国人孙武精通兵法，写下《孙子兵法》一书，献给吴王阖闾。阖闾想试试孙武的本事，就从宫中选出一百八十名女子，让他训练。

孙武将她们分为两队，分别让阖闾最宠爱的两名妃子担任队长。孙武给每个人都发了兵器，然后告诉她们如何执行号令。随后，他又让人把斧钺等摆在大家面前，把之前宣布的号令多次重复交代给大家。

孙武击鼓发令，众女子只是哈哈笑，却不执行。孙武说："纪律不明，号令不熟，这是将领的过错。"于是，他又多次重复交代号令。

孙武再次击鼓发令，众女子依旧哈哈笑，不执行号令。孙武说："我已经跟你们讲明白了，你们却不遵照号令行事，那就是你们的过错了。”于是，他下令杀掉两名队长。

阖闾在台上看见孙武要杀自己的爱妃，赶紧派人下来求情。孙武说：“将军在军中，可以不听从君王的命令。”说完，就杀了二人。

孙武再训练时，众人认真执行号令，再也没人敢出声。阖闾知道孙武果真善于用兵，就任命他为将军。

在孙武的统率下，吴国打了不少胜仗，为日后称霸奠定了坚实的基础。

知识小贴士

孙武，又名孙子，被后世称为“兵圣”“百世兵家之师”“东方兵学鼻祖”。他的著作《孙子兵法》被誉为“兵学圣典”，在国际上备受推崇。

围魏救赵

释义

围魏救赵：原指战国时齐国以围攻魏国的方法，迫使魏军撤回攻打赵国的军队，从而救了赵国。后指袭击敌人的后方以迫使进攻之敌撤回的战术。

原句

君不若引兵疾走大梁，据其街路，冲其方虚，彼必释赵而自救。

故事

孙武去世一百多年后，孙膑出生了。孙膑是孙武的后世子孙。

孙膑曾和庞涓一起学习兵法。庞涓学成后，到魏国当了将军。他知道孙膑比自己厉害，就把孙膑骗到魏国，然后对他施以刑罚，弄断了他的双脚，还在他脸上刺了字，想让他就此埋没世间。

孙膑听说齐国的使者到了魏国，他想借机投奔齐国，就偷偷地会见了使者。孙膑在军事方面的高明见解令使者折服。于是，使者秘密地把孙膑带回了齐国。

孙膑向将军田忌献计，使他赢得了骑射比赛。田忌见孙膑谋略过人，就把他推荐给了齐威王。

不久，魏国派庞涓率兵攻打赵国。赵国向齐国求救。齐威王任命田忌为将军，让孙膑做军师，领兵救援赵国。

田忌想直接率兵到赵国支援。孙膑说："现在魏国攻打赵国，精锐部队一定在前线，而在国内守卫的都是老弱之兵。您不如率兵突袭魏国都城大梁（今河南开封），占据他的交通要道，攻击他的虚弱之处。魏军一定会撤回攻赵的部队以自救。这样，我们就可以解了赵国之围，还可以挫败魏军。"

田忌采纳了孙膑的建议，率兵攻魏。庞涓果然从赵国撤兵，回援大梁。齐军在半道截杀魏军，获得大胜。

知识小贴士

据传，孙膑受刑后，为了保护双腿，用皮革制成了皮靴。后世因此将他奉为皮革制靴业的祖师爷。

因势利导

释义

因势利导：顺着事物发展的趋势，向有利的方向引导。因，顺着。势，趋势。利导，引导。

原句

彼三晋之兵素悍勇而轻齐，齐号为怯，善战者因其势而利导之。

故事

齐魏之战过后十三年，魏国和赵国联合攻打韩国。韩国向齐国求救。齐王派田忌和孙膑率兵救援韩国。

二人再次使用围魏救赵的战术，直奔大梁而去。庞涓得信后，赶紧从韩国撤军，率兵回魏国。这时，齐军早已越过魏国的边界，向纵深挺进。

孙膑对田忌说："魏军是三晋之兵，向来自恃勇武，轻视齐军，认为齐军胆小。善于指挥作战的人，正好利用这一点，对他们进行引导。"于是，田忌就用了孙膑的计策，一边行军，一边减灶，一直从十万灶减至三万灶。

庞涓不知是计，以为齐军是由于伤亡过重才减少锅灶的，大喜，就扔下步兵，带领轻装精锐部队日夜兼程，追赶齐军。

孙膑预计庞涓将在天黑时到达马陵（今山东莘县大张家镇马陵村），就在道旁的险隘之处设下伏兵，并在一棵大树上写下“庞涓死于此树之下”八个大字。

傍晚时，庞涓果然率兵来到树下。还没等他读完树上的字，齐军万箭齐发，魏军顿时乱作一团。

庞涓一看大势已去，就拔剑自杀了。于是，齐军趁势大败魏军。孙膑自此更是名扬天下。

知识小贴士

1972年，在银雀山汉墓（今山东省临沂市兰山区银雀山西南麓）同时出土了失传1700多年的《孙子兵法》和《孙膑兵法》，震惊海内外。

含血吮疮　战不旋踵

释义

①含血吮疮：用嘴吸出病人的疮里的脓血。后用来形容上级关怀下级。

②战不旋踵：打仗的时候脚后跟不向后转。形容作战勇敢。战，作战。踵，脚后跟。

原句

①卒有病疽者，起为吮之。

②母曰："非然也，往年吴公吮其父，其父战不旋踵，遂死于敌。吴公今又吮其子，妾不知其死所矣。是以哭之。"

故事

卫国人吴起，喜好研究兵法，曾拜曾申为师，为鲁国效力。齐国攻打鲁国。鲁君想让吴起为将，抵抗齐国。由于吴起的妻子是齐国人，鲁君怀疑吴起不肯好好出力。为了解除怀疑，立功扬名，吴起杀了妻子，以此证明他和齐国没关系。鲁君就任命他为将军，率兵打败了齐国。

后来，鲁国人认为吴起为了功名杀死妻子，太过绝情，就在鲁君面前说他的坏话。鲁君怀疑吴起，就不再重用他。

吴起听说魏文侯很贤明，就去投奔魏国。魏文侯听说他用兵比司马穰苴还厉害，就任命他为将军，派他率兵攻打秦国。吴起果然不辱使命，连连告捷，一共打下了五座城池。

吴起体恤士兵，和他们同吃同住。有一个士兵起了脓疮，吴起用嘴帮他把脓血吸出来。士兵的母亲听说后哭了。有人觉得奇怪，就问她："你的儿子只是个小卒子，将军却亲自为他吸吮毒疮。你怎么还哭呢？"

母亲回答道："不是这样啊！往年吴将军为我儿子的父亲吸吮毒疮，他父亲打起仗来，勇往直前，从不后退，直到战死。现在，吴将军又为我的儿子吸吮脓疮，我不知道我的儿子什么时候又会死在战场上啊！因此我才哭呢！"

魏文侯见吴起善于用兵，深得人心，就派他驻守黄河要塞，抵御秦国和韩国。

知识小贴士

曾申和祖父曾点、父亲曾参都是孔子的弟子。曾参是儒家学派重要代表人物之一，其地位仅次于颜回，被后世尊奉为"宗圣"。

舟中敌国

释义

舟中敌国：同船的人都可能成为敌人，比喻被自己人孤立。

原句

若君不修德，舟中之人尽为敌国也。

故事

魏文侯死后，他的儿子魏武侯继位。一次，吴起陪同魏武侯乘船沿黄河顺流而下，视察军事防区。船到中流时，魏武侯对吴起说："这么壮美而又稳固的山河，真是我们魏国的至宝啊！"

吴起答道："政权的保障在于施行德政，而不在于险要的地势。从前，三苗之人拥有洞庭湖和彭蠡泽的地理优势，却不修德行、不守信义，夏禹就把他灭了；夏桀的疆域河山险固，却不施行仁政，商汤就把他放逐了。由此看来，保住政权的关键在于修德行，而不在于山河险固。如果您不修德行，这一条船上的人也有可能变成您的敌人啊！"

魏武侯认为吴起说的有道理，就表扬了他，因而对他越发倚重。

魏国的相国公叔嫉妒吴起的才能，就在魏武侯跟前说他的坏话。时间一久，魏武侯对吴起有了疑心。吴起担心招来灾祸，只得离开了魏国。

楚悼王听说吴起有才能，就任用他为楚国相国。在楚悼王的支持下，吴起锐意改革，使楚国变得强大起来。由于他的改革触动了楚国宗室权贵的利益，遭到权贵的忌恨。楚悼王死后，吴起被宗室权贵所害致死。

知识小贴士

吴起通晓兵家、法家和儒家思想，在政治和军事上有极高的成就，与孙武并称“孙吴”。他所著的《吴子兵法》是中国古代重要的军事典籍。

伍子胥列传

倒行逆施

秦庭之哭

悬门抉目

倒行逆施　秦庭之哭

释义

①倒行逆施：原指违反常理做事。现指所作所为违反时代潮流和人民意愿。

②秦庭之哭：原指楚国向秦国求救兵，后指哀求别人救助。

原句

①吾日莫途远，吾故倒行而逆施之。

②包胥立于秦庭，昼夜哭，七日七夜不绝其声。

故事

楚国的太傅伍奢忠于太子建。少傅费无忌曾经得罪太子建，就离间太子建和楚平王的父子关系，并设计陷害伍奢，把他囚禁起来。

费无忌让伍奢把他的两个儿子伍尚、伍子胥召来，想将父子三人一起杀死。长子伍尚不忍心违背父命，应召前往，结果和父亲一起被杀。次子伍子胥逃到了吴国。

伍子胥想借助吴国的军事力量攻打楚国，为父亲和兄长报仇。掌握大权的公子光不同意。伍子胥知道公子光想篡位，就把刺客专诸引荐给他，刺杀了吴王僚，帮助他登上了王位。公子光就是吴王阖闾。

在阖闾的支持下，伍子胥率吴国大军攻破了楚国。这时，楚平王已经死去多年。伍子胥恨楚平王听信费无忌的谗言，杀了父亲和哥哥，就把他的坟墓扒开，把他的尸体弄出来，打了三百鞭。

伍子胥曾经的好友，楚国的大臣申包胥当时逃亡到山里，派人对伍子胥说："你也曾经是楚平王的臣子，这样对待一个过世之人，太违背天道了。"

伍子胥说："现在的我，就像傍晚时的行路人，天快黑了，而路途还远，因此，我才违背常理做事。"

申包胥没办法，只得跑到秦国求救。他在秦国的宫廷上哭了七天七夜，感动了秦哀公，从秦国搬来救兵，打退了伍子胥的军队。

知识小贴士

太傅和少傅都是太子的老师，太傅位列三公，是正一品；少傅是从一品，官阶低于太傅。

悬门抉目

释义

悬门抉（jué）目：把眼睛挖出来，挂在城门上。指忠烈之士死也不忘忧国。抉，挖。

原句

而抉吾眼县吴东门之上，以观越寇之入灭吴也。

故事

吴王阖闾在与越王勾践的战争中受伤而死。阖闾的儿子夫差继位后，为父报仇，打败了勾践。吴国权臣伯嚭（pǐ）受了勾践的贿赂，请求夫差饶了勾践，保存越国。

伍子胥建议夫差趁势灭了越国，以绝后患。夫差认为勾践已经被自己彻底征服，就没有听从伍子胥的建议，放过了勾践。勾践表面上对夫差恭顺，暗地里积蓄力量，准备复仇。

伍子胥看穿了勾践的心思，一再提醒夫差，越国才是吴国的心腹大患，劝他不要被勾践的表象所迷惑，要加强防范。骄傲自大的夫差根本不把伍子胥的建议当回事。

伯嚭与伍子胥不和，时常在夫差面前说他的坏话。夫差听信谗言，以为伍子胥想造反，下令让伍子胥自杀。

临死之前，伍子胥交代手下人说："我死以后，把我的眼睛挖出来，悬挂在吴国都城的东门之上，我要看看越国兵马是怎么攻灭吴国的。"

伍子胥死后不到十年，卧薪尝胆、励精图治的越王勾践打败了吴王夫差，灭掉了吴国。

夫差不愿臣服于勾践，就自杀了。临死前，他蒙上自己的脸，羞愧地说："我死后也没有脸面再见伍子胥啊！"

知识小贴士

伍子胥是"兵圣"孙武的伯乐，他把孙武引荐给吴王阖闾，使孙武的军事才能得以施展。好友伍子胥自杀后，孙武便退隐江湖，不问世事。

仲尼弟子列传

戴鸡佩豚

顿首再拜

行不由径
以貌取人

戴鸡佩豚

释义

戴鸡佩豚：戴着雄鸡冠状的帽子，佩野猪形的饰物。雄鸡和野猪都好斗，引申为勇猛。

原句

子路性鄙，好勇力，志伉直，冠雄鸡，佩豭豚，陵暴孔子。

故事

孔子的弟子子路，性情耿直，崇尚勇力，喜欢戴着雄鸡冠状的帽子，佩着野猪皮装饰的饰物，看上去一副好勇斗狠的样子。

在拜入孔子门下之前，子路曾经倚仗武力欺负过孔子。孔子用礼乐慢慢引导他、感化他。最终，子路认识到孔子的伟大，穿上儒服，诚心诚意地拜他为师。

子路时时处处维护孔子，不允许别人侵犯他。孔子说："自从得子路为徒后，我就再也听不到别人对我恶言恶语了。"

子路在卫国大夫孔悝(kuī)手下做官。卫出公的父亲蒉(kuài)聩（kuì）挟持孔悝作乱，把卫出公赶下台。子路不顾个人安危，前往都城营救孔悝。

子路在城外遇见子羔。子羔对子路说："卫出公逃走了，城门已经关闭，您可以回去了，不要为他遭受祸殃。"

子路说："吃着人家的粮食就不能回避人家的灾难。"

子路到了城门口，正好有使者进城，城门打开，他跟着混了进去。

为了救孔悝，子路与蒯聩发生争执。蒯聩命手下击杀子路。

混乱中，子路帽子上的丝带被斩断。子路说："君子就算死，帽子也不能掉下来。"于是，他把丝带接起来，端端正正地戴好帽子，从容受死。

孔子听说卫国发生叛乱，流泪叹息道："哎呀，子路死了。"不久，果然传来了子路被杀的消息。

知识小贴士

仲由，字子路，"孔门十哲"之一。二十四孝"百里负米"讲的就是子路从百里之外背米回家孝敬父母的故事。

子羔，孔子弟子，"孔门七十二贤"之一。

顿首再拜

释义

顿首再拜：再次以头叩地而拜。古代的一种礼节，在古代书信里也用作敬语。

原句

勾践顿首再拜曰：“孤尝不料力，乃与吴战……孤之愿也。”

故事

齐国的权臣田常派兵攻打鲁国。孔子想帮助自己的国家脱险，就派子贡到齐国说服田常中止对鲁国的战争。

子贡一番说辞，让田常取消了继续对鲁作战的计划，转而准备对付吴国。子贡又去吴国，说服吴王夫差，让他出兵救援鲁国，攻打齐国。夫差担心越王勾践乘机出兵攻打吴国。子贡说他可以说服勾践派兵和夫差一同攻打齐国。

子贡见到勾践，转达了夫差对他的顾虑，说：“您准备向夫差复仇，还没等行动就被人家察觉到了，这很危险。”

勾践一听，吓得一再跪拜在地，向子贡求教如何应对。子贡让他派使者向吴王示弱，并且主动提出派军队追随夫差一同攻打齐国，以消除他的疑虑。勾践照做了。夫差于是放心地率兵攻打齐国去了。

子贡随后又去了晋国，告诉晋君，说吴国一旦打败齐国，就会攻打晋国，让他做好迎敌的准备。

果然，夫差打败齐国后，转而进攻晋国。早有准备的晋军大败吴军。勾践乘机出兵攻打吴国都城，并打败了回援的夫差，灭掉了吴国。

知识小贴士

端木赐，字子贡，“孔门十哲”之一。他因具备非凡的政治才能，曾任鲁国和卫国的丞相。而且，子贡善于经商，被后世奉为儒商鼻祖，

行不由径　以貌取人

释义

①行不由径：走路不走小路、邪路，指行为光明正大。

②以貌取人：根据外貌判断一个人的能力和品质。

原句

①既已受业，退而修行，行不由径，非公事不见卿大夫。

②吾以言取人，失之宰予；以貌取人，失之子羽。

故事

孔子的弟子子我相貌英俊，口齿伶俐，擅长辩论。起初，孔子很喜欢他，认为他是可造之才。

经过一段时间的观察，孔子发现，子我不爱学习，大白天在屋里睡觉。而且，他的德行也有问题。孔子因此改变了对他的看法，说他就像腐朽的木头一样，无法雕刻成器物。

后来，子我到齐国做官，和田常一起谋反作乱，被灭了族。孔子引以为耻。

孔子的另一个弟子子羽长相丑陋，想要侍奉孔子。孔子不看好他，认为他不是可造之才。子羽学成回去后，一心修治德行，为人正直，行事光明磊落，从来不会为了谋一己私利巴结公侯高官。

为了传道布学，子羽游历天下，追随他的学生多达三百人。四方诸侯都称道他的贤良。

孔子听闻子羽成绩斐然，既为他感到骄傲，又为自己当初识人不明而自责，感慨地说道："我只凭言辞识别人，以致看错了子我；只根据相貌评判人，以致看错了子羽。"

知识小贴士

澹（tán）台灭明，字子羽，"孔门七十二贤人"之一，被后世奉为重义轻财的典范。

商君列传

安于故俗，溺于旧闻

内视反听

危如朝露

安于故俗，溺于旧闻

释义

安于故俗，溺于旧闻：拘泥于老习惯，局限于旧见闻，指因循守旧，安于现状。

原句

常人安于故俗，学者溺于所闻。

故事

卫国人公孙鞅听说秦孝公重视人才，就前往投奔。经过交流，秦孝公认为公孙鞅很有才能，就对他委以重任。

公孙鞅劝秦孝公实施变法，以实现富国强兵、争霸天下的愿望。秦孝公担心变法会引起非议。

公孙鞅说："只要有利于国家和百姓，不必拘泥于旧的法度和礼制。"

大臣甘龙说："圣人不改变民俗，才能达到教化民众的目的；智者不改变法度，才能达到治理国家的目的。"

公孙鞅反驳道："您所说的，只不过是世俗的看法罢了。普通人拘泥于老习惯，有学识的人局限于旧见闻。这两类人，只能做个守法的官而已，不能跟他们探讨法度之外的事情。聪明的人制定法度，只有愚蠢的人才被法度制约。”

另一位大臣杜挚说：“只有遵循现有的礼制法度，才不会出错。”

公孙鞅反驳道：“商汤和周武王不遵循旧法度，才称王于天下；夏朝和商朝不变更旧礼制，才丢掉了天下。”

秦孝公很赞同公孙鞅的观点，于是不再瞻前顾后，放手支持他实施变法。

知识小贴士

公孙鞅通过实施变法，使秦国变得强大起来。秦孝公将商地赏赐给他，封他为商君，因此，后世都称他为商鞅。

内视反听　危如朝露

释义

①内视反听：既能反思自己的过失，又能听取别人的意见。

②危如朝露：像早晨的露水一样，随时会被太阳晒干。比喻处境急迫，非常危险。

原句

①赵良曰："反听之谓聪，内视之谓明，自胜之谓强。"

②君之危若朝露，尚将欲延年益寿乎?

故事

商鞅在秦国实施变法，得罪了包括太子在内的大批皇亲国戚。有人向商鞅举荐一位名叫赵良的智者。商鞅想和他交朋友。赵良拒绝了。

商鞅问赵良是不是对自己治理秦国的方法有意见。赵良说："能够听取他人意见的，叫作聪；能够自我反省的，叫作明。能够自我克制的，叫作强。您应该向舜帝学习。"

赵良是在劝商鞅自我反省，改变自己以往强势的行事方式，多修德行。商鞅没有领会他的意思，反而夸耀起自己的政绩，拿自己与秦国历史上的贤相百里奚相提并论。

赵良说："百里奚以仁德治国，而您推行的是严酷的法制。您不但不体恤百姓，还对太子的老师公子虔施以刑罚。您不得人心，现在的处境就像早晨的露水一样。如果退还封地，归隐乡间，您或许可能保命；否则，很快就没命了。"

商鞅没有听从赵良的劝告，为人处事一如从前。

秦孝公死后，太子继位，以谋反的罪名杀了商鞅。一贯主张严刑酷法的商鞅，最终死于自己制定的刑法之下。

知识小贴士

商鞅死后，秦国仍沿用他制定的法度。在当时各国的变法实践中，只有商鞅变法被证明是成功的。

苏秦列传

宁为鸡口，无为牛后

前倨后恭

宁为鸡口，无为牛后

释义

宁为鸡口，无为牛后：原指宁做鸡的嘴，不做牛的肛门。比喻宁做小团队的首领，不做大团队的跟班。

原句

臣闻鄙谚曰："宁为鸡口，无为牛后。"

故事

苏秦是东周洛阳人，他跟随鬼谷子学习纵横之术，后又精研《阴符经》。他认为可以辅佐君王成就霸业了，就四处游说，希望得到重用。

苏秦先去了秦国，想辅佐秦惠王统一天下。当时秦惠王刚处死商鞅，讨厌这类能言善辩的人，就没用他。

苏秦转了一圈，到了赵国。赵王很欣赏苏秦的才华，也支持他联合六国对抗秦国的策略，就派他去游说韩、魏、齐、楚等国。

苏秦到了韩国，了解到韩王有向秦国臣服的打算，就对韩王说："您要是臣服于秦国，秦王肯定会一而再，再而三地要求您割让土地。俗话说，'宁为鸡口，无为牛后'，您臣服于秦国，就相当于把韩国置于牛后啊。”

韩王听了苏秦的话，手按宝剑，叹息道：“我一定不会向秦国臣服的。我愿意与赵王合作。”

随后，苏秦又说服了六国的其他国君，约定联合起来，对抗强大的秦国。六国一致推荐苏秦担任“纵约长”，佩六国相印。苏秦因此而扬名天下。

知识小贴士

古人以南北为纵，秦国在西，六国疆域南北分列。因此，苏秦从南到北联合六国抗秦的策略，又称为“合纵”。

前倨后恭

释义

前倨（jù）后恭：原来傲慢，后又恭顺。形容人势利。倨，傲慢。恭，恭敬。

原句

苏秦笑谓其嫂曰：“何前倨而后恭也？”

故事

苏秦最初游历各国，不受重用，穷困而归。兄弟、嫂子、妹妹以及妻妾都偷偷笑话他，说他不务正业，光耍嘴皮子，活该穷困潦倒。

苏秦的自尊心受到了伤害，从此闭门不出，把所有的藏书拿出来，通读了一遍，说：“读书再多，也不能求取荣华富贵，又有什么用呢？”于是，他找到一本《阴符经》认真研读了整整一年。

苏秦经过刻苦学习，认为自己已经掌握了说服当今天下各国君王的本领，就周游列国，宣扬自己的政治理念。后来，苏秦获得成功，佩六国相印，荣归故里。家里人对他都很恭敬。嫂子也服侍他吃饭。

苏秦笑着对嫂子说："你原来瞧不起我，现在为什么对我这么恭敬呢？"

嫂子对苏秦说："这不是因为你现在既有权势，又有钱吗？"

苏秦感叹道："同样是我这个人，富贵了，亲人们就敬畏我；贫贱了，就轻视我。假如我在家乡有二顷田地，又怎么能佩上这六国相印呢？"于是，他散尽千金，赏赐给宗亲朋友。

知识小贴士

《阴符经》，全称《轩辕黄帝阴符经》，也称《黄帝天机经》，相传是黄帝所著，共三百多字。此书在中国古代的哲学和兵学中都占有重要地位。

张仪列传

高枕无忧

瞋目切齿

高枕无忧　瞋目切齿

释义

①高枕无忧：垫高枕头，安心睡觉。原形容平安无事，无所顾虑。后也指思想麻痹，放松警惕。

②瞋目切齿：瞪大眼睛，咬紧牙齿。原形容游说之士激动的样子，后形容极度愤怒。

原句

①无楚、韩之患，则大王高枕而卧，国必无忧矣。

②是故天下之游谈士莫不日夜搤腕瞋目切齿以言从之便，以说人主。

故事

张仪和苏秦一同在鬼谷子门下学习纵横之术。后来，苏秦当了赵国的相国，并资助张仪当上了秦国的相国。

张仪在秦国很受重用，立下不少功劳。后来，为了破坏六国合纵，张仪去魏国出任相国，想说服魏王与秦国结盟。

起初，魏王不肯听从张仪的建议。于是，张仪就暗地里让秦国攻打魏国。魏国打不过秦国。这时，齐国也来侵犯魏国。魏王慌了神儿，不知如何是好。

张仪趁机向魏王提建议，说：“我为您着想，不如与秦国结盟，这样，其他国家就不敢侵犯魏国了。您也就高枕无忧了。”

魏王担心背弃合纵盟约，会对魏国不利。张仪看出了他的心思，接着说：“那些主张合纵的人，只会说些大话空话。他们为了封侯，日思夜想，瞪大眼睛，咬紧牙齿，信誓旦旦地游说君主。那些被他们说服的君主，得有多糊涂啊！”

魏王被张仪说服了，背叛了合纵盟约，与秦国结盟。没过多久，完成使命的张仪就又回到秦国担任相国了。

知识小贴士

张仪离间六国的关系，破坏合纵盟约，诱导或迫使它们与秦国联合。因为六国在东，秦国在西，古人以东西为横，所以，张仪的策略被称为“连横”。

樗里子甘茂列传

曾参杀人

禽困覆车

战胜攻取

曾参杀人

释义

曾参杀人：有人对曾参的母亲说，曾参杀人了，曾母不信。后来又有两个人对她说，曾参杀人了，曾母就信了。比喻流言可畏。

原句

鲁人有与曾参同姓名者杀人，人告其母曰“曾参杀人”，其母织自若也……三人疑之，其母惧焉。

故事

甘茂，楚国下蔡人，精通诸子百家的学说。他受张仪和樗（chū）里子引荐，到秦国做官，在秦武王时受到重用，担任左丞相。

秦武王想挥师东进，问鼎中原，灭掉周王室。韩国的军事重镇宜阳是秦军东进必经之地。秦武王打算先攻打韩国，就此征求甘茂的意见。

甘茂说：“请允许我到魏国，与魏国相约一起攻打韩国，并请派向寿与我一同前往。”秦武王同意了。

甘茂到了魏国后，对向寿说：“您回去告诉武王，就说‘魏国同意我的主张了，但我希望大王先不要攻打韩国’。”

向寿回去向秦武王汇报了。秦武王到息壤迎接甘茂，问他为什么不先打韩国。

甘茂说：“从前，鲁国有个与曾参同姓同名的人杀了人，有人告诉曾参的母亲说‘曾参杀人了’，曾母不信。过了一会儿，又有人来说‘曾参杀人了’，曾母依然不信。不一会儿，又有人来说‘曾参杀人了’。曾母信了，赶紧翻墙逃跑了。

“曾参那么贤德，他的母亲尚且不敢完全信任他。我的贤能不如曾参，大王也不像曾母信任曾参那样信任我。我唯恐大王也会怀疑我啊！

“我们远行千里攻打宜阳，要想取胜，有很大困难。万一您中途让我退兵，岂不是前功尽弃了吗？”

秦武王明白了甘茂的顾虑，承诺一定全力支持他用兵。

于是，甘茂领兵出战，用了半年左右的时间，终于攻下了宜阳。

知识小贴士

秦武王(公元前329年至公元前307年)，姓嬴，名荡，他喜好角力，与大力士比赛举鼎，结果被鼎砸断胫骨，不治身亡。

禽困覆车

释义

禽困覆车：禽兽困于槛中也能触翻车辆。比喻不可逼人太甚。

原句

韩公仲使苏代谓向寿曰：“禽困覆车。公破韩，辱公仲，公仲收国复事秦，自以为必可以封。今公与楚解口地，封小令尹以杜阳。秦楚合，复攻韩，韩必亡。韩亡，公仲且躬率其私徒以阏于秦。愿公孰虑之也。”

故事

秦昭王派向寿镇守宜阳。向寿准备以宜阳为据点，联合楚国，再次向韩国发起进攻。

以韩国的国力，抵抗一个秦国就已经吃不消了，再加上一个楚国，更是毫无胜算。韩国相国公仲侈为此忧心不已。公仲侈找到纵横家苏代，请他代韩国出使宜阳，劝说向寿取消攻韩计划。

苏代见到向寿，对他说：“野兽被围困急了，也会撞翻猎人的车子。如果您攻破韩国，虽然会使公仲侈受辱，但他可以收拾韩国的残局再去侍奉秦国。相信秦王一定会封赏于他。现在您把解口这个地方送给楚国，又把杜阳封给小令尹，使秦、楚交好。秦、楚联合，无非是再次攻打韩国，韩国肯定要灭亡。韩国一旦灭亡，公仲侈必将亲自率领他的私家徒隶去顽强抵抗秦国。希望您深思熟虑。”

按照苏代的说法，向寿攻灭韩国对秦国固然有利，对他自己却并无好处。因此，向寿有些动摇了。

苏代趁热打铁，又为向寿分析了当前的形势，建议他与韩国和好，共同防范强大的楚国。毕竟，与弱小的韩国相比，楚国对秦国的威胁更大。

向寿被苏代说动了，接受了他的建议，取消了联楚攻韩计划。

知识小贴士

向寿为了与甘茂争功，时常在秦昭王面前说甘茂的坏话。甘茂担心被害，就逃离了秦国，去往齐国。途中，甘茂遇到苏代。在苏代的帮助下，甘茂留在齐国出任高官。向寿则取代甘茂成了秦国丞相。

战胜攻取

释义

战胜攻取：战就能胜，攻就能克，形容所向无敌。

原句

卿曰："武安君南挫强楚，北威燕、赵，战胜攻取，破城堕邑，不知其数，臣之功不如也。"

故事

甘茂有个孙子，名叫甘罗，在秦国文信侯吕不韦手下做事。

吕不韦想派张唐去燕国任国相。去燕国必须经过赵国，张唐曾经带兵攻打过赵国，怕赵国为难自己，不愿去。吕不韦不高兴，可又没办法。

甘罗自告奋勇，说他可以说服张唐去燕国。吕不韦说："走开！我亲自去请他，他都不肯，你能行吗？"

甘罗说："项橐（tuó）七岁就可以做孔子的老师，我都已经十二岁了。您可以让我试试，何必着急斥责我？"

吕不韦见他信心十足，就派他去了。

甘罗见到张唐，说："您的功劳与武安君白起相比，谁的更大？"

张唐说："武安君在南面打败强大的楚国，在北面威震燕、赵两国，战而能胜，攻而能克，夺取城池，不计其数，我的功劳不如他。"

甘罗又说："应侯范雎在秦国任丞相时，与现在的文信侯相比，谁的权力大？"

张唐说："应侯不如文信侯的权力大。"

甘罗接着说："应侯打算攻打赵国。武安君故意让他为难，结果武安君刚离开咸阳七里地，就被赐死了。如今，文信侯亲自请您去燕国任国相，而您执意不去。我不知您要死在什么地方了。"

张唐吓坏了，说："我就听你这个小孩子的话，去燕国吧。"

知识小贴士

甘罗出使赵国，对赵王说，秦国派张唐去燕国任国相，是打算和燕国联合起来攻打赵国。如果赵王同意给秦国五座城，秦国就会帮助赵国攻打燕国。赵王同意了。于是，赵国打下燕国三十座城，让秦国占了十一座。秦王封赏甘罗，让他做了上卿。

白起王翦列传

怏怏不服

尺有所短，寸有所长

偷合取容

怏怏不服

释义

怏怏不服：指因不满意而不服气。怏怏，不满意的神情。

原句

秦昭王与应侯群臣议曰："白起之迁，其意尚怏怏不服，有余言。"

故事

武安君白起率兵在长平之战中大败赵军，坑杀四十万降卒，他准备乘势攻取赵国都城邯郸。应侯范雎怕白起功劳太大，盖过自己，就劝秦昭王下令收兵。

不久，秦昭王又想攻打邯郸。白起生病不能为将，秦昭王另派他人领兵前往。后来由于秦军出师不利，秦昭王准备派已经病愈的白起重新为将。白起认为秦军损失惨重，不宜继续用兵，拒绝出战。

随着战争的持续进行，秦军损失越来越大。白起私下说："秦王不听我的，现在成什么样了！"

秦昭王听说后，非常生气，强行命令他出战。白起说他病得厉害，不能出战。范雎又去请白起，他还是拒绝出战。于是，秦昭王就将白起贬为普通士兵，让他离开咸阳迁往外地。

白起拖了几个月，没有出发。秦昭王派人前来驱赶，白起只得动身。

秦昭王与范雎以及群臣议论说：“我让白起迁出咸阳，看他一副不满意、不服气的样子，还口出怨言。”于是，秦昭王派使者赐给白起一把剑，让他自杀。

这时，白起刚走到咸阳城外十里的杜邮。他从使者手中接过剑，仰天长叹，说：“我本就该死。长平之战，赵国士兵投降的有几十万人，我把他们全部活埋了。这足够死罪了。”说完，他就自杀了。

知识小贴士

白起与廉颇、李牧、王翦（jiǎn）并称“战国四大名将”。他担任秦国主将三十多年，曾率兵攻破楚国都城，在长平之战中重创赵国主力，被后世称为“战神”。

尺有所短，寸有所长　偷合取容

释义

①尺有所短，寸有所长：本指尺比寸长，但与更长的东西相比，就显得短了；寸比尺短，但和更短的东西相比，就显得长了。比喻各有长处，也各有短处。

②偷合取容：奉承、迎合别人以求容身。

原句

①②太史公曰：鄙语云“尺有所短，寸有所长”。……翦为宿将，始皇师之，然不能辅秦建德，固其根本，偷合取容，以至圽身。及孙王离为项羽所虏，不亦宜乎！彼各有所短也。

故事

秦王嬴政准备攻打楚国，问将军李信与王翦需要多少人。李信说：“给我二十万人就足够了。”王翦说：“至少也得六十万人。”

秦王认为王翦怯懦，就派李信率兵攻打楚国。结果，李信大败。秦王只得再次来请王翦出征。

王翦向秦王要了六十万人，还为自己要了许多封赏。人们问他为什么要这么多封赏，王翦说：“秦王多疑。如今把全国的军队都交给我，我只能为自己和子孙求取封赏，表明我一心出征，只为富贵，不为权力，以免他怀疑我拥兵自重。”

在王翦的指挥下，秦军攻灭了楚国。

秦二世时，朝廷派王翦的孙子王离配合章邯围攻巨鹿。项羽率兵救赵，击败章邯，俘虏了王离。

司马迁评论道：“俗话说‘尺有短的时候，寸有长的时候。’王翦作为秦国将领，平定六国，功绩卓著，在当时不愧是老将，秦始皇尊他为师。可是他不辅佐秦始皇建立德政，以巩固国家根基，却奉承、迎合，苟且保全自己，直至死去。他的孙子王离被项羽俘虏，不也是理所当然的吗！他们各有自己的短处啊。”

知识小贴士

王翦和其子王贲是秦始皇统一全国、开疆拓土的大功臣，曾率军攻破赵国都城邯郸，扫平三晋地区。王翦灭楚后，王贲和李信攻灭燕国和齐国。秦始皇统一全国后，王翦功成身退。

孟子荀卿列传

废书而叹

废书而叹

释义

废书而叹：因有所感而放下书本叹息。

原句

余读《孟子书》，至梁惠王问“何以利吾国”，未尝不废书而叹也。

故事

孟子是战国时期邹（zōu）国（今山东邹城东南）人，跟随子思（孔子的儿子）的弟子学习儒家思想。学成以后，孟子先去了齐国，不为齐王所用。于是，孟子又去魏国，游说梁惠王（魏王）。

梁惠王看重实际利益，而孟子主张君主注重德行，以仁义治国，二人的理念不一致。因此，梁惠王不采用孟子的主张，认为他的学说不切实际，解决不了什么问题。

当时，各国君主都采用法家、兵家、纵横家的学说，以求富国强兵，称霸天下。孟子的儒家学说没有用武之地，只好退而著书，为后世留下《孟子》七篇。其中，第一篇就是《梁惠王》，文中记录了他和梁惠王关于利与义的精彩辩论。

司马迁读孟子的著作，每当读到梁惠王问孟子“怎样做才对我的国家有利”时，总忍不住放下书，叹息道：“唉，利益真是一切祸乱的开始啊！”由此，司马迁认为，无论是天子还是百姓，都有好利的毛病，没有什么区别。

知识小贴士

孟子，名轲，字子舆，是儒家学派的代表人物，孟子继承了孔子“仁”的思想，并发扬光大，被称为“亚圣”，后世将他与孔子合称“孔孟”。

孟尝君列传

鸡鸣狗盗

冯谖弹铗

掉臂不顾

鸡鸣狗盗

释义

鸡鸣狗盗：原指学鸡鸣骗人，扮作狗偷盗。后指低贱卑下的技能或偷偷摸摸等不正当的行为。

原句

最下坐有能为狗盗者……客之居下坐者有能为鸡鸣……

故事

齐国的孟尝君门下有数千门客。这些人无论本事大小、品行高低，孟尝君对他们都一视同仁。因此，这些人都愿意为他效力。

孟尝君出使秦国时，被秦昭王关押起来，准备处死。孟尝君托人去找秦昭王的宠妃，请她帮忙解救。宠妃想让孟尝君用他的白狐皮裘衣作为报酬。可是，孟尝君之前已经把这件大衣献给了秦昭王，而且，天底下再也找不出另外一件这样的大衣了。

就在孟尝君发愁的时候，一名门客披着狗皮，扮作狗，夜里潜入秦宫，把大衣偷了出来，献给了宠妃。

在宠妃的帮助下，秦昭王放了孟尝君。孟尝君赶紧逃走，到函谷关时已是半夜。根据规定，鸡鸣之后才开关放行。

秦昭王后悔放了孟尝君，下令把他追回来。眼看追兵在后，却出不了关，孟尝君急坏了。

这时，一名门客学鸡打鸣，引得周边的鸡也跟着打鸣。于是，关隘开放，孟尝君逃了出去。

当初，孟尝君收留这两名门客时，其他门客都为他俩感到羞耻。但经过这件事，大家对孟尝君的用人方式更加佩服了。

知识小贴士

孟尝君，妫姓，田氏，名文，又称“文子”“薛文”“薛公”，战国时期齐国临淄人，齐威王之孙，靖郭君田婴之子。孟尝君与赵国的平原君赵胜、魏国的信陵君魏无忌和楚国的春申君黄歇，并称“战国四公子”。

冯谖弹铗

释义

冯谖（xuān）弹铗（jiá）：原指战国时冯谖以手弹击长剑而歌，后指渴望得到任用。

原句

弹其剑而歌曰“长铗归来乎，食无鱼”。

故事

冯谖听说孟尝君好客，就穿着草鞋前来投奔他。孟尝君说：“您远道而来，有何指教？”冯谖说：“我只是因为家穷，想来您这儿混口饭吃。”孟尝君不再多问，便安排他在传舍住了下来。

过了十来天，孟尝君向客舍长了解冯谖的近况。客舍长说：“冯先生太穷了，只有一把草绳缠着剑柄的剑。他时常弹着长剑唱歌‘长剑啊，咱们回家吧。这里吃饭没有鱼’。”于是，孟尝君安排他住进了条件较好的幸舍，吃上了鱼。

过了五天，孟尝君又向客舍长了解冯谖的情况。客舍长说：“他弹着长剑唱‘长剑啊，咱们回家吧。这里出入没有车’。”孟尝君又安排他住进了最好的代舍，出入都能有车。

又过了五天，孟尝君再次向客舍长了解冯谖的情况。客舍长说："他弹着长剑唱歌'长剑啊，咱们回家吧。没有办法养家'。"孟尝君听后很不高兴。

过了一年，孟尝君派冯谖去薛地（孟尝君的封地）收租要债。结果，冯谖把欠款者召集起来，大吃大喝一顿，随后烧了账本契约，免了他们的债务。

孟尝君责问冯谖。冯谖说："那些穷人的债反正也要不回来，不如烧了账本契约，使您得个好名声。"孟尝君觉得他说的有道理，便拱手道谢。

知识小贴士

门客，指古时候栖身寄食于权贵豪门之家，帮主人出谋划策，供主人驱使奔走的人。孟尝君将门客分为三等，一等住代舍，每餐有肉，出入有车；二等住幸舍，可以吃鱼；三等住传舍，多吃素菜。

掉臂不顾

释义

掉臂不顾：摆动手臂，头也不回。形容毫不眷顾。

原句

日暮之后，过市朝者掉臂而不顾。

故事

齐王担心孟尝君专权，就罢了他的相国之职。孟尝君门下的门客见他没了权力，便纷纷离去。

这时，冯谖没有弃孟尝君而去，反而向孟尝君要了一辆车，装满财物，去秦国游说秦王，让他以重金邀请孟尝君到秦国担任相国。

当秦王派人去接孟尝君时，冯谖提前回到齐国，对齐王说："听说秦王已经派人来接孟尝君了，如果孟尝君到秦国担任相国，那么齐国就危险了。您应该恢复孟尝君的相国之位，断了秦王的念头。"

齐王认为冯谖说的有道理，就下令让孟尝君官复原职。

原来离开的那些门客见孟尝君又掌了权，便打算再回来。孟尝君表示，等见到他们一定要羞辱他们。

冯谖以赶集为例，劝谏道：“天刚亮，人们争着往集市里挤；日落之后，经过集市的人摆动手臂，连头也不回。这不是因为人们喜欢早晨而厌恶晚上，而是因为晚上的集市里没有人们需要的东西了。这就像您失去官位后，门客离开，道理是一样的。希望您还像从前那样对待他们。”

孟尝君听从冯谖的劝谏，重新接纳了那些曾经弃他而去的门客。

知识小贴士

司马迁曾经到过薛地，见当地民风刁蛮，便询问缘由，经了解后得知，由于孟尝君不加区别地招揽门客，大量违法犯禁者进入薛地，对当地的民风造成了不良的影响。

平原君虞卿列传

毛遂自荐

脱颖而出

因人成事

一言九鼎

三寸不烂之舌

不遗余力

弹丸之地

毛遂自荐　脱颖而出

释义

①毛遂自荐：原指毛遂跟随平原君去楚国做说客。后指自告奋勇或自己推荐自己担当重任。

②脱颖而出：原指锥子透过口袋显露出来。后指有才能的人得到机会展现本领。

原句

①门下有毛遂者，前，自赞于平原君曰……

②使遂早得处囊中，乃颖脱而出，非特其末见而已。

故事

战国时期，秦军围攻赵国都城邯郸。赵王派平原君到楚国求救，希望可以与楚王订立合纵盟约，共同抵抗秦国。

平原君担心无法通过正常途径促使楚王签订盟约，就准备从门客中挑选出二十人一同前往，打算到时在朝堂之上胁迫楚王订约。平原君挑来挑去，只挑出十九名文武兼备、有勇有谋的门客，剩下的那一人，无论如何也挑不出来。

这时，一位名叫毛遂的门客站出来，向平原君自荐，表示愿意一同前往楚国。

平原君问："您在我这儿几年了？"

毛遂答："三年了。"

平原君说："贤能的人在世间，就像锥子放在口袋里，锥子尖立即就显现出来。您在我这儿三年，我都没听说过您，说明您没有什么能力呀。"

毛遂说："我现在就请求进入您的口袋里。如果您早点儿让我进入口袋，整把锥子早就显露出来了，岂止露个锥尖啊。"

其他十九人相视而笑，都认为毛遂在吹牛。平原君觉得毛遂谈吐不凡，就把他列入二十人队伍之中，带着他去了楚国。

知识小贴士

平原君赵胜，赵国邯郸人，赵武灵王的儿子，赵惠文王的弟弟，赵孝成王的叔叔，曾三次担任赵国相国。

因人成事　一言九鼎　三寸不烂之舌

释义

①因人成事：本身没有能力，依靠他人的力量而办成事。

②一言九鼎：一句话重于九鼎，形容一句话能起到重大的作用。

③三寸不烂之舌：形容能言善辩，口才很好。

原句

①公等录录，所谓因人成事者也。

②毛先生一至楚，而使赵重于九鼎大吕。

③毛先生以三寸之舌，强于百万之师。胜不敢复相士。

故事

平原君带领毛遂等人到了楚国，见到了楚王。二人从早上一直商谈到中午也没谈出个结果。毛遂见状，手按宝剑，走到二人面前，说："说清楚利害关系，两句话就解决了，为什么一直谈到现在？"

楚王得知毛遂只是平原君的门客，就训斥他，让他下去。

毛遂手按宝剑，直视着楚王，大声说道："您之所以敢于训斥我，无非倚仗楚国人多。现在，你我相距不到十步，楚国有多少人您也指望不上。再说，联合抗秦，不只为赵国，也为楚国，您当着平原君，训斥我做什么？”

楚王被毛遂的气势震住了，怕他伤害自己，只得答应和平原君签订盟约。

毛遂命令楚王的近臣说：“把鸡、狗、马的血取来。”随后，毛遂捧着盛血的铜盘对楚王说：“大王就该先吮血以表示确定盟约的诚意。下一个是我的主人，再下一个是我。”

三人吮过血后，毛遂招呼立在堂下的其他十九人，说：“各位也一起吮盘中的血。你们虽然平庸，跟着我一起，也算完成了任务。这就是所谓的因人成事吧。”

平原君一行回到赵国后，说：“毛先生一到楚国，就使赵国的地位比九鼎、大吕还尊贵。毛先生的雄辩之才，真是胜过百万雄师啊！”

自此以后，平原君把毛遂奉为上宾。

知识小贴士

九鼎，为夏禹所铸，是夏、商、周三代的传国之宝；大吕，指周王室宗庙里的大钟。

不遗余力　弹丸之地

释义

①不遗余力：指毫无保留地把全部力量都使出来。

②弹丸之地：像弹丸那么大的地方，形容地方非常狭小。

原句

①秦之攻我也，不遗余力矣，必以倦而归也。

②诚知秦力之所不能进，此弹丸之地弗予。

故事

赵国与秦国交战失败，导致都城邯郸被围。后来，秦国退兵。赵王准备派赵郝出使秦国，准备割让六座城求和。

赵国的上卿虞卿听说后，对赵王说：“您以为秦国是因为打不动才撤兵呢，还是可怜您才停止进攻呢？”

赵王说：“秦国攻打我们，使出了全部力量，肯定是打不动了才撤兵的。”

虞卿说：“秦国凭武力拿不到的土地，您却白白送给他们。您这是帮助秦国进攻自己啊！他们明年再来攻打，您就无法自救了。”

赵王把虞卿的话告诉了赵郝。赵郝说："虞卿果真知道秦国的底细吗？我们舍不得这六块弹丸之地，万一明年秦国再来攻打，我们能不割让腹地给他们吗？"

眼见大臣们各执一词，赵王一时没了主意。这时，大臣楼缓从秦国回来。赵王征求他的意见。

楼缓认为应该割地给秦国，以使其他诸侯国认为秦、赵两国已经和好，从而使他们不敢趁机对赵国用兵。

虞卿认为，楼缓是在为秦国着想。他建议，把六城之地让给齐国，使齐国与秦国产生矛盾，再联合齐国对抗秦国，同时争取韩、魏两国的支持，从而达到孤立秦国的目的。

赵王听从了虞卿的建议，先后与齐国和魏国立下合纵盟约，共同抗秦。虞卿也因此受到赵王的封赏。

知识小贴士

虞卿，名信，舜帝的后代，卿是他的官职。后来，他弃官离开赵国，定居魏国，著书立说，著有《虞氏征传》《虞氏春秋》十五篇。

魏公子列传

修身洁行

急人之困

一言半辞

割肉饲虎

将在外，君命有所不受

引车卖浆

天下无双

修身洁行

释义

修身洁行：修养自身的品德，保持纯洁的品行。

原句

臣修身洁行数十年，终不以监门困故而受公子财。

故事

魏国的信陵君既贤能，又谦逊，乐于结交能人异士。他听说都城大梁东门守门人侯嬴很有智慧，就派人前去拜见，想送他一份厚礼。

侯嬴不肯接受礼物，说：“我几十年来修养身心，保持纯洁的品行，不能因为困于守门之职而接受公子的财物。”

信陵君听说后，就大摆酒席，宴请宾客。等客人坐定以后，他带着车马及随从，空出车子左边的位置，亲自到东门去迎接侯嬴。

侯嬴毫不客气地上了车，借机观察信陵君的态度。信陵君手握马缰绳，更加恭敬。

侯嬴说：“我有个朋友，在街市上做屠宰生意，希望您屈驾跟我去拜访他。”

到了街市，侯嬴下车会见朋友朱亥。他一边聊天，一边偷偷观察信陵君。信陵君面色和悦，一点儿也没有不高兴的意思。

侯嬴聊了很久，才与朱亥告别，回到车上。

在宴席上，信陵君向全体宾客郑重地介绍了侯嬴。大家见他如此尊重侯嬴，都很惊讶。

信陵君举杯向侯嬴敬酒。侯嬴对他说："我只不过是个守门人，您屈驾亲自来接我。我故意让您在街市等了很久，您却更加谦恭。街市上的人都以为我是小人，而认为您是高尚的人，能够礼贤下士啊。"

从此，侯嬴便成为信陵君的贵客。

知识小贴士

信陵君魏无忌，"战国四公子"之一，魏国大梁人，魏安厘王的弟弟，引门客三千，称誉当时，曾联合五国击退秦国。

急人之困

释义

急人之困：迫不及待地去解决别人的困难。

原句

胜所以自附为婚姻者，以公子之高义，为能急人之困。

故事

秦昭王在长平大败赵国军队，接着进兵围攻邯郸。信陵君的姐姐是平原君的夫人，多次给魏安厘王和平原君送信，向魏国请求援救。

魏王派将军晋鄙率领部队去救赵国。秦昭王得知这个消息后就派使臣告诫魏王说："我就要攻下赵国了，这只是早晚的事。诸侯中有谁敢救赵国的，等我拿下赵国后，一定调兵先去攻打他。"

魏王很害怕，就派人阻止晋鄙不要再进军了，把军队留在邺城扎营驻守，名义上是救赵国，实际上是采取两面倒的策略来观望形势。

平原君派人送信，责备信陵君说："我赵胜跟魏国联姻结亲，就是因为您崇尚道义，能热心帮助别人摆脱危难。如今邯郸危在旦夕，早晚要投降秦国，可是魏国救兵至今不来，从哪里能看出您能帮人摆脱危难呢？再说，您即使不把我赵胜看在眼里，抛弃我，让我投降秦国，难道就不可怜您的姐姐吗？”

信陵君感到非常为难，屡次请求魏王赶快出兵。魏王由于害怕秦国，始终不肯听从信陵君的意见。

信陵君估计无法说服魏王出兵，就凑集了一百多辆战车，打算亲自带着门客上战场，与赵国一起并肩作战。

知识小贴士

魏安厘王，名魏圉，魏国大梁人，魏国第六任君主，魏昭王的儿子，魏景湣王的父亲。

一言半辞　割肉饲虎

释义

①一言半辞：很少的一两句话。

②割肉饲虎：割下身上的肉喂老虎。比喻舍弃生命也无法满足对方的贪欲。

原句

①公子行数里，心不快，曰："吾所以待侯生者备矣，天下莫不闻，今吾且死而侯生曾无一言半辞送我，我岂有所失哉？"

②今有难，无他端而欲赴秦军，譬若以肉投馁虎，何功之有哉?

故事

信陵君带着车队路过东门时，去见侯嬴，把自己的计划告诉了他。侯嬴说："您努力去做吧，我老了，不能随行。"

信陵君告别侯嬴，心里不痛快，自语道："我对待侯先生算是够好的了，天下无人不晓，如今我将死，可侯先生竟没有一言半语送我，难道我有哪里对不起他吗？"于是，他又赶着车子返回来，想问问侯嬴。

侯嬴一见信陵君，笑着说：“我知道您就会回来的。”又接着说，“您好客爱士，天下闻名。如今有了危难，想不出别的办法，只有赶到战场上与秦军决战，这就如同把肉扔给饥饿的老虎，有什么用呢？如果这样的话，还用我们这些宾客干什么呢？您待我情深意厚，您出发我却不送行，因为知道您恼恨我，会返回来的。”

信陵君连忙向侯嬴讨教。侯嬴说：“我听说晋鄙的虎符经常放在魏王的卧室内。如姬深受魏王宠爱，可以随意出入魏王的卧室，她能偷出虎符。我还听说您对如姬有恩，如果您请求如姬帮忙，她必定答应。您得到虎符，就可以夺了晋鄙的军权，率兵救赵国了。”

信陵君听从了侯嬴的计策，请求如姬帮忙。如姬果然盗出晋鄙的虎符交给了他。

知识小贴士

虎符，是古代君王调兵遣将所用的兵符，用青铜或黄金制成。其形似伏虎，一分为二。一半由将帅保管，一半由君王保管。只有两块虎符合二为一，持符者才能调兵遣将。

将在外，君命有所不受

释义

将在外，君命有所不受：将领在外作战，可以不受君王约束，见机行事。

原句

将在外，主令有所不受，以便国家。

故事

信陵君拿到虎符准备上路，侯嬴说：“将帅在外作战时，有相机行事的权力，国君的命令有的可以不接受，这有利于国家。如果晋鄙不交给您兵权，反而再请示魏王，那么事情就危险了。朱亥可以跟您一起前往。如果晋鄙听从，那再好不过了；如果他不听从，可以让朱亥击杀他。”

信陵君曾经多次拜访朱亥，然而朱亥从不回拜答谢。当他去请朱亥时，朱亥笑着说：“我只是个屠夫，可是您竟多次登门问候我，我之所以不回拜答谢您，是因为我认为小礼小节没什么用处。如今您有了急难，这就是我为您舍身效命的时候了。”说完，他就与信陵君一起上路了。

到了邺城，信陵君拿出虎符，假传魏王命令，欲代替晋鄙担任将领。晋鄙合了虎符，验证无误，但还是有所怀疑，不肯接受命令。

这时，朱亥取出藏在衣袖里的大铁锤，打死了晋鄙。于是，信陵君统率了晋鄙的军队。

经过整顿选拔，信陵君率领精兵八万人，开赴前线攻击秦军。秦军开始撤军，于是邯郸得救，保住了赵国。

赵王和平原君到边界来迎接信陵君。平原君替信陵君背着盛满箭支的囊袋走在前面引路。赵王连着两次拜谢说：“自古以来的贤人没有一个赶上公子。”

知识小贴士

赵王打算以五座城作为信陵君的封地。信陵君为此颇感骄傲。有人劝他说，窃符救赵，虽然对赵国有功，但对于魏国来说却是不忠。信陵君因此而自责，拒绝了赵王的土地，只保留了一座城供自己和门客生活。后来，魏王也恢复了信陵君在魏国的封邑。

引车卖浆　天下无双

释义

①引车卖浆：拉大车的，卖酒水的，代指平民百姓。

②天下无双：天底下再也找不出第二人。形容出类拔萃、独一无二。

原句

①公子闻赵有处士毛公藏于博徒，薛公藏于卖浆家。

②平原君闻之，谓其夫人曰："始吾闻夫人弟公子天下无双……"

故事

信陵君解了邯郸之围后，怕魏王怪罪自己盗兵符杀晋鄙的行为，就让其他将军领兵回了魏国，自己留下来，住在了赵国。

信陵君听说赵国有两个有才有德而没有从政的人，一个是毛公，混进赌徒中；一个是薛公，栖身在卖酒水的小贩家里。信陵君很想见见这两个人，可是这两人都躲起来不肯见他。

信陵君打听到他们的栖身之处，就悄悄地步行去见二人。毛公和薛公见信陵君为人谦和，很乐意同他交往。

平原君听说后，对夫人说："当初我听说夫人的弟弟是个天下无双的大贤人，如今我听说他竟然胡来，跟那伙赌徒、酒店伙计交往，看来，他不过是个无知妄为的人罢了。”

平原君的夫人把这些话告诉了信陵君。信陵君听后，立即向夫人告辞，准备离开这里，他说：“我从前在大梁时，就常常听说这两个人贤能有才，到了赵国，我唯恐不能见到他们。现在，平原君竟然把跟他们交往看作羞辱，平原君这个人不值得结交。”

夫人把信陵君的话告诉了平原君。平原君自感惭愧，便去向信陵君谢罪，把他留了下来。

知识小贴士

“引车”的原义是信陵君乘坐自己的座驾到市场上，陪侯嬴会见朱亥。后人引申为“拉大车的”，这样，在意思上与“卖浆”就相接近了。

春申君列传

当断不断，反受其乱

当断不断，反受其乱

释义

当断不断，反受其乱：本该做出决断时而不做出决断。形容遇事犹豫不决，不能当机立断，反而会引发祸乱。

原句

语曰：“当断不断，反受其乱。”春申君失朱英之谓邪?

故事

楚考烈王一直没有生下儿子，王位继承成了大问题。楚国相国春申君黄歇为了解决这个问题，向宫中献了不少女子，想让她们为楚王生个儿子。

赵国人李园把妹妹献给春申君，想让他引荐给楚王。春申君使李园的妹妹怀孕后，才把她献给楚王。楚王不知情，对李园的妹妹很是宠幸，并让李园做了高官。

不久，李园的妹妹生下儿子，被立为太子。李园担心春申君泄密，就豢养了很多刺客，准备杀掉他。

后来，楚王病重，快死了。春申君的门客朱英对春申君说：“楚王一死，李园一定抢先入宫，夺取权力，杀了您灭口。您不如先让我入宫当差，等李园入宫时，我为您杀掉他。”

春申君认为李园为人软弱，自己对他又好，不会害自己，就拒绝了朱英的提议。

过了十来天，楚王病死。李园果然先进入宫中，埋伏下刺客，等春申君入宫时，杀掉了他。

司马迁说："当断不断，反受其乱，说的就是春申君错失朱英击杀李园的机会吧。"

知识小贴士

春申君，名黄歇，其封地广阔，包括今天的上海市。上海的简称"申"，就是因他而来。黄浦江，也叫春申江，也是因他而得名。

范雎蔡泽列传

吹箫乞食

睚眦必报

日中则移，月满则亏

吹箫乞食

释义

吹箫乞食：原指伍子胥吹箫向人乞讨饭食，后指沿街乞讨。

原句

伍子胥橐（tuó）载而出昭关，夜行昼伏，至于陵水，无以糊其口，膝行蒲伏，稽首肉袒，鼓腹吹篪（chí），乞食于吴市。

故事

魏国人范雎极富谋略且口才很好，起初在魏国中大夫须贾门下做事。在陪同须贾出使齐国时，范雎被须贾误会泄露了魏国的机密，回国后遭到相国魏齐的酷刑和污辱，差点儿死掉。范雎装死才侥幸逃生。

一个名叫郑安平的人把范雎藏了起来，让他改名张禄，并把他引荐给出使魏国的秦国使臣王稽。王稽带着范雎到了秦国，把他推荐给了秦昭王。秦昭王一开始没拿范雎当回事，拒绝接见他。

范雎等了一年，上书打动了秦昭王，才获得了见面的机会。秦昭王见了范雎，看出他是个人才，就诚心诚意地向他求教。

范雎说："伍子胥逃出昭关，到了陵水后，没有饭吃，只好光着上身，叩着响头，鼓起肚皮吹笛子，在吴国的街市上讨饭。后来，他振兴吴国，使阖闾成为霸主。假如我能像伍子胥一样，用我的智谋报效秦国，就算把我囚禁起来，终生见不到大王，只要我的主张得以实行，我也满足了。"

秦昭王通过与范雎一席长谈，接受了他的主张，对他委以重任。

知识小贴士

范雎为秦国制定了"远交近攻"的策略，首先对付邻近的赵国和韩国，对较远的齐国和燕国暂且不理，以连吓带哄的方式稳住楚国和魏国。这一策略，对于破坏六国联盟，加快统一进程起到了重要作用。

睚眦必报

释义

睚（yá）眦（zì）必报：比喻极小的怨恨也不能容忍。睚眦，瞪眼怒目而视人。

原句

一饭之德必偿，睚眦之怨必报。

故事

范雎被秦昭王任命为相国，册封为应侯，位高权重。然而，在秦国无人知道他的真名，都以为他叫张禄。

一次，须贾出使秦国。范雎知道后，扮作普通人去见他。须贾本来以为他已经死了，因此感到很惊讶。范雎假称自己很落魄。须贾可怜他，就留他吃饭，还给了他一件袍子。

范雎说自己可以带须贾见到秦国的相国张禄。须贾就跟着他一同前往。到了之后，范雎让须贾在大门外等着，自己假装进去通报。

须贾等了半天不见范雎出来，一问看门人，才知道范雎就是张禄。须贾心里很害怕，一路跪行，向范雎谢罪。

范雎念在须贾请自己吃饭又送袍子的情分上，没有杀他，只是在宴席上让人喂他吃马料，以此报复他当初对自己的所作所为。

范雎让须贾传话回去，要求魏王必须杀了魏齐，否则，他就会率兵攻打魏国。魏齐听说后，吓得逃到了赵国。

为了报答郑安平的救命之恩和王稽的引荐之恩，范雎向秦昭王举荐他俩，分别赐以高官。范雎就是这样，对那些帮助过自己的人，即使只是请自己吃了一顿饭，他也一定要报答；对那些有仇的人，即使只瞪过自己一眼，他也一定要报复。

知识小贴士

范雎的名字在史学界存在争议。《史记》中用的是“雎”字，读作“suī”；《韩非子·外储说》中用的是“雎”，读作“jū”。为了尊重原著，此处沿用《史记》的说法。

日中则移，月满则亏

释义

日中则移，月满则亏：太阳到了当空就会西沉，月亮满圆就会渐渐亏缺。比喻事物发展到极点转而开始衰退。

原句

语曰："日中则移，月满则亏。"

故事

范雎与武安君白起有矛盾，就在秦昭王面前诋毁白起，最终使秦昭王赐死了白起。

范雎向秦昭王推荐郑安平，让他取代白起为将，率兵攻打赵国。结果郑安平打了败仗，投降了赵国。过了两年，王稽由于里通外国，被依法处死。按照秦法，作为他俩的推荐人，范雎也要被治罪。秦昭王不忍心处置他，反而处处加以维护。尽管如此，范雎仍然感到不安。

燕国人蔡泽是一个很有谋略和才能的人，却一直没有机会施展。他了解到秦国发生的事情后，觉得自己的机会来了，于是，就去了秦国。

蔡泽在见秦昭王之前，让人四处散布言论，说自己一见秦昭王，就会取代范雎的位置。范雎听说后，就让人叫蔡泽来见自己。

蔡泽以商鞅、吴起和文种等人为例，分析当下范雎所面临的形势，以及将来可能遭遇的不测。并以太阳到了正午就会偏西，月亮圆到极致就会亏缺的古语来劝诫他，让他功成身退，以免招来杀身之祸。

范雎也明白自己当下的处境非常微妙，就接受了蔡泽的劝诫，并把蔡泽举荐给秦昭王。不久，范雎辞去相位，回到封地养老去了。蔡泽接替他当上了相国。

知识小贴士

蔡泽在秦国做了几个月的相国，受到他人恶语中伤。他害怕被杀，推托有病，交回相印，受赐封号纲成君。蔡泽在秦国居住了十多年，他曾侍奉秦昭王、秦孝文王、秦庄襄王和秦始皇。

乐毅列传

积怨深怒
报怨雪耻
不测之罪

积怨深怒　报怨雪耻　不测之罪

释义

①积怨深怒：积累日久的怨恨，深重的怒气。

②报怨雪耻：报复怨恨，洗刷耻辱。

③不测之罪：无法预测的罪名，指大罪或死罪。

原句

①我有积怨深怒于齐，不量轻弱，而欲以齐为事。

②若先王之报怨雪耻，……皆可以教后世。

③临不测之罪，以幸为利，义之所不敢出也。

故事

乐毅是魏国名将乐羊子的后人，原先在赵国为官，赵武灵王死后，他又去了魏国。魏国派他出使燕国。燕昭王见乐毅才干出众，就把他留了下来，加以重用。

在燕昭王的支持下，乐毅联合赵、楚、韩、魏四国，攻打齐国，一连打下七十多座城池。

其间，燕昭王去世，燕惠王继位。燕惠王当太子时与乐毅有过节。齐国将领田单用反间计，挑拨二人的关系。乐毅怕燕惠王杀了自己，就投奔了赵国。

燕惠王担心乐毅为赵国攻打燕国，派人前去责备他，说他辜负了燕昭王对他的信任。

乐毅写了一封信，为自己辩解。他在信中写道："先王指示我说：'我跟齐国有积蓄很久、很深的仇恨，估量燕国的弱小，只想要向齐国复仇。'随即派我率兵攻打齐国。我大败齐国。先王报仇雪耻，平定了具有万辆兵车的强国，缴获了齐国八百多年所积存的珍贵宝物。先王辞世后，执政掌权的臣属还能修整法令，把恩泽推及百姓身上。我不回去只是担心自己受到侮辱或者诽谤，以至于毁坏先王的名声。面临不可估量的罪过，还用侥幸心理谋求利益，这是恪守道义的人所不敢做的事情。因此，献上这封信把我的心意告诉您。希望君王好好考虑一下吧。"

燕惠王知道乐毅不会与燕国为敌，就把他的儿子封为昌国君。乐毅往来于赵国、燕国之间，与燕国重新交好。

知识小贴士

燕昭王的父亲燕王哙禅位于相国子之，引发燕国内乱。齐国乘机攻破燕国，杀死燕王哙和相国子之。燕昭王继位后，筑黄金台，礼贤下士，重用郭隗、苏秦、乐毅等名士，励精图治，使燕国强大起来。

廉颇蔺相如列传

完璧归赵

价值连城

怒发冲冠

负荆请罪

奉公守法

纸上谈兵

完璧归赵　价值连城　怒发冲冠

释义

①完璧归赵：原指蔺相如带和氏璧出使秦国，又将它完好无损地带回赵国，后来形容把原物完好地归还给原主。

②价值连城：原指和氏璧价值十五座城池。后指物品十分贵重。

③怒发冲冠：由于极度愤怒，头发直立，把帽子都顶了起来。形容人愤怒到了极点。

原句

①城入赵而璧留秦；城不入，臣请完璧归赵。

②秦昭王闻之，使人遗赵王书，愿以十五城请易璧。

③相如因持璧却立，倚柱，怒发上冲冠。

故事

赵惠文王得到一块稀世的和氏璧。秦昭王听说后，派人送信给赵王，表示愿以十五座城换取和氏璧。

赵王纠结了，给吧，怕秦国不给城；不给吧，又怕秦国发兵攻赵。这时，有人向赵王推荐蔺相如，说可以派他出使秦国，一定不辱使命。

蔺相如见到赵王，说："我拿着和氏璧去秦国，如果他们把城划给赵国，我就把和氏璧留下；如果他们不给，我会把和氏璧完好无损地带回来。"

于是，赵王派蔺相如出使秦国。蔺相如到了秦国，献上和氏璧。秦王拿在手里，看了又看，绝口不提十五座城的事。蔺相如看他要耍赖，就假意称和氏璧有瑕疵，要指给他看。蔺相如把和氏璧拿到自己手中，然后靠着柱子，怒发冲冠，直接点破秦王的用心，并表明自己与和氏璧共存亡的决心。

秦王怕他损坏和氏璧，不敢逼迫他。蔺相如借口让秦王斋戒五天，然后再正式举行交接仪式。蔺相如估计秦王不会遵守约定，便私下派人将和氏璧送回了赵国。

五天后，秦王举行交接仪式，才知道上当了。可是事已至此，就算杀了蔺相如也追不回和氏璧了，只好放他回国。

知识小贴士

和氏璧是中国历史上有名的美玉，相传为楚国人卞和发现的，后献给了楚文王，从此天下闻名。秦始皇统一六国后用和氏璧制成了传国玉玺。几次辗转，后唐时期，玉玺失踪。后人再无从见识和氏璧的模样。

负荆请罪

释义

负荆请罪：背负荆条向对方请罪。形容以诚恳的态度主动道歉，以求原谅。

原句

廉颇闻之，肉袒负荆，因宾客至蔺相如门谢罪。

故事

蔺相如出使秦国，完璧归赵，不辱使命，立下大功，被赵王封为上大夫。

第二年，蔺相如陪同赵王到渑池与秦王会盟。秦王让赵王鼓瑟，想以此羞辱他。蔺相如以死相逼，让秦王击缶，为赵王挽回了面子。回国后，赵王封蔺相如为上卿，职位高于将军廉颇。

廉颇认为，蔺相如的功劳不如自己的大，却居于上位，心里不服，扬言有机会要当面羞辱他。

蔺相如知道后，故意躲着廉颇，不和他碰面。蔺相如的门客见主人这么害怕廉颇，就瞧不起他，准备离他而去。蔺相如对门客说："秦王那么厉害，我都不怕他，难道会怕廉将军吗？我之所以不与他争，是因为我们二人联手，秦国就不敢侵犯赵国。我们内斗，就会让秦国有机可乘。我这样做，是为了国家利益而抛弃个人恩怨啊。”

廉颇听说后，袒露上身，背负荆条，到蔺相如府上请罪，说：“我是一个粗陋的人，不知道您如此宽宏大量啊！”

蔺相如接受了廉颇的道歉。二人从此成为好友，齐心协力，为赵国的发展壮大贡献力量。

知识小贴士

荆，原种名为黄荆，是生长于江汉流域的一种灌木，种类很多，有牡荆和荆条等。荆条柔软不易折断，而且获取容易，因此在古代既可用来编筐，也可用作惩戒工具。

奉公守法

释义

奉公守法：奉行公事，遵守法令。指遵守法令制度，不违法徇私。

原句

以君之贵，奉公如法则上下平，上下平则国强，国强则赵固，而君为贵戚，岂轻于天下邪?

故事

赵国名将赵奢年轻时曾担任收取租税的小吏。在收取平原君家的租税时，遇到阻挠。赵奢秉公执法，杀了平原君府上九个管事的人。

平原君大为震怒，扬言要杀了赵奢。有人劝赵奢赶紧逃走，以免招致杀身之祸。赵奢认为自己一心为公，没有做错，不但不肯逃走，反而亲自到平原君府上拜访，与他当面沟通。

赵奢对平原君说：“您是赵国的贵公子，如今，您放纵下人不守法令，那么法令就会失效；法令失效，国家就会变弱；国家弱了，诸侯就会来犯；诸侯来犯，那就没有赵国了；没有了赵国，哪还有您的富贵呢？

“以您的尊贵身份，奉行公事，遵守法令，那么，上上下下的事情就会得到合理解决。如此一来，国家也就强大了，赵国的江山也就保住了。您是国家的贵戚，怎么能够因为这件事而被天下人轻视呢？”

平原君听了赵奢的话，认为他是个品行高尚的人，不但没杀他，反而向赵王举荐他。于是，赵王任用赵奢管理国家的税赋。在赵奢的管理下，全国税赋公平合理，百姓富足，国库充实。

知识小贴士

赵奢不仅善于管理税赋，还是领兵打仗的高手。秦国攻打韩国时，赵王打算出兵相救。廉颇和乐乘都认为没法救。只有赵奢认为可以。于是，赵王派他率兵攻秦救韩。结果，赵奢大败秦军，因军功而与廉颇、蔺相如同列高位。

纸上谈兵

释义

纸上谈兵：原指赵括熟读兵书，却不能活学活用。后形容只会空谈理论，无法解决实际问题。

原句

蔺相如曰："王以名使括，若胶柱而鼓瑟耳。括徒能读其父书传，不知合变也。"

故事

赵奢的儿子赵括自幼熟读兵书，谈论起兵法来，就连赵奢都难不倒他。然而，赵奢却并不因此表扬他。赵括的母亲问及原因，赵奢说："用兵打仗是关乎生死的大事。赵括说得却很容易。如果让他为将，一定会使赵军失败。"

赵奢死后，秦国和赵国在长平发生战争。廉颇为将，采取坚守不出的策略。秦军没办法，就用离间计，说他们不怕廉颇，就怕赵括。于是，赵王就让赵括代替廉颇，去长平指挥作战。

蔺相如认为赵括只会纸上谈兵，不能领兵作战，劝赵王不要用他。赵王不听。

赵括的母亲上书赵王，说赵奢为将时，得了赏赐都与将士们分享，一旦受命，就不再过问家事；而赵括为将，得了赏赐都拿回家，琢磨着购置田产。而且，赵括自命清高，将士们见了他都不敢仰视。因此，赵母认为赵括不是当将军的材料，希望赵王不要用他。

赵王依旧不听，坚持派赵括指挥作战。结果，赵军大败，赵括被杀，数十万降卒被秦军活埋。

由于赵母事先提醒过赵王，因此，赵家没有因此而受到株连。然而，赵国在长平之战后，国力衰弱，一蹶不振。不久，秦国再度发兵围攻邯郸，差点儿灭了赵国。

知识小贴士

长平之战是中国古代军事史上规模最大、最彻底的大型歼灭战，是决定秦、赵两国命运的战略决战。在赵国弃廉颇而用赵括的同时，秦国却暗中任用名将白起为统帅，采取诱敌深入的策略，一举击溃赵军。

齐
齐

田单列传

出奇制胜

出奇制胜

释义

出奇制胜：出奇兵或奇计战胜敌人。比喻以对方想象不到的方法获得胜利。

原句

兵以正合，以奇胜。善之者，出奇无穷。

故事

田单是齐国王室的远房亲属，在齐湣（mǐn）王时担任一个小官。燕国派乐毅率兵攻打齐国时，田单所在的安平（今属山东省淄博市临淄区）失守，他带着族人逃到了即墨（今属山东省青岛市）。

当时，燕军攻下了齐国七十余座城池，只剩下即墨和莒（jǔ）城（今属山东日照）还在坚守。燕军攻不下莒城，转而猛攻即墨。即墨守将阵亡，智谋过人的田单被推选为将军，率众守城。

田单派人到燕国，散布不利于乐毅的谣言，使得新继位的燕王派军事能力较差的骑劫替换乐毅为主将。随后，田单使用反间计，诱使燕军虐待齐军战俘，挖掘齐人在城外的祖坟。这样燕军就激怒了齐人，唤起齐人的斗志。

田单一边派人诈降，使得燕军放松警惕，一边布下火牛阵——把尖刀绑在牛角上，把浸油苇秆绑在牛尾上点燃。他们乘夜向燕军发动进攻。群牛受热负痛冲向敌军，五千齐兵随后掩杀。燕军猝不及防，四散溃逃。田单乘胜追击，收复了被燕军占领的城池，重建齐国。

司马迁评论道：“打仗就是要一边正面作战，一边使用奇兵取胜。善用奇兵的人，变化无穷。”

知识小贴士

齐湣王逃到莒城，结果被相国淖齿所杀。他的儿子法章躲在太史嫩（jiào）的家里当园丁。太史嫩的女儿善待法章。法章就把自己的真实身份告诉了她。后来，田单复国后，迎立法章为齐王，即齐襄王。齐襄王封太史嫩的女儿为王后，封田单为安平君。

鲁仲连邹阳列传

辞金蹈海

白虹贯日

白头如新

明珠暗投

辞金蹈海

释义

辞金蹈海：为了大义，可以投海殉节。指拒绝接受酬谢，比喻重义轻利。

原句

彼即肆然而为帝，过而为政于天下，则连有蹈东海而死耳，吾不忍为之民也……

故事

齐国人鲁仲连富于韬略，品行高尚，却不愿做官。他游历赵国时，正赶上秦军围攻邯郸。赵王向魏王求援。魏王派将军晋鄙前往支援，又害怕打不过秦军，就驻兵观望。魏王又派将军新垣衍去邯郸，通过平原君游说赵王，让他尊秦王为帝，以退秦兵。

鲁仲连听说后，通过平原君见到新垣衍，对他说："秦国是个抛弃礼仪只重战功的国家，以权诈之术对待士人，以暴虐手段奴役百姓，如果让秦王为帝，统治天下，我宁可投海而死，也不做他的顺民。我来见您，就是希望您能帮助赵国。"

新垣衍有些犹豫，想让鲁仲连说一说魏国帮助赵国的理由。

鲁仲连举了古往今来许多例子，说明秦王称帝后对于魏国的威胁和坏处。新垣衍被说服了，不再提尊秦王为帝的事。

这时，信陵君盗窃兵符，杀了晋鄙，率魏军援赵击秦。秦军就撤退了。

平原君以封官赐金的方式酬谢鲁仲连。鲁仲连认为，收取酬劳替人办事是生意人干的事，不是士人所为。于是，他谢绝了平原君的好意，告辞而去。

知识小贴士

齐国的田单攻打聊城一年多，却攻不下。于是，鲁仲连给守城的燕将写了一封信，晓之以理，动之以情，劝他弃城出降。燕将看了信后，哭了好几天，自杀身亡。田单收复聊城后，要封鲁仲连为官。他再次不受而去。

白虹贯日　白头如新　明珠暗投

释义

①白虹贯日：白色的长虹穿过太阳。古人相信天人感应，认为这种异常的天象预示着将有不寻常的事情发生。

②白头如新：朋友之间缺乏了解，即使相交到老，也像刚认识一样。形容人与人之间交情不深。

③明珠暗投：明亮的珍珠在黑夜投向道路上的行人，人们看到也不敢相信。比喻人才得不到重视，也比喻好东西落到不识货的人手中。

原句

①昔者荆轲慕燕丹之义，白虹贯日，太子畏之。

②谚曰："有白头如新，倾盖如故。"

③臣闻明月之珠，夜光之璧，以暗投人于道路，人无不按剑相眄者。

故事

齐国人邹阳与羊胜、公孙诡同为梁孝王的门客。羊胜等人嫉妒邹阳，就在梁孝王面前说他的坏话。梁孝王听信谗言，把邹阳抓了起来，准备杀了他。

邹阳担心死后还得背负恶名，就写了一封信给梁孝王，为自己辩解。他在信中说："荆轲仰慕燕太子丹的大义（而舍身刺秦）。太子丹见到白虹贯日这样的天象，还怀疑荆轲不能成功。我忠诚于您，却受到误解，遭到刑讯。希望您仔细审察啊！谚语说，朋友之间缺乏了解，即使到老都像刚认识一样；有的人不过是偶遇，就像老朋友一样。这是为什么？是因为了解与不了解啊！我听说在黑夜的路上把明珠抛向行人，人们无不惊讶地斜眼相视而不敢相信。这是为什么呢？这是宝物无端放到眼前的缘故啊！如今，有远见的人受到压抑，而媚上的小人得到重用，那么，有志之士就会老死山林，不能够竭诚效力于大王了。"

邹阳还引用了许多古代的案例，有正面的，也有反面的，阐述君臣之间的关系，以使梁孝王了解自己的一片忠心。

梁孝王看了信，知道自己误会了邹阳，就把他放了出来，奉为上宾。

知识小贴士

邹阳（约公元前206年至公元前129年），临淄（今山东淄博）人，文学家、散文家，现存文章《上书吴王》《于狱中上书自明》。

屈原贾生列传

博闻强记

随波逐流

洛阳才子

博闻强记　随波逐流

释义

①博闻强记：同“博闻强识”。学识渊博，记忆力强。

②随波逐流：顺着波浪和水流漂动，比喻没有自己的立场和主见，只是随着别人走。

原句

①屈原者，名平，楚之同姓也。为楚怀王左徒。博闻强志，明于治乱，娴于辞令。

②举世混浊，何不随其流而扬其波？

故事

战国时期，楚国人屈原学识渊博，记忆力强，深知国家兴衰的道理，善于外交辞令，很受楚怀王信任。

上官大夫嫉妒屈原，就在楚怀王面前说他的坏话。楚怀王听信谗言，开始疏远屈原。

屈原受了冤屈，无从倾诉，就写下《离骚》以倾诉自己的不幸遭遇，表达自己对国家的忠诚。

张仪以欺诈的手段离间楚国和齐国以及其他诸侯国的关系，使楚国众叛亲离。秦昭王又欺骗楚怀王，让他到秦国会盟。

屈原劝阻无效。结果，楚怀王被秦国扣留，客死异乡。

屈原在作品中指责令尹子兰和上官大夫，说他们是导致楚国败落的元凶。二人大怒，在楚顷襄王面前说屈原的坏话。楚顷襄王就放逐了屈原。

屈原在江边遇到渔父。渔父认出他，问："您为什么到这里来？"屈原说："世道混浊，而只有我保持清白；世人迷醉，而只有我保持清醒。因此我才被放逐了。"

渔父说："既然世道混浊，为什么不随波逐流，和众人一起放纵呢？"

屈原表示，自己宁可投江葬身鱼腹，也不愿同流合污。于是，他写下一首《怀沙》，表明心志，随后投江自尽了。

知识小贴士

屈原被称为浪漫主义诗人的鼻祖，其主要作品有《离骚》《九歌》《九章》《天问》等。

《离骚》对后世产生了深远的影响，屈原的"求索"精神更为后世所推崇。

洛阳才子

释义

洛阳才子：贾谊年少有才，因为他是洛阳人，所以被称为“洛阳才子”。后泛指才华出众的人。

原句

贾生名谊，雒（luò）阳人也。年十八，以能诵诗属书闻于郡中。

故事

洛阳人贾谊年少有才，十八岁时就因精通诗书而闻名当地。贾谊二十来岁时，经人举荐，到汉文帝身边担任博士。

当时，在所有博士中，贾谊年纪最小。每次文帝下令让博士们探讨问题，那些年长的博士都说不出什么来，贾谊都能一一对答。大家都觉得他说的内容恰当。于是，众人都自愧不如。

贾谊建议文帝重新议定礼乐制度，以更好地治理天下。文帝准备提拔他为公卿。周勃等朝中老臣向文帝进言，说贾谊年轻，不靠谱，他这么做只是为了专权而已。文帝就打消了提拔贾谊的念头，转而派他远去长沙任职。

贾谊到了湘江边，专门作赋凭吊屈原，借以感叹自己的命运。在长沙期间，贾谊的才华得不到施展，政治抱负无法实现，唯有作赋排解内心的苦闷。

三年后，文帝让贾谊改任梁怀王太傅。梁怀王是文帝的小儿子，聪明好学。贾谊对他悉心教导。师生之间关系很好。

又过了几年，梁怀王不小心从马上掉下来摔死了。贾谊伤心不已，哭了一年多，郁郁而终，死时年仅三十三岁。

知识小贴士

文帝怀疑周勃谋反，把他下了大狱，准备治罪。贾谊听说后，上书文帝，为周勃说情。文帝这才放了周勃。贾谊不因周勃弹劾过自己而落井下石，堪称高风亮节。

吕不韦列传

奇货可居

一字千金

奇货可居

释义

奇货可居：原指囤积稀有物资，以待高价出售。后指凭借某种专长或掌握某种事物，以图谋厚利。

原句

吕不韦贾邯郸，见而怜之，曰“此奇货可居”。

故事

战国末年，有个大商人名叫吕不韦，他是个经商天才，善于贱买贵卖，积累了亿万财富。

一次，吕不韦到邯郸做生意，见到困居赵国作为质子的秦国公子子楚。吕不韦认为，子楚就像一件具备极高价值的货物，如果在他身上投资，将来一定会获取丰厚的回报。于是，他就主动与子楚结交，表示自己愿意帮助他成为秦国的储君。

子楚是秦昭王的孙子，安国君的儿子。在安国君二十多个儿子中，子楚并不怎么受宠。吕不韦以安国君宠爱的华阳夫人为突破口，利用她没生儿子这一点，向她进献厚礼，说动她把子楚作为嫡子。这样一来，只要安国君继位为王，子楚就会被立为太子。

为了巩固与子楚的关系，吕不韦还把自己的赵姬献给了他。后来，秦军围攻邯郸，赵国人打算杀了子楚泄恨。吕不韦又花重金疏通关系，帮助子楚逃离赵国，回到了秦国。

秦昭王去世后，安国君继位。一年后，安国君去世，子楚继位为王。吕不韦被封为秦国丞相。他多年的投入终于得到了巨大的回报。

知识小贴士

据《史记》记载，赵姬在嫁给子楚之前，已经怀上了吕不韦的孩子，她向子楚隐瞒了实情。孩子生下来以后，取名嬴政。这就是历史上大名鼎鼎的千古一帝秦始皇。后世史学家对此有争议，认为嬴政是子楚的亲生儿子。

一字千金

释义

一字千金：原指对文章改动一字可以奖励千金。后指诗文书法价值很高或文辞精妙。

原句

布咸阳市门，悬千金其上，延诸侯游士宾客有能增损一字者予千金。

【故事】

秦庄襄王（子楚）继位三年后病逝，太子嬴政继位为王，尊奉吕不韦为相国，敬称他为“仲父”。吕不韦大权在握，声势显赫，光是家里的仆人就有上万名。

当时，魏国有信陵君，楚国有春申君，赵国有平原君，齐国有孟尝君，四大公子争相招纳门客，以此炫耀自己的实力。吕不韦心想，秦国如此强大，难道还不如他们吗？于是，他也广招贤士，以礼相待。人们纷纷前来依附，吕不韦的门客达到了三千人。

吕不韦见各国名士都在著书立说，传播于世，就让门客把各自的见闻写下来，汇集成一部二十多万字的书，命名为《吕氏春秋》。书成以后，吕不韦把它陈列在都城大门边，在门上面悬挂千金，邀请诸侯国的文士挑错，如果谁能增减一字，就可得到千金奖励。

吕不韦一字千金的豪举，为《吕氏春秋》的宣传与推广造足了势，也让他出尽了风头。可惜，嬴政掌握实权后，逼死了吕不韦，将《吕氏春秋》束之高阁。幸运的是，这部书没有被烧掉，一直流传了下来。

知识小贴士

《吕氏春秋》又称《吕览》，该书以道家学说为主体，融合名家、法家、儒家、墨家等思想，集诸子百家之大成，是战国末期杂家的代表作。全书共二十六卷，一百六十篇。人们熟知的“刻舟求剑”的故事就出自《吕氏春秋》。

成语串起史记

汉武帝时代人物的成语故事

四川教育出版社

图书在版编目（CIP）数据

成语串起史记. 汉武帝时代人物的成语故事 / 潮白编著 ; 肖岱钰绘. -- 成都 : 四川教育出版社, 2023.9
ISBN 978-7-5408-8794-0

Ⅰ. ①成… Ⅱ. ①潮… ②肖… Ⅲ. ①汉语－成语－故事－少儿读物 Ⅳ. ①H136.31-49

中国国家版本馆CIP数据核字(2023)第181874号

成语串起史记 汉武帝时代人物的成语故事
CHENGYU CHUANQI SHIJI HANWUDI SHIDAI RENWU DE CHENGYU GUSHI
潮白 编著 肖岱钰 绘

出品人 雷 华
策　划 高 飞
责任编辑 王 丹
装帧设计 册府文化
责任校对 黄 谦
责任印制 高 怡
出版发行 四川教育出版社
地　址 四川省成都市锦江区三色路238号新华之星A座
邮政编码 610023
网　址 www.chuanjiaoshe.com
印　刷 天津禹阳世纪印务有限公司
版　次 2023年9月第1版
印　次 2023年9月第1次印刷
成品规格 170 mm × 240 mm
印　张 9.75
字　数 158千字
书　号 ISBN 978-7-5408-8794-0
定　价 158.00元（全5册）

如发现质量问题，请与本社联系。总编室电话：（028）86365120
北京分社营销电话：（010）67692165 北京分社编辑中心电话：（010）67692156

目录

魏其武安侯列传

相提并论 / 沾沾自喜 ······ >> 2

稠人广众 ······ >> 4

引绳批根 / 相得甚欢 / 相知恨晚 ······ >> 6

不值一钱 / 灌夫骂座 ······ >> 8

腹诽心谤 / 首鼠两端 ······ >> 10

韩长孺列传

死灰复燃 ······ >> 14

强弩之末 ······ >> 16

李将军列传

自负其能 ······ >> 20

霸陵醉尉 ······ >> 22

矢下如雨 / 面无人色 / 意气自如 …… >> 24

对簿公堂 / 桃李不言，下自成蹊 …… >> 26

匈奴列传

薄物细故 …………………………………… >> 30

卫将军骠骑列传

留落不遇 …………………………………… >> 34

封狼居胥 …………………………………… >> 36

平津侯主父列传

外宽内深 …………………………………… >> 40

负薪之病 …………………………………… >> 42

兽聚鸟散 / 不绝于耳 / 不约而同 / 相见恨晚 …………………………………… >> 44

南越列传

聊以自娱 …………………………………… >> 48

西南夷列传

夜郎自大 …………………………………… >> 52

司马相如列传

坐上琴心 ………………………………… >> 56

家徒四壁 ………………………………… >> 58

子虚乌有 ………………………………… >> 60

义无反顾 / 计不旋踵 ……………………… >> 62

负弩前驱 ………………………………… >> 64

崇论闳议 / 人迹罕至 ……………………… >> 66

家累千金，坐不垂堂 ……………………… >> 68

低回不已 ………………………………… >> 70

淮南衡山列传

斗粟尺布 ………………………………… >> 74

身先士卒 ………………………………… >> 76

循吏列传

夜不闭户，路不拾遗 ……………………… >> 80

汲郑列传

发蒙振落 ………………………………… >> 84

后来居上 …………………………… >> 86
门可罗雀 …………………………… >> 88

儒林列传

不食马肝 …………………………… >> 92

酷吏列传

一意孤行 …………………………… >> 96
舞文巧诋 …………………………… >> 98
如狼牧羊 / 不寒而栗 / 鹰击毛挚 …… >> 100
犬吠之盗 …………………………… >> 102
微文深诋 …………………………… >> 104

大宛列传

不得要领 …………………………… >> 108

游侠列传

短小精悍 / 厚施薄望 ……………… >> 112

佞幸列传

不名一钱 …………………………… >> 116

滑稽列传

杯盘狼藉 / 乐极生悲 ………………… >> 120

避世金马 …………………………… >> 122

河伯娶妇 …………………………… >> 124

日者列传

正襟危坐 …………………………… >> 128

货殖列传

熙熙攘攘 …………………………… >> 132

太史公自序

博而寡要 / 劳而少功 ………………… >> 136

不可胜道 …………………………… >> 138

石室金匮 / 一家之言 / 藏之名山 …… >> 140

魏其武安侯列传

相提并论
沾沾自喜
稠人广众
引绳批根
相得甚欢
相知恨晚
不值一钱
灌夫骂座
腹诽心谤
首鼠两端

相提并论　沾沾自喜

释义

①相提并论：把不同的或相差悬殊的人或事物同等对待，或将某事并列分析。

②沾沾自喜：自我感觉良好，扬扬自得的样子。

原句

①相提而论，是自明扬主上之过。

②魏其者，沾沾自喜耳，多易。

故事

窦婴是窦太后的堂侄，在平定七国之乱时立下大功，受封为魏其侯。

汉景帝刘启立栗姬所生的刘荣为太子，任命窦婴为太子傅，负责教导刘荣。三年后，栗姬失宠，刘荣被废。窦婴多次为刘荣争辩都没有结果，于是，他称病隐居于山中，连着数月不再上朝。

窦婴的门客劝他早日出山，正常上朝。窦婴不听。一个名叫高遂的人对窦婴说："能使您得到富贵的人，是当今皇帝；能使您成为朝廷亲信的人，是窦太后。您作为太子傅，太子被废，您不能力争；力争不成，您又不能为太子而死。现在，您称病退隐，成天闲在家里，也不参加朝会。将前后这些举动放在一起看，这是您自己表明要张扬皇帝的过失。假如皇帝和太后同时加害于您，恐怕您的妻子儿女就会一个不留啊！”

窦婴觉得高遂说的有道理，赶紧出山回朝，像以前一样参加朝会去了。

窦太后想推荐窦婴做丞相。景帝说：“魏其侯这个人，自我感觉良好，办事轻率，不够稳重，做不了丞相。”因此，景帝没有任用窦婴为丞相。

知识小贴士

景帝的姐姐馆陶公主要与栗姬结为亲家，把自己的女儿阿娇嫁给刘荣，却遭到栗姬拒绝。于是馆陶公主转而与景帝的另一个妃子王娡结亲，把阿娇嫁给了王娡所生的儿子刘彻。在馆陶公主的运作下，景帝废了刘荣，册封王娡为皇后，立刘彻为太子。刘彻就是后来的汉武帝。

稠人广众

释义

稠人广众：形容人多的场合。

原句

稠人广众，荐宠下辈。

故事

七国之乱时，灌夫和父亲灌孟一同随周亚夫出征平叛。灌孟战死在吴军中后，灌夫为了替父报仇，率十余人冲入敌营，杀敌众多，重伤而回。待伤势稍有好转，灌夫又主动提出上阵杀敌。周亚夫惜才，怕他战死，就坚决阻止了他。吴军被打败后，灌夫因此闻名天下。

汉武帝很器重灌夫，先派他出任太守，又内调为太仆。灌夫特别尊重士人，对于地位比自己低的士人能够平等相待。他时常在人多的场合夸奖那些地位低下的士人。因此，士人们都很敬重他。

而对于那些地位比自己高的有权有势的皇亲国戚，灌夫若不想表示尊重，就一定要凌辱对方。

灌夫还有一个缺点——爱耍酒疯。有一次，灌夫与窦太后的弟弟窦甫喝酒喝醉了，因为争论是非，意见不一，他竟把窦甫打了一顿。汉武帝爱惜人才，怕窦太后为此而杀了灌夫，只好把他外调出京。没过几年，灌夫又惹了事，被免了官，闲居在家。

灌夫家里很有钱，养了不少门客。他的族人和门客依仗他的权势，横行乡里，欺压百姓。灌夫在当地的名声越来越差。

知识小贴士

灌夫本姓张。他的父亲张孟原是颍阴侯灌婴的家臣。灌婴很器重张孟，为了举荐他为官，特意让他冒用灌姓。后来，张孟就改张姓为灌姓。灌夫随周亚夫平叛回京后，受到灌婴之子灌何的举荐，得以为官。

引绳批根　相得甚欢　相知恨晚

释义

①引绳批根：形容互相依托，共同排斥异己。

②相得甚欢：彼此相处很是愉悦。

③相知恨晚：为彼此之间了解太晚感到悔恨。

原句

①及魏其侯失势，亦欲倚灌夫引绳批根生平慕之后弃之者。

②③两人相为引重，其游如父子然，相得欢甚，无厌，恨相知晚也。

故事

窦太后去世后，窦婴失去权势，曾经依附他的人纷纷离去。只有灌夫仍和从前一样与他交往。

窦婴想和灌夫互相依托，排斥报复那些平时仰慕自己，见自己失势又离开的人。灌夫也想依靠窦婴结交列侯与宗亲以抬高自己的声望。于是，两人互相倚重，像父子一样交往，相处得很是愉悦，互不猜疑，只恨互相了解得太晚。

太后王娡的弟弟、武安侯田蚡（fén）当时担任丞相，权势很大。他派手下籍福向窦婴索要一块田地。窦婴愤愤不平地说："就算我不被皇帝重用，就算你田蚡显贵，难道就可以依仗势力夺取我的田地吗？"于是，他拒绝了田蚡的无理要求。

灌夫听说后，非常生气，痛骂了籍福一顿。籍福不希望田蚡和窦婴产生隔阂，就编造谎话对田蚡说："窦婴老得快要死了，我们先等等吧。"

不久，田蚡知道窦婴和灌夫其实是出于愤怒而不把田地给自己，也很生气，说："窦婴的儿子曾经杀了人，是我田蚡救了他的命。我为了窦婴什么都可以做，他竟舍不得这块田地！再说了，灌夫掺和进来做什么？我不敢再向窦婴要田地了！"

自此，田蚡就和窦婴、灌夫有了仇隙。

知识小贴士

汉武帝的外祖母臧儿是燕王臧荼的孙女。臧儿嫁给平民王仲为妻，生下两个女儿，汉武帝的母亲王娡是其中之一。王仲死后，臧儿又嫁给田氏，生下两个儿子，田蚡是其中之一。因此，田蚡是汉武帝的舅舅。

不值一钱　灌夫骂座

释义

①不值一钱：一分钱都不值，形容毫无价值。

②灌夫骂座：灌夫酒后骂人泄愤，形容刚直敢言。

原句

①②夫无所发怒，乃骂临汝侯曰："生平毁程不识不直一钱，今日长者为寿，乃效女儿呫（chè）嗫耳语！"

故事

田蚡想找碴收拾灌夫，怎奈灌夫手上也握有他的把柄，两人谁也整治不了谁，只好暂时保持一团和气。

不久，田蚡家里办喜事，太后下诏，让列侯和宗室前往祝贺。窦婴和灌夫也去了。田蚡起身向大家敬酒时，宾客们都离席伏地。窦婴起身向大家敬酒时，有一半人没有离席，只是欠了欠身子。灌夫看在眼里，很是不满。

一会儿，灌夫也起身敬酒。田蚡只是欠了欠身子回礼，酒也没有喝完。这使灌夫觉得很没面子，但又不好发火。当他给临汝侯灌贤敬酒时，灌贤正和将军程不识耳语，也没离席。灌夫终于憋不住火，骂道："你平时诋毁程不识，说他不值一钱，今天长者敬酒，你却像个女人似的跟他耳语！”

田蚡一看阵仗不对，赶紧劝解。灌夫却丝毫不给他面子，照旧骂骂咧咧。窦婴劝灌夫出去消消气，田蚡便命人扣下灌夫不让他走。籍福起来替灌夫谢罪，并且按着灌夫的脖子让灌夫道歉，灌夫却更加火大。田蚡一怒之下，下令让人把灌夫抓了起来，搜罗他之前的罪状，准备置他于死地。

灌夫虽然也握有田蚡违法的证据，却因自己被囚禁起来，没办法呈给皇帝，只能任由田蚡宰割。

知识小贴士

程不识是汉武帝时的名将，号称“不败将军”，与“飞将军”李广齐名。程不识以治军严谨闻名，在《史记》中没有单独列传，仅在《魏其武安侯列传》和《李将军列传》中略有提及。

腹诽心谤　首鼠两端

释义

①腹诽心谤：心里不满，暗中发泄。

②首鼠两端：指在两者之间犹豫不决，摇摆不定。

原句

①蚡所爱倡优巧匠之属，不如魏其、灌夫日夜招聚天下豪桀壮士与论议，腹诽而心谤，不仰视天而俯画地，辟倪两宫间，幸天下有变，而欲有大功。

②与长孺共一老秃翁，何为首鼠两端?

故事

窦婴为了解救灌夫，在武帝面前为他开脱，并指责田蚡的过失。田蚡为自己辩解道："幸好天下太平无事，我得以成为皇帝的心腹，享受荣华富贵。我只不过喜欢歌伎、巧匠这类人，不像窦婴和灌夫那样成天召集一帮豪杰壮士，对朝廷腹诽心谤，盼着天下大乱，好让他们立功成事。我不知道窦婴这些人到底要干什么。"

武帝见他们各执一词，就问大臣们："他俩谁说得对？"

御史大夫韩安国说："窦婴说灌夫立有大功，只为了争一杯酒，不足以处死。这一点窦婴说得没错。田蚡说灌夫骄横，欺凌百姓，侮慢宗室。这一点田蚡说得也没错。具体怎么办，还得请您裁定。”

武帝又让其他大臣发表意见，众人大多不敢作声。

退朝以后，田蚡让韩安国和他同乘一车，生气地指责他，说：“我和你共同对付一个老家伙，你为什么在我和他之间犹豫不决、摇摆不定？”

韩安国说：“您不应该和窦婴争执，要表现出丞相的气度。这样，皇帝才不会责怪您，窦婴也会感到惭愧。如今，您和他对着骂，实在有失体统。”

田蚡听韩安国说得有道理，只好向他认错道歉。

知识小贴士

窦婴和灌夫最终都被武帝处死了。他俩死后不久，田蚡也发病而死。在田窦之争中，武帝认为田蚡不对，当时有心惩治田蚡，只是看在王太后的面子上，没有下手。田蚡的儿子继承爵位不久，就被武帝找由头废黜了。

韩长孺列传

死灰复燃

强弩之末

死灰复燃

释义

死灰复燃：熄灭了的灰烬重新燃烧起来，原比喻失势的力量重新兴起，现比喻恶势力或坏思想消失后又重新活跃起来。

原句

其后安国坐法抵罪，蒙狱吏田甲辱安国。安国曰："死灰独不复然乎？"

故事

韩安国，字长孺，梁国人，在梁孝王手下为官。七国之乱时，韩安国受命为将，力阻叛军过境，立下大功。

梁孝王违背朝廷的礼制，触怒了窦太后和汉景帝。韩安国作为梁国使者，上下奔走，为梁孝王申辩，消除了母子间、兄弟间的隔阂。朝廷和梁孝王也因此对韩安国更加看重。

后来，韩安国因为犯法，被判刑入狱。狱吏田甲见韩安国失势，就肆意侮辱他。韩安国说："已经熄灭的灰烬难道不会再次燃烧起来吗？"

田甲说："要是再烧起来，我就用尿浇灭它。"

韩安国被田甲噎得够呛，却也拿他没办法。

没过多久，在窦太后的干涉下，朝廷下令释放了韩安国，继续委任他做梁国的高官。田甲害怕遭到韩安国报复，逃走了。

韩安国放出风声，说："田甲要是不回来的话，我就灭他一族。"田甲听说后，只好回来赔罪。

韩安国笑着说："你可以撒尿了！像你这样的人难道值得我报复吗？"

就这样，韩安国只是奚落了田甲一番，并没有报复他。

知识小贴士

梁孝王刘武和汉景帝刘启都是窦太后所生。景帝曾经向梁孝王许诺，将来让他继位为帝，可袁盎等大臣坚决反对。梁孝王在公孙诡和羊胜的撺掇下，派刺客杀了袁盎等人。朝廷让梁孝王交出公孙诡和羊胜抵罪，梁孝王不肯。经过韩安国力谏，梁孝王才令二人自杀。景帝和梁孝王之间的矛盾也由此得以缓解。

强弩之末

释义

强弩之末：强弩所发的箭，射程到了尽头，形容曾经强大的力量已经衰竭。

原句

且强弩之极，矢不能穿鲁缟；冲风之末，力不能漂鸿毛。

故事

梁孝王死后，韩安国因为犯法再次丢官。汉武帝时，韩安国通过贿赂田蚡，重新受到朝廷重用。

有一年，匈奴向汉朝提出和亲。武帝下令让群臣就此事进行讨论。负责外交事务的大臣王恢曾经在边境为官，非常了解匈奴的情况。他说："以往汉朝与匈奴和亲，大多没过几年匈奴就背弃和亲盟约。这次我们不如拒绝，并派兵攻打他们。"

韩安国说："派军队到千里之外作战，通常得不到什么好处。如今，匈奴依仗兵强马壮，怀着禽兽般的心肠，像鸟一样来回迁徙，很难对付。我们即使得到了他们的土地也算不上开疆拓土，得到了他们的百姓也无法变得更强大。汉军跑数千里去同他们争夺利益，结果是人困马乏，反而被他们以逸待劳，占了便宜。就如同强劲的弩发射的箭，到了尽头时连鲁国产的缟也不能穿透；强劲的风，到了尽头时连鸿毛都吹不起来。这并非一开始就没劲，而是到最后力量衰竭了。既然攻打他们没什么好处，那还不如与他们和亲。”

群臣认为韩安国说得有道理，纷纷附和。于是，武帝同意与匈奴和亲。

知识小贴士

汉朝与匈奴和亲第二年，王恢设计诱骗单于进攻汉朝边城马邑（今山西省朔州市），朝廷派韩安国统率李广、王恢、公孙贺等将领设下数十万伏兵，准备围歼匈奴兵马。结果，单于在即将进入包围圈时识破汉军的计谋，下令撤军。汉军最终无功而返。

李将军列传

自负其能

霸陵醉尉

矢下如雨

面无人色

意气自如

对簿公堂

桃李不言，下自成蹊

自负其能

释义

自负其能：自恃且自信自己的才能。

原句

李广才气，天下无双，自负其能，数与虏敌战，恐亡之。

故事

李广是将门之后，年轻时就随军攻打匈奴，立下战功。汉文帝很欣赏李广，曾对他说："可惜了，你没有赶上好时候。你要是赶上高祖的时代，封个万户侯也不在话下啊！"

汉景帝时，七国叛乱，李广追随周亚夫出征平叛，杀敌夺旗，再立战功。由于梁孝王私自授给他将军印，犯了朝廷的忌讳，因此，朝廷没有对他进行封赏，反而外派他担任上谷太守。上谷郡紧邻匈奴，李广几乎每天都与匈奴人作战。

有一位大臣怜惜李广的才能，哭着对汉景帝说："李广的才气天下无双，他自恃有才能，多次与匈奴人作战，这样下去，恐怕朝廷早晚会失去这员良将啊！"

景帝惜才，就把李广调离了上谷郡，让他到别的地方担任太守。无论走到哪里，李广都会奋力作战。

一次，李广率领一百多骑兵与数千匈奴骑兵正面遭遇。李广毫不畏惧，故意走到离匈奴兵马很近的地方，令手下将士下马解鞍，迷惑敌人。匈奴人以为李广身后设有伏兵，不敢上前进攻。双方一直僵持到半夜，匈奴人终究怕遭到伏击，悄悄撤走了。

知识小贴士

李广是秦代名将李信的后人。李信曾在秦国灭赵、灭燕中立下战功。秦军打败燕军后，燕王为了让秦国退兵，下令杀了太子丹，把他的人头献给了李信。李信因此受到嬴政的赏识与信任。

霸陵醉尉

释义

霸陵醉尉：李广被免职后，受到醉酒霸陵尉的训斥和侮辱。形容地位显赫的人失势后遭到普通人的侮辱。

原句

还至霸陵亭，霸陵尉醉，呵止广。

故事

汉武帝时，李广曾率兵出雁门关攻打匈奴。由于匈奴兵马众多，汉军不敌，被打得四散溃败。

单于听说过李广的名声，下令匈奴人必须生擒他。李广拼死抵抗，结果还是被活捉了。匈奴骑兵见李广负伤，无法骑马，就在两马之间拉起一张网，让他卧在上面，准备把他拉回去献给单于。

走到半道，李广抢了一匹马，带着马上的弓箭逃走了。他收拢残部，准备回城。这时，匈奴骑兵又追了上来。李广接连射杀数人，成功逃脱。

由于此战汉军损失惨重，李广因罪被免了官，赋闲在家。一天晚上，李广带着一名随从去朋友处饮酒，回来时路过霸陵亭。霸陵尉喝醉了酒，见了李广，大声呵斥他，让他停下。李广的随从说：“这是前任李将军。”霸陵尉说：“现任将军都不许夜间出行，更何况是前任！”李广没办法，只得忍气吞声，在霸陵亭下待了一宿。

没多久，匈奴人大军压境。朝廷任命李广为右北平郡（今内蒙古宁城西南）太守，驻守边境。李广让霸陵尉随自己一同赴任。到了军中，李广就把他杀掉了。

知识小贴士

霸陵，又名江村大墓，是汉文帝刘恒的陵寝，因汉文帝遗诏，霸凌不起封土，因此后世只能推测出它大概位于陕西省西安市灞桥区白鹿原西端。

矢下如雨　面无人色　意气自如

释义

①矢下如雨：箭像雨点一般落下，形容火力密集。

②面无人色：脸上没有一点血色，形容极度恐惧，或人非常虚弱。

③意气自如：意态气概一如平常，形容遇事神情自然，十分镇定。

原句

①广为圜陈外向，胡急击之，矢下如雨。

②③会日暮，吏士皆无人色，而广意气自如，益治军。

故事

匈奴人听说李广驻守右北平，称他为“汉朝的飞将军”，连着好几年都不敢再来进扰。

一次，李广外出打猎，把草丛里的石头误认为老虎，一箭射去，箭镞没入石中。等走近一看，才知道是一块石头。李广再射，却无论如何也射不进石头里了。还有一次，李广碰见了真正的老虎。老虎跳起来并伤了李广，但还是被他一箭射死了。

过了几年，李广奉命率领四千兵马出征，被四万匈奴人围困。部下见敌人势众，心里害怕。李广就命儿子李敢带数十名骑兵冲击敌阵。李敢在敌阵中冲杀了一番，返回来说：“匈奴人很好对付。”汉军因此安下心来。

李广下令士兵面向外，布成圆形阵势。匈奴人发动猛攻，箭矢像雨点一样落下来。汉军死伤过半，箭也快用完了。李广让士兵拉满弓，引而不发，自己则连发数箭，射杀几名敌将。匈奴人见状，攻势渐缓。

傍晚时分，汉军大多面无人色，李广却意态神色一如平常，更加注意整顿军队。军士们佩服李广的勇气，在他的指挥下奋力抵抗，一直坚持到援军到来。匈奴人无法取胜，只得撤走。

知识小贴士

这一战，与李广协同作战的是博望侯张骞。张骞率领一万兵马，却迷了路，因此导致李广被匈奴人围困。等张骞赶到增援时，李广的四千兵马已经损失殆尽。战后，张骞因延误战机被贬为庶人，李广则功过相抵，没有得到封赏，也没有被责罚。

对簿公堂　桃李不言，下自成蹊

释义

①对簿公堂：原指被告方当堂受审，现指原被告双方在法庭上公开审问、诉讼。

②桃李不言，下自成蹊：桃树和李树虽然不能说话，但是其花美果香，吸引人们前来欣赏采摘，最终树下被踩出路来。形容为人真诚笃实，自会吸引人心归附。

原句

①大将军使长史急责广之幕府对簿。

②谚曰："桃李不言，下自成蹊。"此言虽小，可以谕大也。

故事

李广非常廉洁，虽然俸禄很高，但是从来不置家产。得到的赏赐，他全部分给部下，吃饭也跟士兵在一起。行军途中，如果去到缺水少粮的地方，士兵们没有喝上水，李广也绝不喝水；士兵们吃不上饭，李广也绝对不吃饭。由于李广与士兵们同甘共苦，士兵也都爱戴他。

李广年老时，不受汉武帝重视。眼见大将军卫青和骠骑将军霍去病就要远征匈奴，李广怕自己再也没有机会建功立业，便一再恳求汉武帝让自己重上沙场。汉武帝考虑了很久才答应李广。

李广希望与匈奴人正面决战，意图亲自拿下单于。卫青却派他从侧面迂回包抄。李广无奈，只得听命，结果，他在行军途中迷了路。等李广率部与卫青会合时，决战已经结束，单于也逃跑了。卫青派人急召李广幕府的人员到公堂受审。李广为众人开脱，独自承担了所有罪责，挥刀自尽。

司马迁非常同情李广的遭遇，他评论说：“李将军诚恳质朴，像个乡下人一样，不善言辞。可当他死后，天下人不管认不认识他，都为他极尽哀痛之情。谚语说：‘桃李不言，下自成蹊。’这句话虽然说的是小事，却可以说明大道理啊！”

知识小贴士

李广一生经历大小数十战，杀敌无数，却始终没有被封侯。汉武帝认为李广年龄太大，命数不好，因此特意交代卫青不要让他与单于正面作战，使他失去了最后一次立功封侯的机会。唐代诗人王勃为此在《滕王阁序》里发出“李广难封”的感叹。

匈奴列传

薄物细故

薄物细故

释义

薄物细故：指琐碎微小的事情。

原句

朕追念前事，薄物细故，谋臣计失，皆不足以离兄弟之欢。

故事

匈奴人的祖先是夏后氏的后裔，生活在北方地区，以畜牧游猎为业，擅长马上作战。

秦朝时，大将蒙恬修筑长城，驻守北疆，抗击匈奴。匈奴人不是秦军的敌手，只得向北部纵深地区迁徙。

秦末时期，中原形势纷乱，匈奴人趁机向南发展，渡过黄河，对中原地区构成军事威胁。汉朝建立后，刘邦集结三十余万兵马攻打匈奴，自己亲率骑兵突进，先行出发，结果被匈奴四十万精兵围困在平城白登山（今山西省大同市东北），七天七夜才得以解围逃脱。

刘邦见一时难以征服匈奴，就接受刘敬的建议，与匈奴单于和亲，相约结为兄弟，以换取边境的和平。

刘邦去世后，匈奴单于给吕后写信，口出狂言。吕后想派兵攻打匈奴，众将认为现在还不是和匈奴开战的时机，于是，汉朝再次与匈奴和亲。

汉文帝时，匈奴与汉朝不时发生冲突。汉朝继续实行和亲政策，以平息战事，让百姓休养生息。汉文帝在给单于的国书中写道：“我回想从前的矛盾，都是些琐碎小事，无非是谋臣失策，但并不影响汉匈兄弟间的友情。只要我们订立和亲盟约，天下就会安宁。”

和亲之后，汉朝和匈奴又保持了数年的和平。

知识小贴士

汉朝经过文景之治，休养生息，发展经济，奠定了富足的物质基础。汉武帝时，汉朝国力鼎盛，具备了对匈奴发动大规模战争的能力。汉武帝刘彻分别任用卫青、霍去病为大将军、骠骑将军，派二人率兵远征匈奴，最终取得了决定性胜利。

卫将军骠骑列传

留落不遇

封狼居胥

留落不遇

释义

留落不遇：原指行动滞后，遇不到好的战机；后指际遇不好，长期得不到提拔。

原句

然而诸宿将常坐留落不遇。

故事

霍去病是大将军卫青的外甥，从十八岁起，他就追随卫青上阵杀敌，屡立大功。汉武帝非常赏识霍去病，评定他为全军战功第一，封他为冠军侯。

一年夏天，霍去病和公孙敖、张骞、李广等人分道进军，约为策应，攻打匈奴。李广率兵先到达战场，由于兵力不足，被匈奴兵围困，差点全军覆没。负责策应李广的张骞迷了路，等他率部赶到战场时，匈奴人已重创李广的部队，立刻撤离战场。

霍去病深入匈奴腹地。负责与他策应的公孙敖也迷了路，错过了两军会合的机会。霍去病率部一路长驱直入，到达祁连山，杀死并俘虏了很多敌人，凯旋回师。

战后论功行赏时，汉武帝对霍去病予以高度评价，重重赏赐了他和他的部下。李广功过相抵，不赏不罚。张骞和公孙敖则因为迷路并贻误战机被判死刑。二人各自交纳了一大笔赎金后，保住了性命，被剥夺了爵位，成了普通百姓。

霍去病兵精马良，且敢于深入敌军作战，因此立下不世功勋。

知识小贴士

汉惠帝时，朝廷为了聚敛钱财，充实国库，允许人们花钱赎罪。因此，很多有钱人获罪后都可以用钱换命，像灌夫、张骞等。司马迁因家庭贫困，无钱赎罪，不得不接受屈辱的宫刑。

封狼居胥

释义

封狼居胥：原指霍去病打败匈奴后在狼居胥山祭天，以告成功，后指建立显赫功绩。

原句

历涉离侯，济弓闾，获屯头王、韩王等三人，将军、相国、当户、都尉八十三人，封狼居胥山，禅于姑衍，登临翰海。

故事

公元前119年春天，汉武帝命令卫青和霍去病各率五万骑兵远征匈奴，其余几十万步兵等跟随其后。

卫青手下有李广、赵食其、公孙贺和曹襄等将军作为副将。李广和赵食其因为迷路，错失了与匈奴人决战的机会。卫青率领部队与匈奴人展开激战，杀敌近两万人，得胜回师。

霍去病手下没有副将，他临时提拔李敢等人为大校，以充当副将，率部千里长驱，越过大沙漠，捕获单于手下的大臣，诛杀匈奴王子和大将。随后，霍去病又翻山渡河，深入匈奴腹地，捕获匈奴各王和将军、相国等许多重要人物，最后在狼居胥山（古山名，今蒙古国肯特山）祭天，登临瀚海（古地名，一说是今俄罗斯的贝加尔湖），宣告大功告成。

在这次战争中，霍去病俘虏、杀敌共计七万余人，汉军战斗减员仅为十分之三。

战后，汉武帝对霍去病和他的部下大封特封。李敢原本只是一个校尉，却也因功封侯。就连霍去病手下的小吏士卒也有很多人得以封官受赏。卫青虽然也取得了胜利，但部队的损失过于惨重。因此，汉武帝没有对卫青和他的手下进行封赏。

知识小贴士

霍去病于封狼居胥三年后去世，年仅二十四岁。霍去病前后六次出击匈奴，最后更是击败了匈奴的主力，解除了他们对汉王朝的威胁，建立了不世功勋。

平津侯主父列传

外宽内深

负薪之病

兽聚鸟散

不绝于耳

不约而同

相见恨晚

外宽内深

释义

外宽内深：外表看似宽厚，实则城府很深。

原句

弘为人意忌，外宽内深。

故事

公孙弘很有才学，但官运很差，直到七十岁时才受到汉武帝重用。

公孙弘为人谨慎，每次参加朝会议论时，他只给武帝讲清事情的来龙去脉，让武帝自己抉择，从来不在武帝面前争辩。

一次，公孙弘与众大臣约定好，统一口径，准备与武帝议事。到了武帝面前，大家都以统一的说辞应对，公孙弘却违背事先的约定，顺从武帝的意旨。大臣汲黯当众责备他，说他不忠诚。公孙弘辩解说：“了解我的人认为我忠诚，不了解我的人认为我不忠诚。”尽管大臣们都对他有意见，可是武帝认为他忠于自己，越发厚待他。

汲黯对武帝说：“公孙弘位列三公，俸禄很多，却盖着布被子，这是在欺世盗名。”武帝把汲黯的话告诉了公孙弘。公孙弘坦然承认，不但没有反驳汲黯，还夸赞他忠诚。武帝认为公孙弘厚道谦让，对他更好了，不久就任命他为丞相，还封他为平津侯。

公孙弘只是表面上看起来宽厚，实则城府很深。对于得罪自己的人，公孙弘假装与他友好相处，却在暗地里实行报复。他曾力主杀掉大臣主父偃，将董仲舒贬到胶西国。这二人，都曾得罪过他。

虽然公孙弘是个两面人，但武帝始终信任并重用他。

知识小贴士

在公孙弘之前，汉朝的丞相一直由列侯担任。由于公孙弘没有爵位，汉武帝就册封他为平津侯。一般情况下，只有立下重大战功者才可封侯。因此，公孙弘是汉代以丞相封侯第一人。

负薪之病

释义

负薪之病：背负柴禾过重，劳累致病，形容才能不足以承担重任，以致疲惫不堪甚至生病。

原句

臣弘行能不足以称，素有负薪之病，恐先狗马填沟壑，终无以报德塞责。

故事

公孙弘担任丞相的时候，淮南王和衡山王被人揭发谋反。事情败露后，汉武帝下令严查二王的党羽。

当时，公孙弘正因病在家休养，他认为是自己工作不称职，才导致二王谋反，担心因此受到武帝责罚，于是，他向武帝上书请辞，说：“您不嫌我出身低微，提拔我做三公。我的品行和才能都难以担当重任，以致劳累不堪，得了重病。我希望交回侯印，辞官回家，给贤能的人让路。”

武帝答复公孙弘，说：“我一心想同各位大臣共同治理天下。你应当知道我的想法。你如果能谨慎行事，就可以一直留在我的身边。你因为得了病，心生忧虑，竟然要交回侯印，辞官回家。这样做是在彰显我德行不够啊！”

武帝明白公孙弘的心思，就劝他不必担忧，集中精神养病，并批准他继续休假，还赏赐了他不少东西。

公孙弘心里悬着的石头落了地，踏踏实实地在家养病，不再提辞官的事。过了几个月，公孙弘养好病，精神抖擞地上朝理政去了。

知识小贴士

据《汉书·公孙弘卜式儿宽传》记载，公孙弘担任丞相后，在丞相府东边开了一个小门，在门外营建馆所接待贤能的士人宾客，与他们商量国家大事。后人称之为“东阁待贤”，并由此衍生出“孙阁”“弘阁”“丞相阁”“平津阁”等名词，专指招贤纳士之所。

兽聚鸟散　不绝于耳
不约而同　相见恨晚

释义

①兽聚鸟散：像鸟兽一样时聚时散，比喻聚散无常，也指乌合之众。

②不绝于耳：声音在耳边响个不停。

③不约而同：事先没有约定而保持一致。

④相见恨晚：为相见相识太晚而感到遗憾。

原句

①夫匈奴之性，兽聚而鸟散，从之如搏影。

②金石丝竹之声不绝于耳，帷帐之私俳优侏儒之笑不乏于前，而天下无宿忧。

③不谋而俱起，不约而同会。

④书奏天子，天子召见三人，谓曰："公等皆安在？何相见之晚也。"

故事

主父偃向汉武帝上书，献了九条策论，其中有一条是关于匈奴的。他引用汉初大臣成进劝谏高祖的话，说"匈奴人像鸟兽一样聚散，追赶他们就像捕捉影子一样”。以此劝阻武帝攻打匈奴。

武帝很欣赏主父偃，看过奏疏当天就接见了他。

赵国人徐乐向武帝上书。他分析当时内外形势，劝武帝明察时政，及时消除隐患，只有这样，才能确保国家安定，即使各种美妙的音乐在耳边响个不停，俳优侏儒的笑声总在面前出现，天下也没有积久的忧患。武帝认为徐乐说得有道理，对他也很看重。

齐国人严安也向武帝上书。他分析了秦朝败亡的原因，说陈胜、吴广等各路人马乘乱而起，不约而同反抗秦朝。这是由于秦朝的刑法太过严苛。因此，他建议武帝实行德政，以礼治国。

武帝接二连三地收到奏疏，心情大好，就同时召见了主父偃、徐乐和严安，对他们说：“为什么我们相见得这么晚啊？”于是，封他们都做了官。

知识小贴士

主父偃建议武帝实行“推恩令”，规定诸侯王死后，除嫡长子继承王位外，其他子弟也可以分割王国的一部分土地，成为列侯。这样一来，诸侯的封地就会被切割成若干小块，失去与中央对抗的能力，从而加强了中央集权。

南越列传

聊以自娱

聊以自娱

释义

聊以自娱：暂且自我欣赏，使自己快乐。

原句

老臣妄窃帝号，聊以自娱，岂敢以闻天王哉！

故事

吕后执政时，南越国王赵佗因不满汉朝中断边境器具用品，自称南越武帝，出兵袭扰长沙国的边境。吕后派兵前往征讨，因受病疫困扰，不能成功。不久，吕后去世，汉朝罢兵。赵佗由此与汉朝分庭抗礼，横行东南、西南万里之地。

汉文帝继位后，一边安抚厚待赵佗留在故乡真定的亲人，一边派陆贾出使南越，责备赵佗称帝却不派使者向汉朝通报。

陆贾曾经出使过南越，并凭借出色的外交能力使得赵佗为之折服。因此，此时再见陆贾，大为惊恐，给文帝写了一封书信，说：“从前，高后（吕后）隔离、歧视南越，我以为是长沙王在她面前说我的坏话。后来，我又听说高后杀光了我的族人，还掘毁了我祖先的坟墓，因此才侵犯长沙边境。我见南越周边的闽越和骆越都称王，就狂妄地窃取皇帝尊号，姑且自我安慰，做个乐子，怎么敢让汉朝天子知道呢？”

赵佗叩头谢罪，表示要永远做汉朝的臣子，下令取消帝号，并且按时派使者朝见天子，但在南越国内还是偷偷自称皇帝，一直到他去世都是如此。

知识小贴士

南越国传至赵佗的曾孙赵兴时，国相吕嘉叛乱，杀了赵兴、太后，以及汉朝派去的使者。汉武帝派水军和囚徒共计十万人征伐南越，平定了叛乱，灭了南越国，并在这里设置了九个郡。南越之地从此归属汉朝。

西南夷列传

夜郎自大

夜郎自大

释义

夜郎自大：夜郎本是西南小国，却自以为是大国，比喻无知之人狂妄自大。

原句

滇王与汉使者言曰："汉孰与我大？"及夜郎侯亦然。以道不通故，各自以为一州主，不知汉广大。

故事

汉武帝时，西南地区有十来个小国，其中数夜郎国最大。夜郎国以西也有十来个小国，其中数滇国最大。

汉武帝派郎中将唐蒙出使夜郎，封夜郎国君为侯，给了他很多赏赐，提出在当地设置官吏，意图使其归附于汉朝，以牵制南越。夜郎国君贪图汉朝的赏赐，认为汉朝与夜郎之间道路艰险，汉朝无法占有夜郎，就答应了。就这样，夜郎名义上归属了汉朝。

十来年后，汉武帝又派使者从西夷的西边出发，寻找通往滇国的道路。到了滇国时，滇王挽留并接待了使者。滇王问使者："汉朝与我们滇国相比，谁更大？"使者暗暗为滇王的无知和狂妄感到好笑。

使者没想到，当他们到了夜郎国时，夜郎国君竟然问了和滇王一样的问题。使者明白，这是因为彼此之间道路不通，滇王和夜郎国君各自以为自己是地方老大，不知道汉朝的疆域要比他们的国土大很多。

不过，滇王和夜郎国君的狂妄自大倒是吸引了汉武帝的注意。他借派兵平定南越叛乱之机，顺带征服了这两个小国。滇王和夜郎国君朝见汉武帝时才明白，原来，汉朝才是真正的大国。

知识小贴士

唐蒙奉汉武帝之命，修筑汉朝通往西南地区的山路，加强了西南地区同汉朝之间的文化与经济交流。

司马相如列传

坐上琴心

家徒四壁

子虚乌有

义无反顾

计不旋踵

负弩前驱

崇论闳议

人迹罕至

家累千金，坐不垂堂

低回不已

坐上琴心

释义

坐上琴心：原指司马相如弹琴向卓文君表白心意，后指男子对女子的爱慕之情。

原句

是时卓王孙有女文君新寡，好音，故相如缪与令相重，而以琴心挑之。

故事

司马相如，字长卿，蜀郡（今四川省成都市）人，他自幼热爱读书，喜欢击剑，因为仰慕蔺相如的为人，给自己改名为相如。

汉景帝时，司马相如花钱买了个常侍的官，但不受重用。后来有一次，梁孝王入朝觐见天子，有很多长于文辞的士人随行。司马相如十分欣赏这些人，便以生病为名辞官，跟他们一起去了梁国。司马相如客居梁国期间写了一篇有名的《子虚赋》。

梁孝王死后，司马相如回到家乡。由于家里贫困，他连维持生计都成了问题。临邛（qióng）县（今四川省邛崃市）令王吉与司马相如一向交好，就请他到临邛暂住，对他礼遇有加。

临邛富人很多，其中有一个富人名叫卓王孙，家里光仆人就有八百名。卓王孙得知司马相如是王吉的贵客，就邀请二人到家中做客，并请了很多客人作陪。

客人们都被司马相如的风采所折服。王吉也为自己有这样的朋友感到得意，就请他弹琴，展示才艺。

卓王孙有个守寡的女儿，名叫卓文君，喜欢音乐。司马相如对她一见倾心，就借琴声向她表达爱慕之情。

卓文君从门缝里偷看，见司马相如仪表堂堂，举止大方，也深深地爱上了他。宴会结束后，司马相如买通卓文君的侍女，让她转达了自己的心意。

于是，卓文君就跟着司马相如连夜私奔，去了蜀郡。

知识小贴士

司马相如在梁国时，与邹阳、枚乘等人交好。枚乘是有名的辞赋家，与司马相如并称“枚马”。枚乘的儿子枚皋才思敏捷，工于辞赋，写作速度快；司马相如写得慢，但是质量优于枚皋。人称“枚速马工”。

家徒四壁

释义

家徒四壁：家里只有四面墙壁，形容家庭贫困，一无所有。

原句

家居徒四壁立。

故事

司马相如刚到临邛时，高车大马，看上去很是气派，而当跟随他回到家中时，卓文君才发现他的家里除了四面墙壁，一无所有。

卓王孙知道女儿私奔的事后，非常生气，说："女儿不成材，我舍不得伤害她，但我绝对一分钱都不会给她！"亲友们劝卓王孙与女儿和好，他无论如何也听不进去。

卓文君跟着司马相如过了一段苦日子，实在受不了，就对他说："你不如和我一起回临邛，就算是跟我的哥哥弟弟们借钱也足以生活了，何至于像现在这么苦呢？"

司马相如不忍心卓文君和自己过苦日子，就随她去了临邛。二人把车马卖掉，买了一家酒铺。卓文君卖酒，司马相如打杂，勉强维持生活。

卓王孙听说后，感到羞耻，没脸出门见人。家族中人劝他接受现实，资助女儿女婿，让他们过得好一些。卓王孙没办法，又怕二人再给自己丢脸，只好给了他们一百名仆人，一百万钱，还给女儿置办了嫁妆，算是默认了这门亲事。

司马相如和卓文君靠着卓王孙的支持，回到家乡，买了田地房产，过上了富足的生活。

知识小贴士

卓王孙祖上是赵国邯郸人，世代以冶铁为业，是当时天下巨富。秦灭赵后，卓家被强制迁到了四川临邛。卓家凭借祖传的冶铁技术，在当地开发矿山，重启冶铁事业，再度成为巨富之家。

子虚乌有

释义

子虚乌有：子虚、乌有是司马相如在《子虚赋》中虚构的人物，后以此指不存在的人或事。

原句

相如以“子虚”，虚言也，为楚称；“乌有先生”者，乌有此事也，为齐难；“无是公”者，无是人也，明天子之义。

故事

司马相如和卓文君在成都过着衣食无忧的日子，夫妻恩爱，生活幸福。

司马相如虽然远在成都，他的《子虚赋》却传入了宫中。一天，汉武帝读了《子虚赋》，大为赞赏，说：“我要是能和这篇赋的作者生活在同一时代，那该多好啊！”

当时，司马相如的同乡杨得意正在宫中侍奉武帝。杨得意说：“我的同乡司马相如，自称这篇赋是他写的。”

武帝听了，非常吃惊，就下令召见司马相如。司马相如说：“这篇赋是我写的。不过，这篇赋讲的是诸侯之事，不值得您看。我请求为您写一篇《天子游猎赋》，写好之后，我就呈献给您。”武帝命人赐给司马相如笔和木简，供他写作。

司马相如在赋中虚构了三个人，其中，“子虚”寓意虚构的言辞，用以陈述楚国之美；“乌有”寓意没有这样的事情，以此替齐国驳难楚国；“无是公”寓意没有这个人，以此阐明做天子的道理。

司马相如假借这三个人的说辞，推演天子与诸侯园林美景，在赋的最后，主旨归于节俭，以此对武帝进行规劝。

武帝读了这篇赋之后，非常高兴，任命司马相如做了郎官。

知识小贴士

赋是一种有韵的文学体裁，大致分为骚赋、文赋、诗体赋和俗赋。而汉赋被后世认为是汉代文学的代表。汉赋的代表人物有司马相如、枚乘、扬雄、班固、张衡等人。

义无反顾　计不旋踵

释义

①义无反顾：在道义上只能勇往直前，绝对不能退缩回头。

②计不旋踵：原指没有考虑过掉转脚步逃跑，后指在极短的时间内打定主意，也指遇事行动迅速，毫不犹豫。

原句

触白刃，冒流矢，义不反顾，计不旋踵，人怀怒心，如报私仇。

故事

中郎将唐蒙受命开通夜郎及西南地区。他征发巴蜀二郡官吏士卒上千人，又从两郡征调陆路、水路的运输人员一万多人。他施行战时法规，杀了当地的部族首领，引发了百姓的恐慌，导致民心不稳。

汉武帝派司马相如前往巴蜀，严厉批评了唐蒙，并借机安抚百姓。司马相如发布了一篇文告，说："皇帝派中郎将来巴蜀之地的目的是安抚百姓，使其归服，并没有要发动战争的意思。听说中郎将擅自动用战时法令，使巴蜀父老子弟担心忧虑，这不是皇帝的本意。当然，被征发的人有的逃跑，有的自相残杀，也不是作为臣子的节操。

“边疆郡县的士卒，听说要打仗，个个争先恐后奔向战场，冒着即使被利刃所伤，被利箭射中的危险，也义无反顾，从来没想到掉转脚跟，向后逃跑，而是像报仇一样，愤怒冲锋。他们难道与巴蜀之人不是同一个君主吗？他们只是心怀国家，竭尽全力去尽臣民的义务罢了。”

司马相如在文告中既表明了皇帝爱民如子的态度，又批评了唐蒙的过激行为，同时也对当地的官吏士卒和百姓违反命令的举动予以警告。

经过司马相如的协调处理，巴蜀二郡的民愤很快就平息了下去。

知识小贴士

中郎将是古代官名，秦代开始设置中郎，西汉时分五官、左、右三个中郎官署，分别设置中郎将，以统领皇帝的侍卫。后来，又有虎贲中郎将和羽林中郎将，负责统领皇宫侍卫。

负弩前驱

释义

负弩前驱：背着弩箭在前面开道，表示恭敬。

原句

至蜀，蜀太守以下郊迎，县令负弩矢先驱，蜀人以为宠。

故事

唐蒙打通夜郎时，想趁机开通西南边远地区的道路，贯穿西南地区，然而，他耗时两年，征用数万百姓，花了大量钱财，仍然没有修成道路。当地百姓对此多有怨言。不过，得到朝廷赏赐的各国君主却是很开心。

邛国和筰（zuó）国的君主听说夜郎等国已经归服汉朝，并且得了很多赏赐，他们也想归服汉朝，希望能够参照夜郎等国的待遇，得到汉朝的任命。

汉武帝向刚刚出使巴蜀归来的司马相如征求意见。司马相如说："邛、筰等国离蜀地很近，如果开通道路，设置为郡县，其价值超过夜郎等国。"汉武帝认为他说得对，就任命他为中郎将，再度出使西南边远地区。

司马相如途径蜀郡的时候，太守及下属官员都到郊界来迎接，县令背负弩箭在前面开路，当地人以此为荣。

卓王孙见女婿发达了，专程前来拜会，献上牛和酒，与他畅叙亲情。卓王孙感叹自己把女儿嫁给司马相如太晚了，于是，按照儿子的待遇，又给了卓文君一份丰厚的财产。

司马相如在衣锦还乡的同时，顺利完成了汉武帝交给自己的使命，他收服了邛、筰等国，拆除了原有的边界关隘，修路架桥，扩展了汉朝的西南版图。

知识小贴士

邛国是西南地区的一个少数民族国家，都城位于今四川省西昌市。筰国又名筰都国，都城在今四川省汉源县东北。邛国和筰国归服汉朝后，不再称国。

崇论闳议　人迹罕至

释义

①崇论闳（hóng）议：崇高宏伟的主张，立意不寻常的大道理。

②人迹罕至：很少有人去的地方，指地方偏僻荒凉。

原句

①必将崇论闳议，创业垂统，为万世规。

②而夷狄殊俗之国，辽绝异党之地，舟舆不通，人迹罕至，政教未加，流风犹微。

故事

司马相如出使西南地区的时候，有不少当地的长者认为朝廷开通西南没有什么益处，就连朝中大臣也有这样认为的。司马相如也想劝汉武帝停止进一步对西南地区的开发，但由于开通西南的建议是自己提出的，因此他不敢明着劝谏，就写了一篇文章。

在文章中，司马相如先写出蜀地父老的说辞，再以自己的口吻进行反驳，想以此对武帝进行委婉的劝谏。文章写道："蜀

用了三年时间仍然没有完成，徒然消耗国力，以增加夷狄的财物，实在没有什么用处啊！’

使者说：‘怎么能这样说呢？贤明的君主应当有宏伟崇高的主张，开创功绩，创建法统，以成为后世的榜样。那些与我们风俗不相同的夷狄国家，他们处在遥远隔绝、族类不同的地域，那里车船不通，人迹罕至，因而政治教化还未达到那里，社会风气还很低下。我们要教化他们，即使百姓劳苦，也在所不惜！’”

武帝或许看到了司马相如的这篇文章，后来也相应调整了对西南地区的政策。

知识小贴士

古代称中原地区之外的少数民族地区为东夷、西戎、南蛮、北狄。四者合称为“四夷”，或称“夷狄”，后泛指周边少数民族。

家累千金，坐不垂堂

释义

家累千金，坐不垂堂：家里有千金资产，不坐在堂外檐下，形容家财富有之人自珍自爱，不在危险的地方停留。

原句

故鄙谚曰："家累千金，坐不垂堂。"

故事

司马相如虽然是写辞赋文章的高手，但由于口吃不善言谈，再加上患有糖尿病，因此，他不愿意与公卿们一起商讨国家大事，时常借病在家闲居。

一般公卿请不动司马相如，可汉武帝招呼他，那司马相如就不能推托有病而不应召了。

一次，司马相如跟随武帝到长杨宫打猎。他见武帝喜欢亲自猎杀熊和野猪，认为这很危险，就上疏劝谏。他说：

"您喜欢登上危险的地方，射击猛兽。如果突然遇到迅捷威猛的野兽，在您毫无戒备之时，冲向您的车驾，岂不是很危险吗？

"即便清除道路然后行走，也会有突发的危险情况出现。

您看轻君主的高贵地位，不以此为安乐，而是喜欢出现在虽有万全准备，却仍存一丝风险的地方。我私自认为您不应该这样做。

“明察之人在事情发生之前就可以预见它的出现；智慧之人在祸患形成之前就避开它。祸患原本多半都隐藏在不易发现的地方，发生在人们疏忽之时。所以谚语说：‘家中积累千金，不坐在堂外檐下。’这句话虽然说的是小事，但也可以用来说明大事。请您留意明察。”

武帝知道司马相如是为了自己的安全着想，就表扬了他。

知识小贴士

长杨宫是秦代旧宫，位于今陕西省周至县东南，宫中有数亩垂杨，因此得名。长杨宫内有射熊馆。汉武帝曾在这里举行射猎活动，并亲自射杀二十四头熊。

低回不已

释义

低回不已：不停地徘徊，流连忘返，形容伤感难忘的心情。

原句

低回阴山翔以纡（yū）曲兮，吾乃今目睹西王母皬（hé）然白首。

故事

司马相如见汉武帝很羡慕自己在《子虚赋》和《上林赋》中所描写的场景，又见他喜好仙道，就说：“《上林赋》里写的那些事不算最美的，还有更美的。我写了一篇《大人赋》，尚未完稿，请允许我写完后献给您。”

司马相如认为，一般传记所写的仙人，大都居住在山水间，形体清瘦，这不是武帝想象中的仙人模样，因此，他在《大人赋》中以超绝的文笔描摹了一幅仙界景象。

司马相如这样描绘天宫的景象：“推开天门闯进帝宫啊，载着天女和她同归。登上阆（làng）风山而高兴地停下歇息啊，就像乌鸟高飞而稍事休息。在阴山上徘徊迂回飞翔啊，到今天我才目睹满头白发的西王母。她头戴首饰住在洞穴中啊，幸而有三足乌供她驱使。一定要像她这样长生不死啊，纵然能活万世也不值得高兴。”

司马相如想借《大人赋》委婉地劝谏武帝不要太过痴迷仙道之说。武帝读了《大人赋》，心情大好。不过，他只看到辞赋中所描绘的凌云之气，仿佛自己成了仙，尽情地游走于天地之间，对于司马相如的委婉劝谏，根本没在意。

知识小贴士

司马相如死后，汉武帝因担心他平生所著文章辞赋有所遗失，专门派人到他家中收取书籍。卓文君告诉来人，司马相如平时所作的书稿早就被人们取完了，只剩下一篇《封禅书》留给武帝。

淮南衡山列传

斗粟尺布

身先士卒

斗粟尺布

释义

斗粟尺布：一斗粟可以舂米，一尺布可以缝衣。比喻兄弟之间不能相容。

原句

一尺布，尚可缝；一斗粟，尚可舂。兄弟二人不能相容。

故事

淮南王刘长是刘邦的小儿子，他果敢勇武，力大如牛，为人骄横无礼，依仗自己是汉文帝的兄弟，不守法度，任性而为。

刘长在自己的封国不用汉朝的法制，而是自定法令，出入的仪仗模仿皇帝的形制，根本不把文帝放在眼里。

文帝六年时，刘长派人与匈奴、闽越串通，准备谋反。事情败露后，文帝把刘长召到长安，让群臣议定他的罪行。

群臣认为，应该按照律法处死刘长。文帝顾念兄弟亲情，不忍心杀他，只处死了与他同谋的人。群臣建议，废除刘长的王爵，将他迁到偏远的蜀郡。文帝同意了。

袁盎劝谏文帝说："淮南王性格刚烈，如今这样摧折他，恐怕他会死在半道，您会落一个杀死弟弟的恶名。"文帝说：“我特意让他尝尝苦头，很快就让他回来了。”

在押送途中，刘长受不了屈辱，绝食而死。文帝非常伤心，为了安抚刘长家人，把他的四个儿子都封了侯。

过了几年，民间流传一首歌谣，说：“一尺布，还可缝衣；一斗粟，还可舂米。兄弟二人却不能相容。”

文帝听后，叹息不已，下令按照诸侯的规格为刘长修建了陵园。

知识小贴士

刘长的母亲因受贯高等人谋杀刘邦的事牵连而被捕。她因刘邦的不重视，在生下刘长后，心中怨恨而自杀了。刘邦把刘长交给吕后抚养。刘长因此没有受到吕氏集团的迫害。

身先士卒

释义

身先士卒：作战时，将领亲自带头，冲在士兵前面。现指领导带头，为群众做表率。

原句

及谒者曹梁使长安来，言大将军号令明，当敌勇敢，常为士卒先。

故事

汉文帝怜惜刘长因为不遵守法纪而丢了封国，就改封其长子刘安为淮南王，继承原来的封国。

刘安一直对父亲之死难以释怀，有心谋反，却苦于没有机会。汉武帝时，刘安因故受到削减封地的惩罚。他心里不满，又听说武帝没有儿子，就有了夺取皇位的打算。

刘安与手下伍被等人日夜查看地图，研究兵力部署，为将来造反做谋划。伍被认为当今天下太平，国家大治，谋反不可能成功，时常劝谏刘安，让他打消这个念头。

刘安问伍被：“一旦发生战争，朝廷必会派大将军卫青领兵镇压。您认为卫青是怎样的人？”

伍被答："我的朋友黄义曾经追随卫青攻打匈奴，他回来告诉我说：'卫青对士大夫以礼相待，对士卒施以恩德，大家都乐于为他效劳。卫青上下山疾驰如飞，才能远超众人。'我认为，卫青有这样的才能，又经常领兵打仗，很难与他抗衡。长安来的使者说他号令严明，作战勇敢，经常亲自带头，冲在士卒前面。就算古代的名将也无法和他相比。"

刘安听后，沉默不语。不过，他并未就此罢休，仍然时刻惦记着造反，最终因为阴谋泄露，自杀身亡。

知识小贴士

刘安还是汉代著名的文学家，信奉道家思想。他和门客共同编著了《淮南子》一书，内容涉及政治、哲学、伦理、史学、文学、经济、物理、化学、天文、地理、农业水利、医学养生等多个领域。此外，据说刘安还是豆腐的发明人。

循吏列传

夜不闭户，路不拾遗

夜不闭户，路不拾遗

释义

夜不闭户，路不拾遗：夜晚不关闭门户，道路上丢了东西没人捡，形容社会太平，民风淳朴，秩序井然。

原句

三年，门不夜关，道不拾遗。

故事

春秋时期，郑国的昭君宠信徐挚，任用他为国相，结果导致国家大乱，君臣之间互相猜疑，父子之间失了和气，社会秩序一团糟。

郑昭君一看徐挚不行，就任命贤能的子产为国相，让他协助自己治理国家。

子产担任相国第一年，原本浮夸浪荡的年轻人不再贪图玩乐，开始积极参加生产活动；老年人不用再干重活；小孩子也不用下田耕作。第二年，市场上买卖公平，供求合理，货物不需要预售高价。第三年，人们到了夜晚不必关闭门户，道路上丢了东西也没有人捡。第四年，农民收工不用把工具带回家，扔在田地里也不担心丢失。五年之后，男子不必服兵役，守丧时人们自觉遵从丧葬礼仪。

子产推行改革，重用忠臣，斥退奸臣，明确划分上下各级官吏的职责，推动城市和乡村的田制改革，让贵族退出多占的田地，让没有田地的人有田可种。在子产的治理下，郑国百姓富足，安居乐业，国泰民安。

子产去世后，全国百姓都非常悲痛，哭着说：“子产离开我们死去了啊！老百姓将来依靠谁呀？”

知识小贴士

在《史记·郑世家》中，任用子产为相国的是郑简公，而在《循吏列传》中，又成了郑昭君任用子产为相国。郑简公在历史上有明确记载，而郑昭君则不见记载。司马迁对此未加说明。

汲郑列传

发蒙振落

后来居上

门可罗雀

发蒙振落

释义

发蒙振落：揭去蒙在东西上的布，抖落树上的叶子，形容轻而易举，毫不费力。

原句

至如说丞相弘，如发蒙振落耳。

故事

汲黯是汉武帝的重臣，他为人刚正不阿，从来不隐瞒自己的观点，也不怕得罪人，就连武帝也有些怕他。

武帝想招揽一批精通文学的儒生，说他要如何如何。汲黯知道武帝想借此机会自我标榜，就毫不客气地戳穿他，说：“您心里有很多欲望，只是表面上施行仁义，怎么能够像尧舜那样治理天下呢！”武帝很生气，退朝以后对身边人说：“太过分了！汲黯真是愚笨而憨直！”

群臣都数落汲黯。汲黯说：“皇帝设置百官，难道是让大家一味阿谀奉承，把皇帝往火坑里推吗？”

武帝接见大将军卫青和丞相公孙弘时，非常随意，不注重礼节；而要见汲黯时，一定要整理衣冠，以礼相待。

有一次，汲黯向汉武帝请示工作，汉武帝没戴冠，远远看见汲黯，赶紧躲进帐内，让侍从代为批准他的奏章。

淮南王刘安谋反时，打算在朝廷里拉拢一些重臣，唯独不敢打汲黯的主意，他说：“汲黯这个人，喜欢直谏，坚守节操，可以为正义而死，很难通过不正当的手段诱惑他。至于游说丞相公孙弘，就像揭去蒙在东西上的布，抖落树上的叶子一样容易。”

尽管汲黯时常让武帝下不了台，可武帝不得不承认，他的确是不可多得的社稷之臣。

知识小贴士

汲黯，字长孺，西汉名臣，濮阳（今河南省濮阳市西南）人，汉景帝时任太子洗（xiǎn）马（辅佐太子，教太子政事、文理的官职）。汉武帝时，先任谒者，后外放担任东海太守，因政绩突出被召回朝廷任主爵都尉（负责诸侯国国君及其子孙封爵、夺爵等事宜），位列九卿。

后来居上

释义

后来居上：资历浅的人地位反而高于资历深的人，比喻后来的人和事进步很快，超越了前辈。

原句

陛下用群臣如积薪耳，后来者居上。

故事

汲黯从汉武帝当太子时起就追随左右，资历很深。当他位列九卿时，公孙弘和张汤不过是小吏而已。后来，公孙弘和张汤不断升迁，与汲黯成了同级。汲黯仍然不把他们放在眼里，时常当面斥责二人。

张汤为政严苛，是出了名的酷吏。汲黯在武帝面前指责张汤，说："张汤为了成就自己的事业，大肆破坏律令，甚至竟敢更改高祖定下的规章制度，这样做会留下恶名，祸及子孙！"

张汤时常拿一些条文细节和汲黯争辩。汲黯怒斥道："天下人都说不可以让你们这些刀笔吏做公卿，还真是如此。如果都像你这样办事，一定会让天下人吓得并拢双足，不敢迈步，眼睛也不敢正视了！"

公孙弘为人心口不一。汲黯骂他：“都说齐国人奸诈而无情，就你而言，还真是这样！”

汲黯看不上公孙弘和张汤，武帝却非常看重二人，让公孙弘当了丞相，让张汤做了御史大夫。汲黯原来的好多下级也都不断升迁，甚至超过了他。汲黯对武帝抱怨道：“您任用群臣就像垛柴火一样，后来的反而放到了上面。”

武帝沉默了，等汲黯离开后，他说：“人真是不能不好好学习啊，根据汲黯的这番话来看，他愚笨憨直的毛病是越来越严重了！”

知识小贴士

汉初实行“休养生息”政策，政府对民间管控较松，导致豪强兼并土地现象严重。为了打击豪强势力，汉武帝任用张汤等酷吏，制定严酷的刑法，治理国家。汲黯反对酷吏，实际上就是反对汉武帝的用人政策。

门可罗雀

释义

门可罗雀：门前冷清无人，可以设网捕鸟雀，形容门庭冷落，宾客稀少。

原句

下邽翟公有言，始翟公为廷尉，宾客阗（tián）门；及废，门外可设雀罗。

故事

汲黯反对武帝穷兵黩武，征伐匈奴，为此曾多次进言劝谏。武帝本来就好大喜功，更何况卫青、霍去病还连着打了不少胜仗，因此，他根本不愿意听取汲黯的意见。

不久，有一拨匈奴人前来投降。武帝为了显示汉朝的富足和自己的宽大，给了这些人很多赏赐。汲黯认为不应该这样做，进言数落了武帝一顿。

武帝实在无法忍受汲黯的直脾气，就找了个由头，免了他的官。

汲黯有个好朋友，名叫郑当时，他和汲黯的性格恰好相反。郑当时一向顺从武帝，从来不敢有不同意见；他对下属从不直呼其名，跟他们谈话时，态度非常谦和，生怕一不小心得罪了对方。尽管郑当时一向谨慎从事，最终还是丢了官。

司马迁评论说："汲黯和郑当时都是有名的贤人，当他们在位得势的时候，门前宾客如云；当他们失势落魄的时候，就全然不是这样了。下邽的翟公曾说过，他起初做廷尉时，府前宾客盈门；等他丢了官，门前冷清得可以张网捕雀；当他复官后，宾客们又想来拜访。汲黯和郑当时也有这样的遭遇，真是可悲啊！"

知识小贴士

汲黯免官后，过了几年，再次受到汉武帝任用，出任淮阳郡太守并享受诸侯国国相的俸禄待遇。汲黯治理淮阳郡很有政绩，后来死在任上。他的家属后人受到汉武帝的厚待。

儒林列传

不食马肝

不食马肝

释义

不食马肝：吃马肉不吃马肝不算品尝不出味道，有人相信马肝有毒，比喻不该探讨的问题就不去探讨。

原句

于是景帝曰："食肉不食马肝，不为不知味；言学者无言汤武受命，不为愚。"

故事

汉景帝时，有一位辕固生。他精通《诗经》，被景帝授予博士的头衔。

有一次，辕固生和另一位博士黄生在景帝面前发生争论。黄生说："商汤和周武王不是秉承天命成为帝王，而是杀死他们的君主而成为天子的。"

辕固生说："不对。由于夏桀和商纣暴虐无道，天下人心才归属于商汤和周武王。商汤和周武王顺应人心，诛灭夏桀和商纣。这不是秉承天命，又是什么？"

黄生说："桀和纣虽然无道，却也是君主；商汤和周武王虽然圣明，却只是臣子。君主有过失，臣子不能劝他改正，反而因此而诛灭他，取代他做君主，这不是弑君又是什么？”

辕固生说：“那照你这样说，高祖取代秦帝登上天子宝座，难道也不应该吗？”

景帝赶紧制止道：“吃马肉不吃马肝，不算没有品尝出味道。探讨学问的人不研究商汤和周武王是否秉承天命，也不算无知。”

辕固生和黄生这时才意识到二人的言论出格了，就停止了争论。自此以后，学者们再也不敢讨论这个话题了。

知识小贴士

辕固生曾和公孙弘一道被汉武帝征召入朝为官。当时，辕固生已经九十多岁了。武帝见他岁数太大，就让他回家养老去了。辕固生善于解读《诗经》。齐国的儒生都向他求教，并因此得以进入仕途。

酷吏列传

一意孤行

犬吠之盗

舞文巧诋

微文深诋

如狼牧羊

不寒而栗

鹰击毛挚

一意孤行

释义

一意孤行：原指杜绝请托，坚持自己的主张，后指不听劝告，固执地按照自己的意图行事。

原句

公卿相造请禹，禹终不报谢，务在绝知友宾客之请，孤立行一意而已。

故事

赵禹为官清廉，曾在太尉周亚夫手下做事。周亚夫当上丞相以后，赵禹担任丞相史，协助他工作。丞相府上的人都称赞赵禹廉洁公正。周亚夫却不愿意重用他，说：“我知道赵禹很有才干，但他执法太过严酷，不可以身居高位。”

汉武帝时，赵禹因为文书工作做得好，累积功劳，升为御史。武帝认为他很能干，又提拔他做了主管历法、律令的太中大夫。

赵禹和张汤共同制定律令，颁行“见知法”，让官吏们互相监督，互相检举。自此以后，汉朝的律法越来越严酷。

赵禹为人廉洁傲慢，自从当官以来，家里从来不养食客。

遇有三公九卿前来拜访，赵禹从来不回访以示答谢。他这样做的目的是杜绝知己好友和宾朋的请托，以便在处理公务时能坚持自己的主张，不徇私情。

张汤一直像侍奉兄长一样对待赵禹。后来，张汤被人检举入狱。赵禹奉武帝之命去牢狱斥责张汤，毫不留情地训斥了他，逼得他自杀谢罪。

赵禹晚年时，性情变得温和起来，办案执法不像从前那样严苛。而他之前制定的严刑酷法却依然在继续发挥作用，催生了一批又一批酷吏。

知识小贴士

御史的官职起源于商周时期，最初只是史官。到了秦朝时，御史兼管监察事务，成为最早的监察官员。御史大夫成为最高监察官同时兼任副丞相，下设御史中丞、侍御史、监御史等职。汉朝沿袭秦朝的御史制度。

舞文巧诋

释义

舞文巧诋：玩弄法律条文，巧妙地诋毁诬陷他人。

原句

所治即豪，必舞文巧诋；即下户羸弱，时口言，虽文致法，上财察。

故事

张汤小时候，父亲担任长安丞，主管司法工作。一天，张父外出公干，让张汤看家。张父回来时，发现有老鼠偷肉吃，责怪张汤没有看好家，用鞭子打了他。

张汤挖开老鼠洞，找到老鼠和它没吃完的肉，模仿父亲审案的样子，拷问老鼠，又写下罪状，装作呈报上级，最后定案。

张父见他写的判决书就像一个有经验的法官所写，感到很惊讶，就教他撰写法律文书，刻意锻炼他这方面的才干。

张汤后来从小吏做起，不断升迁，成为汉武帝宠信的大臣。张汤善于揣摩武帝的意图。他所审理的案子，如果是武帝想要加罪的，他就把案子交给执法严苛的官员办理；如果是武帝想要宽恕的，他就把案子交给执法温和公平的官员去办理。他所处理的如果是豪强，就必定玩弄法律条文，巧妙地对其进行诋毁诬陷；如果是普通百姓或弱小的人，他就向武帝进行口头汇报，请武帝进行裁决。

武帝见张汤既有断案的才干，又能准确领会自己的意图，对他越来越信任，提拔他做了御史大夫。

知识小贴士

张汤喜欢给别人罗织罪名，最后，却被别人罗织罪名，遭诬陷而死。张汤死后，武帝后悔，杀了诬陷他的人，并厚待他的儿子张安世。张安世也是汉代名臣，“麒麟阁十一功臣”之一。

如狼牧羊　不寒而栗　鹰击毛挚

释义

①如狼牧羊：就像狼放羊一样，形容为政严酷，令百姓感到害怕。

②不寒而栗：没有感受到寒冷，却浑身战栗，形容人感到极度恐惧。

③鹰击毛挚：鹰扑杀猎物时，羽毛竖起，形容严酷凶悍。

原句

①御史大夫弘曰："臣居山东为小吏时，宁成为济南都尉，其治如狼牧羊。成不可使治民。"

②其后郡中不寒而栗，猾民佐吏为治。

③是时赵禹、张汤以深刻为九卿矣，然其治尚宽，辅法而行，而纵以鹰击毛挚为治。

故事

宁成是汉武帝时有名的酷吏。武帝想任命他做郡守，征求群臣的意见。公孙弘说："我在山东做小吏时，宁成担任济南都尉，他为官执政如狼放羊，不能让他担任郡守治理百姓。"于是，武帝就改任宁成为关都尉。

另外一名酷吏义纵被任命为南阳太守，他听说宁成家住在南阳，就想拿他立威，震慑当地豪强。义纵到了南阳，宁成小心翼翼地跟在他身后迎来送往。盛气凌人的义纵根本不搭理他。

义纵一到官府，就立案审查宁成家族，一举粉碎了他的家族力量，宁成也受到了株连。南阳城中的豪强都吓得逃走了。官吏和百姓们也都谨小慎微，生怕受到责罚。

义纵治政风格严酷凶悍，如鹰击毛挚，就连赵禹和张汤都无法与其相比，毕竟，他们二位还是按照律法条文办事的。

知识小贴士

义纵为官清廉，不惧权贵，敢于打击地方豪强，为稳定社会秩序，加强中央集权做出了一定贡献。后来，他因为破坏朝廷的税收政策，触怒了汉武帝，被杀掉了。

犬吠之盗

释义

犬吠之盗：惹得狗惊叫的盗贼。

原句

尽十二月，郡中毋声，毋敢夜行，野无犬吠之盗。

故事

王温舒是与义纵齐名的酷吏，曾经在张汤手下做事，被提拔为御史。不久，他又因缉拿盗贼有功，升任广平（今河北省邯郸市一带）都尉。

王温舒在广平期间，任用十来个狂暴、凶恶的人为助手，并且掌握每个人的罪行，以此逼迫他们为自己卖命。如果谁抓捕到王温舒想抓捕的盗贼，这个人就算有一百种罪也不予追究；如果谁有所回避，就揭发他过去的罪行，处死他。因此，这些人都竭尽全力抓捕盗贼。一时间，广平郡的盗贼都吓得跑到外地，不敢犯案。

武帝听说王温舒的事迹后，就提拔他担任河内太守，授意他打击当地豪强势力。王温舒在广平时就已经非常了解河内豪强的情况。他一到任，先准备五十匹快马，在河内到长安之间设置驿站，随后，采取在广平时的做法，任用一批官吏，抓捕当地豪强，有一千多家受到株连。

王温舒让手下骑快马，通过驿站迅速把情况汇报给朝廷，只用了两三天就得到了朝廷的批复。于是，王温舒大开杀戒，竟至于血流了十多里。

在王温舒的治理下，河内郡没人敢乱说话，也没人敢在夜间出行，郊野之间也没有招惹狗叫的盗贼出没。武帝听说后，提拔他做了中尉。

知识小贴士

都尉为汉代武官名，主要负责与军事、治安有关的事务。中尉原本是指挥禁卫军部队，负责京城治安的高级军官，汉代时改为负责京城治安纠察的官员。

微文深诋

释义

微文深诋：穷究法律条文的细节，以罗织罪名，中伤诋毁他人。

原句

使治主父偃及治淮南反狱，所以微文深诋，杀者甚众，称为敢决疑。

故事

减宣曾经担任低级官吏，由于才能出众，被调到河东太守府任职。卫青派人到河东买马，发现减宣很有才干，就向武帝举荐他。于是，武帝就把他调到了京城。

减宣渐渐升任御史和中丞。由于他精通法律条令，武帝曾派他处理主父偃和淮南王谋反的案子。减宣穷究法律条文细节，罗织罪名，中伤诋毁并杀了很多人。

减宣和张汤有矛盾。有人告发张汤犯罪，案子到了减宣手上。他想尽一切办法，查清案子的原委细节，搜集到了张汤的罪证，却没有上报给武帝。后来，丞相府的三名官员联名告发张汤。武帝下令严查。减宣一看时机已到，就把之前掌握的张汤罪证交了上去，最终将他置于死地。

有个名叫成信的小官，因为得罪了减宣而躲入上林苑。减宣派人杀掉他。他派去的人在射杀成信时，不小心射中了上林苑的门。朝廷追究下来，减宣被判定犯了大逆不道的灭族之罪。减宣一看无法为自己开脱，就自杀了。

知识小贴士

汉律在秦代法律的基础上大为精减，废除了一些严酷的律令，后来，又不断细化，到汉武帝时，律令多达三百五十九章，刑法愈加严酷。这也为酷吏利用繁复的条文罗织罪名提供了条件。

大宛列传

不得要领

不得要领

释义

不得要领：没有掌握事物的关键、要点。

原句

骞从月氏至大夏，竟不能得月氏要领。

故事

汉武帝想联络月氏人共同攻打匈奴，张骞奉命出使大月氏。在经过匈奴地界时，张骞和使团都被匈奴人给抓住了。

单于把张骞扣留下来，让他在当地娶妻生子，不准他去大月氏。张骞一直在当地待了十来年，始终保存着汉朝使者的符节，没有丢失。一天，张骞乘匈奴人不注意，带着随从逃向大月氏。

张骞等人一直往西跑了几十天，到了大宛。大宛王听说汉朝非常富有，早就想与汉朝建立联系，见到张骞，很高兴，问："你想到哪里去？"

张骞说："我为汉朝出使大月氏，却被匈奴人拦住去路。如今我逃出来，希望您能派人引导护送我们去大月氏。真要是到了那里，返回汉朝时，我们赠送给您的财物之多不是能用语言说尽的。”

大宛王相信张骞的承诺，就派了向导和翻译陪他一起出发。张骞一行先到了康居，康居人又把他们送到了大月氏。

当初，大月氏人被匈奴人打败，不得不远离故土，流亡到大夏。他们征服了大夏，在当地定居下来。这里土地肥沃，物资丰富，且很少有敌人侵犯。大月氏人没有向匈奴人报仇的心思。

张骞从大月氏到了大夏，终究没有得到大月氏人的关键答复，只得回去复命。

知识小贴士

张骞出使大月氏，打通了汉朝通往西域的道路，这就是有名的“丝绸之路”。汉武帝因此封他为“博望侯”。司马迁称张骞出使西域为“凿空”，意为开通大道。“丝绸之路”成为古代中国连通中亚、西亚、南亚，以及欧洲的陆上交通要道。

游侠列传

短小精悍
厚施薄望

短小精悍　厚施薄望

释义

①短小精悍：形容人身材短小，精明强悍，也可形容文章或发言短小而有力。

②厚施薄望：施舍救济他人，不指望回报。

原句

①解为人短小精悍，不饮酒。

②及解年长，更折节为俭，以德报怨，厚施而薄望。

故事

郭解是汉朝有名的侠客，他身材短小，精明强悍，很讲义气，可以不顾生死为朋友报仇，但也经常藏匿一些亡命之徒，做不法之事。因此，郭解屡屡陷入绝境之中，不过，每次都侥幸脱险。

随着年纪越来越大，郭解开始自我反省，改变平时的行为习惯，以恩德化解仇怨，施舍救济他人，从不指望回报。

郭解的外甥依仗他的势力，横行无忌。有一次，郭解的外甥强迫别人喝酒。那人一怒之下，杀了他，逃走了。郭解的姐姐愤怒地说："就凭郭解的义气，有人杀了我儿子，竟然抓不住凶手！"为了羞辱郭解，他姐姐故意把儿子的尸体扔在路上，不肯下葬。

郭解派人查到了凶手的下落。凶手主动回来，把当时的情形告诉了郭解。郭解说："你杀了他是应该的。我家的孩子不占理。"于是，就放了他，随后自己安葬了外甥。

人们听说后，都佩服郭解的义气，争相与他结交。无论是认识他还是不认识他的人，都仰慕他的名声；谈论游侠的人要提到他的名字，以抬高自己的名声。

后来，郭解被朝廷抓起来，杀掉了。司马迁为之深感惋惜。

知识小贴士

汉武帝为了打击地方豪强，下令把全国的富人都迁到茂陵居住。郭解也在其中。卫青对武帝说："郭解家穷，不符合迁徙标准。"武帝说："一个百姓，竟然能让大将军为他说情，这说明他家里不穷。"最终还是把他迁到茂陵了。

佞幸列传

不名一钱

不名一钱

释义

不名一钱：一个钱也没有，形容贫困到了极点。

原句

于是长公主乃令假衣食。竟不得名一钱，寄死人家。

故事

汉文帝时，有一个士人名叫邓通。他善于划船，曾担任过掌管船只的小官。由于这类官员的帽子是黄色的，因此被称为黄头郎。

一天夜里，汉文帝梦见自己要上天，却上不去，这时，一个黄头郎从身后把自己推上了天。他回头一看，只见那人的衣带在背后打了一个结。

梦醒后，汉文帝专门外出寻找梦中的黄头郎，见到邓通，正好他的衣带也在身后打了结。于是，汉文帝认定他就是梦中推自己上天的那个人，把他带回宫中，倍加荣宠。

汉文帝赏赐邓通很多钱，还封他做了高官。邓通没有什么本事，只会阿谀奉承，逗汉文帝开心而已。

汉文帝生病，长了脓疮。邓通用嘴给他吸吮脓液。太子来探病，汉文帝让他给自己吸脓疮。太子虽然吸了，却流露出很难为情的样子。这令汉文帝很是不满。

后来，太子知道邓通为汉文帝吸吮脓疮的事后，对他又厌恶，又憎恨。

汉文帝去世后，太子继位，成为汉景帝。汉景帝找了个由头，抄了邓通的家。长公主刘嫖可怜邓通，就赏赐给他钱。官吏随后就把赏钱全部充公。因此，邓通身上一个钱也没有，只能寄食在别人家里，直到死去。

知识小贴士

汉文帝曾经让人给邓通相面，相面的人说他将来会因贫困而饿死。汉文帝不信，赐给邓通一座铜矿山，让他自己铸钱。邓通铸的钱被称为“邓氏钱”，可以流通天下。汉景帝以邓通私盗铸钱到边界以外为由，将他定罪。

滑稽列传

杯盘狼藉
乐极生悲
避世金马
河伯娶妇

杯盘狼藉　乐极生悲

释义

①杯盘狼藉：杯子、盘子摆放得乱七八糟，形容宴席即将结束时的杂乱场景。

②乐极生悲：快乐到极点，就会转化为悲哀，比喻因得意忘形而招致祸患。

原句

①日暮酒阑……履舄（xì）交错，杯盘狼藉……当此之时，髡心最欢，能饮一石（dàn）。

②故曰酒极则乱，乐极则悲，万事尽然，言不可极，极之而衰。

故事

淳于髡（kūn）是战国时期齐国的大臣，他个子矮小，其貌不扬，却能言善辩，多次代表齐国出使其他诸侯国，都能圆满完成任务。

齐威王在位时，喜欢彻夜饮酒，放纵享乐。在淳于髡的劝谏下，齐威王有所收敛，开始把更多的精力投入到国家大事上。

随着齐国国力日渐强大，齐威王变得骄傲起来，又像从前那样动不动就大摆宴席，纵酒享乐。

淳于髡想找机会进行劝谏。一次，齐威王在后宫设宴招待淳于髡。齐威王问他："你能喝多少酒才醉？"

淳于髡答："我喝一斗酒也能醉，喝一石酒也能醉。"

齐威王说："你喝一斗就醉了，怎么还能喝一石呢？"

淳于髡说："您当面赏酒给我，执法官站在旁边，御史站在背后，我心惊胆战，喝不了一斗就醉了。要是乡间聚会，无拘无束，我一开心，可以喝八斗酒也不醉。等到天黑时，酒喝得差不多了，杯子、盘子杂乱不堪，主人单独留我。我还能喝下一石酒。因此说，酒喝得多就容易出乱子，快乐到极点就会转化为悲哀。所有的事情都是这样。"

齐威王听出淳于髡的言外之意，是在劝谏自己，便说："你说得对。"从此，齐威王不再纵酒享乐，而是一心为国，成为人人称颂的明君。

知识小贴士

石和斗是古代的计量单位。汉代一石为十斗。汉代的酒是纯粮食发酵酒，酒精度数非常低。因此，那时的人们动辄以斗、石为酒量标准。

避世金马

释义

避世金马：在官衙里逃避世俗，指身为官员，却逃避俗务。金马，指金马门，汉代官衙门旁边有铜马，因此称为金马门。

原句

陆沉于俗，避世金马门。

故事

汉武帝时，齐地有个人名叫东方朔。他学识渊博，为人幽默而又狂放，处处显得与普通人不一样。

东方朔刚到长安时，给汉武帝上书。一封奏章一共写了三千片木简，汉武帝用了两个月的时间才看完。汉武帝非常欣赏他的才华，任命他为郎官，让他随时在自己身边侍奉。

汉武帝时常让东方朔陪自己吃饭。饭后，东方朔便把剩下的肉全都揣在怀里带走，弄脏衣服也毫不在意。汉武帝多次赐给他绸绢，他都是肩挑手提地拿走，从不顾忌自己的形象。汉武帝身边的人都戏称东方朔为“疯子”。汉武帝却不以为然，反而觉得他这样才有意思。

有一天，东方朔从宫殿里经过，其他郎官对他说：“人们都以为你是位狂人。”

东方朔说：“像我这样的人，就是那种所谓的在朝廷里隐居的人。”他就是这样，从来不在意别人对他的看法。

东方朔参加酒席，喝得畅快时，就趴在地上放声歌唱：“隐居在世俗中，避世在金马门。宫殿里可以隐居起来，保全自身，何必隐居在深山之中，茅舍里面。”

东方朔常常以滑稽的言行逗汉武帝开心，临死前，他却正儿八经地劝汉武帝要远离小人，不要听信谗言。

汉武帝感叹道：“想不到东方朔也有说正经话的时候啊！”

知识小贴士

东方朔是著名的文学家、辞赋家，一生著述颇丰，有《答客难》《非有先生论》等名篇传世。他的文章诙谐风趣，义理精辟，文采斐然，独树一帜，被司马迁称为“滑稽之雄”。

河伯娶妇

释义

河伯娶妇：巫婆假借河伯的名义骗人钱财，害人性命，后指歪门邪道的不良风气。河伯，河神。

原句

苦为河伯娶妇，以故贫。

故事

战国时期，魏文侯派西门豹去治理邺县。西门豹一上任，见当地田地荒芜，百姓生活困苦，就找当地人来了解情况。

有人说："百姓都被河神娶媳妇给害苦了，所以贫困。"

西门豹仔细了解后才知道，原来，当地的三老和官吏勾结巫婆，用为河神娶媳妇的名义，把贫苦人家的女儿放到河里淹死。因此，凡是家里有女儿的人家，都提前逃走了。这样一来，人越来越少，地也没有人种了。

西门豹决定，等河神娶媳妇那天，亲自去看看到底是怎么回事。

到了那天，西门豹和人们一起来到河边。他让巫婆把要嫁给河神的女孩带过来，看了一眼，说："这个女孩不美，麻烦你到河里报告河神，说需要换一个美的，后面送来。”

说完，西门豹让人把巫婆扔进了河里。过了一会儿，西门豹嫌巫婆去得太久，又让巫婆的弟子到河里催促，连着扔下去三名弟子。

又过了一会儿，西门豹让人把三老扔到河里，让他们去向河神报告。

西门豹静静地站在河边，又等了很久，回头对身边的官吏说：“他们不回来，怎么办？要不，你们下去催催？”

官吏们吓坏了，连忙磕头求饶。西门豹又等了一会儿，说：“看来，河神留客太久了，大家都回去吧。”

官吏和围观的民众一个个目瞪口呆，吓得赶紧散开了。

从此，再也没有人提为河神娶媳妇的事了。

知识小贴士

所谓三老，不是三位老人，而是古代掌管教化的官员名称。汉代规定，三老由五十岁以上且德高望重的人担任。战国时魏国设有三老，秦代设有乡三老，西汉设有县三老，东汉以后设有郡三老、国三老。

日者列传

正襟危坐

正襟危坐

释义

正襟危坐：整理衣服，端正地坐着，形容严肃或拘谨的样子。危，端正。

原句

宋忠、贾谊瞿然而悟，猎缨正襟危坐。

故事

司马季主是西汉楚地人，精通《易经》，在长安东市开馆占卜算卦。

一天，在朝廷任职的贾谊和宋忠闲来无事，谈及卜卦者，贾谊说：“我听说古代的圣人，如果不在朝中为官，就一定在卜卦者和医生的行列之中。现在，朝廷里的各级官员我都见识过了，不如去看看卜卦者怎么样吧。”

于是，二人一起到街市去探访卜卦者，来到司马季主的馆舍里。

司马季主正在和弟子们讲解天地的规律、日月的运行，见有人来，他打量了一番二人的相貌，看出他们是有知识的人，就请他们就座。

贾谊和宋忠也不打扰司马季主授课，坐下来静静地听他说些什么。

司马季主重新梳理前面讲过的内容，分析天地的起源和终结、日月星辰的运行规则，列举吉凶祸福的征兆，可以说上知天文，下知地理。

贾谊和宋忠听完司马季主的言论之后，整理冠带和衣服，恭敬地端坐好，问道："您谈吐不凡，为什么会从事这么低微的职业呢？"

司马季主哈哈大笑，说："看两位好像是懂道术的人，现在怎么会说出这种浅薄的话呢？"接着，他滔滔不绝地分析高尚与低微的区别，让他们明白职业无高低贵贱的道理。

贾谊和宋忠被辩驳得无地自容，一拜再拜，羞愧而去。

知识小贴士

《周易》分为两部分：前半部分叫《易经》，由周文王和他的儿子周公旦撰写；后半部分叫《易传》，由孔子在研究完《易经》后撰写。民间统称为《易经》。

货殖列传

熙熙攘攘

熙熙攘攘

释义

熙熙攘攘：形容人来人往，非常热闹。熙熙，和乐的样子。攘攘，纷乱的样子。

原句

天下熙熙，皆为利来；天下攘攘，皆为利往。

故事

老子在《道德经》里说，太平盛世到了极致，邻国之间各自安居乐业，直到老死也不互相往来。

司马迁认为，这种治理国家的方法早已过时，最好的做法是顺其自然，因势利导；其次是对百姓进行教化；再次是制定规章制度加以约束；最坏的做法是与民争利。

司马迁说，人们要靠农民耕种，山民开采，渔民捕鱼来获取食物，要靠工匠制造获取器具，要靠商人贸易流通货物。

人们各自努力经营自己的本业，乐于从事自己的工作，就像水从高处流向低处那样，日日夜夜没有休止。这就是顺应规律而得以自然发展的证明。

司马迁以姜太公治理齐国的例子论证自己的观点，他说，姜太公鼓励妇女纺织刺绣，又让人们把鱼类、海盐贩运到其他地区去，结果别国的人和财物纷纷流归于齐国，齐国因此成为当时最富强的国家。

据此，司马迁总结出：“天下的人们，熙熙攘攘，都是为利而来，为利而往。”无论是天子诸侯、高官显贵，还是普通百姓，都具有逐利的本性。正因如此，老子所倡导的“邻国之间老死不相往来”，只能是一种理想的盛世。

知识小贴士

老子，姓李名耳，字聃，春秋末期人，中国古代思想家、哲学家、文学家、史学家，道家学派创始人，著有《道德经》一书，是道家哲学思想的重要来源，也对我国科学、政治等产生了深刻影响。

太史公自序

博而寡要
劳而少功

不可胜道

石室金匮
一家之言
藏之名山

博而寡要　劳而少功

释义

①博而寡要：学识丰富，但不得要领。

②劳而少功：下了功夫，却没有收获多少成果。

原句

①②儒者博而寡要，劳而少功，是以其事难尽从。

故事

司马谈曾经师从唐都学习天文，师从杨何学习《易经》，师从黄子学习道家理论。

司马谈对于诸子百家的学说都有涉猎，不过，他最为推崇的是道家学说。他认为，阴阳家注重吉凶祸福的预测，禁忌避讳太多；儒家学说虽然广博但不得要领，下了功夫，却收获不了多少成果；法家主张严刑峻法却刻薄寡恩……

在指出各家学说弊端的同时，司马谈也指明了它们的优势所在。然而，相比较而言，他认为，道家学说吸纳各家之长，能够顺应时势的发展，更适合于应用。

在汉武帝执政早期，司马谈担任太史公。司马谈生有一子，就是司马迁。司马迁十岁时就开始诵读用先秦古文传抄的书籍，二十岁时游历天下，曾做过郎中，奉命出使西南地区。

司马谈一心想写一部史书，可是，还没等他着手写作，就生了重病，眼看就不行了。他对刚刚出使归来的司马迁说："我死之后，你一定会做太史令；做了太史令，不要忘记我想要撰写的史书啊。"

司马迁流着泪说："儿子虽然愚笨，但一定会详述先人所整理的历史旧闻，不敢有缺失。"

司马谈去世三年后，司马迁被任命为太史令，开始收集历史书籍及国家收藏的档案文献，为完成父亲遗命，编写史书做准备。

知识小贴士

汉武帝之前的汉朝历任皇帝都推崇道家学说，奉行"无为而治"的道家思想，实施"休养生息"政策，使因战乱而衰退的社会经济得以迅速发展。

不可胜道

释义

不可胜道：非常多，没办法说尽。

原句

汉兴以来，至明天子，获符瑞，封禅，改正朔，易服色，受命于穆清，泽流罔极，海外殊俗，重译款塞，请来献见者，不可胜道。

故事

名士壶遂听说司马迁要像孔子编写《春秋》那样写一部史书，就对他说："孔子所处的时代，上面没有明君圣主，他在下面又不得任用，所以才编写《春秋》。如今，你上面有圣明的天子，自己又被委以官职，你所写的史书，又要阐明什么呢？"

因为孔子编写《春秋》时，对当政者多有讽刺，所以，壶遂认为司马迁也想借史书来讽刺当今皇帝。

司马迁怕壶遂在汉武帝面前中伤自己，赶紧解释道：

"不不，不是这样的。我听先人说过，《春秋》扬善贬恶，推崇夏、商、周三代盛德，褒扬周王室，并非仅仅讽刺呀。

“自从汉朝兴起，至当今天子英明，获得吉祥征兆举行封禅大典，改订历法，变换服色，受命于上天，恩泽普及于四海；海外不同习俗的国家，通过翻译，叩击边关大门，请求进献朝见的，何其之多，简直没办法说尽。

“作为太史令，我如果不能把天子的功德记载下来，违背先父的临终遗言，罪过就实在太大了。您拿我写的东西与《春秋》相比，那就错了。”

俗话说，伴君如伴虎。司马迁最终还是得罪了汉武帝，被处以宫刑。他并未因此消沉，而是忍辱负重，潜心创作，终于写成了名垂后世的《史记》。

知识小贴士

李陵率领五千步兵配合李广利讨伐匈奴，途中，李陵孤军深入，遭遇匈奴八万骑兵，血战八昼夜之后，李陵被俘，随后投降。汉武帝知道后，非常愤怒。司马迁在汉武帝面前为李陵说情，触怒了汉武帝，被下了大牢。由于家贫没钱赎罪，司马迁被迫接受了屈辱的宫刑。

石室金匮　一家之言 藏之名山

释义

①石室金匮（guì）：古代国家收藏重要文献的地方。

②一家之言：比喻有独特见解、自成一体的学术论著，也泛指一个学派或个人的意见或理论观点。家，学术流派。言，理论观点或论著。

③藏之名山：把著作藏在名山，传给志趣相投的人，形容著作极具价值。

原句

①周道废，秦拨去古文，焚灭《诗》《书》，故明堂石室金匮玉版图籍散乱。

②③以拾遗补艺，成一家之言，厥协《六经》异传，整齐百家杂语，藏之名山，副在京师，俟后世圣人君子。

故事

司马迁在对《太史公自序》进行概括总结的时候，说："周朝王道废弛，秦朝丢弃古代文化典籍，焚毁《诗》《书》，因此，收藏在明堂、石室金匮中的各类图书散失错乱。

"汉朝兴起后，萧何修订法律，韩信申明军法，张苍制立章程，叔孙通确定礼仪，于是，品学兼优的文学之士逐渐得到任用。《诗》《书》不断地在各地发现。

“百年之间，天下遗存的文献、古代的史事，无不汇集于太史公。太史公父子相继执掌这职务。太史公网罗天下散失的旧闻，写作十二本纪、十表、八书、三十世家、七十列传，连同太史公自序在内，总共一百三十篇，五十二万六千五百字，称为《太史公书》。

“我补充六艺中的缺漏，形成一家之言，协合《六经》和对它的不同传释，将百家杂语的说法予以整齐，将正本存藏在名山里，副本留在京城，留待后世圣人君子观览。”

司马迁担心自己写的史书会遭到朝廷封禁，因此，他把正本藏到深山里。尽管如此，《史记》还是有所散失。幸运的是，散失的只是极小部分，大部分还是流传了下来。

知识小贴士

《史记》最初没有固定书名，司马迁称之为《太史公书》，也有人称之为《太史公记》，或将其简称作《太史公》。据考证，东汉桓帝时写的《东海庙碑》最先称之为《史记》。此前，“史记”是古代史书的通称。从三国时期开始，“史记”成为《太史公书》的专用名称。

阅读笔记

阅读笔记

阅读笔记

阅读笔记

阅读笔记

阅读笔记